MASCARADO PELO DESEJO

MASCARADO PELO DESEJO

Josy Stoque

astral
cultural

Editora responsável Tainã Bispo
Produção editorial Aline Santos, Bárbara Gatti, Fernanda Costa, Fernanda Villas Bôas, José Cleto, Luiza Marcondes e Natália Ortega
Preparação de texto Luciana Bastos Figueiredo
Capa Marina Avila

Dados Internacionais de Catalogação na Publicação (CIP)
Angélica Ilacqua CRB-8/7057

S886m

Stoque, Josy
Mascarado pelo desejo / Josy Stoque. — Bauru, SP : Astral Cultural, 2018.
352 p.

ISBN: 978-85-8246-761-9

1. Ficção brasileira 2. Literatura erótica I. Título

18-0472

CDD B869.3

Índices para catálogo sistemático:
1. Ficção brasileira B869.3

ASTRAL CULTURAL É A DIVISÃO LIVROS DA EDITORA ALTO ASTRAL

BAURU
Rua Gustavo Maciel, 19-26
CEP 17012-110
Telefone: (14) 3235-3878
Fax: (14) 3235-3879

SÃO PAULO
Rua Tenerife, 31 - Conj. 21 e 22
CEP 04548-904
Telefone/Fax: (11) 3048-2900

E-mail: contato@astralcultural.com.br

Em memória dos meus avós, Isabel e Antônio Stoque,

que me revelaram a magia do amor duradouro

compartilhando uma vida juntos até a morte.

"Um amor, uma carreira, uma revolução:
outras tantas coisas que se começam
sem saber como acabarão."

JEAN-PAUL SARTRE

1

A primeira vez que o vi

Coloquei a pedra de esmeralda, lapidada em formato de lágrima, sobre o arco esculpido em ouro amarelo 24 quilates, prendendo-a com a cravação inglesa, antes de admirar minha última criação. Sorri, satisfeita com o resultado, e a chamei de "Olhar Alegre". Eu me estiquei e espreguicei o corpo, estalando os dedos e o pescoço, sobrecarregados pelas horas extras de trabalho. A avó Úrsula merecia cada segundo daquela semana que levei para criar um anel exclusivo de presente de aniversário. Afinal, não era qualquer um que completava oitenta anos, lúcida e ativa como ela estava.

Minha inspiração foram sua alegria e os olhos verdes, ainda que meio opacos pela catarata que tinha voltado, mas não era nada que a impedisse de viver intensamente, como não cansava de me aconselhar. Ela era divertida e nada discreta, o que, na maioria das vezes, me constrangia. Eu tinha um pouco de inveja de sua desinibição e entusiasmo. Nenhuma dessas características faziam parte de minha personalidade.

Bufando de desgosto com o rumo de meus pensamentos, eu me levantei da cadeira onde estava sentada há horas e me encaminhei para a bancada coberta por diversos tipos de caixas empilhadas. Escolhi a mais apropriada para proteger a joia da vovó e guardei a peça dentro dela, afastando de vez as comparações. Úrsula também vivia dizendo que eu me cobrava demais. Mas de que outro modo eu poderia ser dona do meu próprio e lucrativo negócio aos trinta e quatro anos?

Com a bolsa na mão, conferi o visor do celular e constatei que estava em cima da hora. Nem daria tempo de passar em casa para tomar uma ducha rápida. Apressada, desci as escadas do sobrado rumo ao térreo, onde algumas peças minhas estavam à venda. Pequenas luminárias embutidas no teto davam um ar de requinte à loja e destaque às joias. Fui até o caixa e peguei uma sacola de papel, que estampava meu logotipo, para carregar o presente de Úrsula. Atravessei o salão em direção à entrada, ativei o alarme e saí para a calçada, em busca do carro.

O clima frio me atingiu assim que pisei para fora da Alanna Góes Design. Na pressa, esqueci meu casaco na sala climatizada. Eu me encolhi contra a bolsa e a sacola, tentando não amassá-la, a fim de me aquecer, e dei uma corridinha até a esquina, onde meu carro estava estacionado. Enquanto pagava pelas horas de uso da vaga, eu me abrigava no estacionamento para me proteger um pouco mais do vento gélido. Meu sóbrio conjunto de terninho e calça social combinado com um par de sapatos *scarpin* não era suficiente sem um grosso casaco. Meu veículo jazia sozinho no amplo estabelecimento por causa da hora avançada.

Ganhei as ruas, acenando um "até logo" para o funcionário, que só me esperou sair para fechar o estacionamento, e cruzei rapidamente o centro da cidade vazio, seguindo para o bairro da vovó. Liguei o aquecedor e senti as pontas dos meus dedos formigarem por causa do choque térmico. Aquele inverno estava especialmente intenso. Enquanto dirigia, lembrei que tinha um cachecol no banco de trás, esquecido em outra ocasião, e que serviria para ajudar a me esquentar um pouco. Esperava não chegar atrasada à festa, pois não pretendia ficar muito tempo. Não me sentia muito confortável na presença da minha família.

Primeiro porque eu era muito diferente de todos e ainda tinha aquela mania de viver com a cabeça no mundo da lua, quer dizer, no mundo das pedras preciosas, criando compulsivamente. Na vida real, que eu considerava chata e entediante, eu agia como o esperado: era prática, séria e responsável. Mas, quando estava criando uma peça nova, eu mergulhava em uma onda colorida e brilhante, que dava sentido à minha existência.

Sem meus cristais, prata e ouro, eu seria ainda mais sem graça do que já era. Estar no primeiro andar da minha loja, produzindo joias que minha mente desenhava como se fosse arte, era a única coisa que fazia eu me sentir viva, útil e importante. Fora dali, a vida era apenas um acúmulo de cobranças e frustrações, que eu não suportava.

Segundo porque eu gostava de silêncio, paz e discrição. Acreditava, piamente, que nem tudo o que a gente pensava era necessário ser dito, principalmente por polidez. Mas meus avós não concordavam. Quantas vezes, ao visitá-los, não presenciei minha avó lavando louça na cozinha, e meu avô a abraçando por trás, brincando com ela na maior intimidade, sem se preocupar se alguma das netas estava olhando? "Vamos, *veia*, que vou te dar uma injeção", ele dizia, me deixando vermelha da cabeça aos pés.

Quando eu era mais nova, não entendia a referência, mas, como Úrsula sempre lidou com sexo de uma forma bem natural, rapidamente passei a compreender e a fugir de situações como aquela. No meu aniversário, porém, eu nunca escapava. Em vez de me presentear com peças de enxoval, como qualquer avó faria, vovó fazia questão de me dar artigos de *sex shop* desde que completei dezoito anos. Os presentes não a impediram de me pressionar a arrumar um namorado e me casar um dia. A questão é que ela nunca teve pressa.

Até eu passar dos trinta e continuar solteira. Ah! E, claro, a coisa só pirou quando minha irmã, cinco anos mais nova, foi pedida em casamento em uma cena bem brega, digna desses filmes melosos, e marcou o casamento para dali a algumas semanas. Eu esperava que até lá o tempo melhorasse! Luanna merecia mesmo um cara como o noivo. Minha irmã caçula sempre foi a mais avoada de nós. Enquanto eu era chamada à realidade, a ela foi permitido sonhar. Curiosamente, no entanto, Lua era muito boa com finanças e, por isso, trabalhava com nossos pais na empresa deles.

Quanto a mim, só me restou focar na loja. Sinceramente, desde que parei de me enroscar com os embustes que me apareciam, minha carreira andava de vento em popa. Acho que era muita energia negativa jogada pelos trastes em cima do meu trabalho. Estava realmente bem sozinha e não sentia falta de ter alguém comigo. Nem sabia mais quanto tempo havia que não namorava ninguém, mas (minha avó nunca poderia saber disso!) os *sex toys* estavam me suprindo quando batia aquela necessidade física.

Uma dor fina e irritante nasceu na minha cabeça. Já cansei de ouvir isso de Luanna e Úrsula, e eu já sabia que pensava demais. Era esse o motivo da dorzinha chata. Talvez também fosse fome. Quando eu estava criando joias, não me preocupava com mais nada.

Avistei a casa da vovó e estacionei nas imediações assim que achei uma vaga. A rua estava lotada, o que demonstrava que a casa estava cheia de convidados e que eu estava muito atrasada. Usei o espelho retrovisor central para passar um batom nude nos lábios, ressecados pelo clima fresco, e enrolar o cachecol roxo, que colocou um pouco de cor no meu *look* neutro. Ajeitar meu cabelo escuro foi mais complicado. Ele estava amarrado em um rabo de cavalo, que facilitava na hora de criar peças, mas deixava meu rosto muito exposto. Soltei duas mechas nas laterais e juntei o resto num coque meio bagunçado e chique.

Com um suspiro, peguei o presente, minha bolsa e a chave antes de descer do carro. Dei uma corridinha até a entrada da casa e toquei o interfone. Tive que apertar o botão três vezes até alguém me atender. Enquanto isso, eu congelava na calçada em frente à residência.

— Oi! Quem é? — Era a voz do meu avô acima da algazarra ao fundo.

— Oi, vô.

— Oi, bicuda. — Esse era o apelido gentil que ele me deu na infância. Vovô dizia que eu vivia emburrada. — Sua avó já estava perguntando de você.

Revirei meus olhos.

— Abre logo, vô. Tô virando a Elza do Frozen aqui.

— Quem?!

— Só abre.

— Tá bom.

Ele acionou o botão do portão eletrônico, que se abriu. Passei pelo enorme e tão bem cuidado jardim, que baixava ainda mais a temperatura ambiente, cruzando a frente da casa depressa. A porta da sala estava destrancada e a fechei atrás de mim, deixando o frio do lado de fora. Em poucos segundos, o aquecimento fez sua mágica e eu estava menos fria para cumprimentar todo mundo. O primeiro que encontrei foi meu avô, em torno de garrafas de vinho.

— Oi, vovô, como o senhor está?

Ele tossiu de forma ruidosa e profunda, acenando com a mão sua resposta padrão. Mais ou menos. Vovô havia lutado contra três tumores por causa do cigarro, que deixaram uma tosse seca e barulhenta como lembrança de décadas sendo fumante.

— Esse clima frio ataca minha garganta. Quem sabe um vinho não ajude?

Mesmo depois de tudo pelo que passou, seu humor era uma das coisas mais inabaláveis que eu conhecia. Ele fazia piada de tudo. Soltei um risinho contido.

— Com moderação, não vai fazer mal — respondi, lhe oferecendo tapinhas amistosos nas costas, que ele devolveu.

— Você chegou bem na hora, bicuda — acrescentou, voltando a analisar os rótulos dos vinhos. — Sua avó levou as mulheres para a apresentação do mágico no salão dos fundos.

— Mágico? — Estranhei. Não sabia que vovó gostava de ilusionistas.

— É. — Ele revirou os olhos e percebi que não concordava com a atração. — Quando você tocou o interfone, pensei que fosse ele.

— Ah! Bem, vou levar o presente para ela, então.

— Dê um abraço no seu velho antes. Ele está com saudade de você.

— E... onde ele está?

Em vez de me responder verbalmente, vovô apontou com a cabeça para a sala de jantar. Engoli em seco e caminhei até lá a passos de tartaruga. Meu pai e eu nunca tivemos uma relação muito boa. Eu sabia que ele me amava, evidente, mas a gente não conseguia se dar tão bem quanto ele se relacionava com Luanna. Para mim, sempre sobraram exigências, enquanto para ela nunca faltou carinho. Tentei me convencer de que era assim com todos os filhos mais velhos, mas meu coração ainda sangrava com a lembrança de muitas palavras duras ditas por ele.

Por fim, tentei parar de agradá-lo, focando no que eu queria para mim, e ele parou de me perturbar quando viu que estava me afastando. De vez em quando, vovô me contava que meu pai falava da minha loja com tremendo orgulho para seus amigos, mas, para mim, nunca houve um elogio sequer. Era difícil viver nessa constante dualidade. Eu preferia me isolar e viver do meu jeito, sem reprovações.

Quando cheguei à sala, papai estava à cabeceira, falando animadamente sobre sua empresa a um homem sentado ao seu lado. Saul demorou a me notar e eu não me apressei em aparecer. Reparei como ele era enérgico mesmo quando falava com qualquer um. No entanto, havia uma empolgação atípica em seus olhos, que raramente dirigia a mim. Eram sempre cenhos franzidos que me fitavam de volta.

Suspirei e seus olhos me encontraram. Éramos fisicamente tão diferentes, que às vezes era difícil acreditar que havia genes dele no meu sangue. Meu pai tinha a pele bem branca, como a do vovô, e cabelos brancos, que um dia tinham sido claros. Os olhos eram escuros, contrastando com seu rosto. Saul era alto e magro devido aos anos se alimentando de forma mais saudável possível e praticando corridas matinais, apesar de seus sessenta anos. Eu também gostava de praticar exercícios físicos, mas era adepta da *bike*.

Saul pediu licença para a pessoa com quem conversava e veio ao meu encontro. Fiquei plantada na entrada, sem coragem de dar um passo adiante. Ele me abraçou forte, e retribuí meio sem jeito. Meu pai era um homem de poucas palavras, então, ele se concentrou na pergunta de praxe: "Como vai a loja?". Respondi: "Muito bem" e ele sorriu. Acrescentou que eu estava atrasada e voltou à mesa. Só então respirei profundamente. Nem tinha reparado o quanto meu coração retumbava no peito.

Primeira parte da missão cumprida. Meio trêmula, segui para os fundos da casa, pela porta da cozinha. O barulho das mulheres era infinitamente maior que o dos homens. Elas falavam alto e riam, tudo ao mesmo tempo, dificultando que eu antecipasse o assunto. Quando me aproximei, ladeando a piscina iluminada, consegui entender e parei à entrada, mesmo congelando sob o sereno noturno.

— Para mim, tamanho importa! — Era a voz da minha irmã, tentando se fazer ouvir acima da algazarra. — Uma vez, fiquei com um cara com o pinto tão fino que não fazia a menor diferença.

Vovó caiu em uma gargalhada estrondosa, que foi impossível não identificá-la. Por que elas tinham que conversar sobre... *aquilo*? Continuaram trocando experiências sexuais, como se falassem sobre o clima (ou meras piadas, se contasse a quantidade absurda de risadas que o assunto gerava), e eu me senti tão mal, que não conseguia dar o passo que me colocaria dentro daquele antro de loucas. O pior era que eu nem sabia por que não queria entrar. Vergonha era um motivo lógico, mas eu também não tinha nada para falar sobre o assunto. E, mesmo que tivesse, jamais falaria a respeito diante de minha mãe, irmã e avó. Muito menos na frente de estranhas! Não conseguia falar sobre sexo nem com um terapeuta!

Ouvi um raspar de garganta bem atrás de mim e dei um pulo com o susto que levei. Girei tão depressa, que bati as costas na porta, causando um estrondo.

— Desculpe, senhorita. — A voz masculina, envolta em gracejo contido, parecia veludo aos meus ouvidos. Não fui capaz de responder, tamanha histeria me tomou por dentro. Ele se curvou, segurando a cartola na cabeça e escondendo seu rosto. — Não queria assustá-la.

Então se ergueu e me dei conta de que estava diante do tal mágico que meu avô disse que viria se apresentar. Reparei bem no sujeito.

Ele estava com trajes típicos. Além da cartola preta, usava uma capa e um terno meio antiquado, com colete, também escuro. Havia um sorriso enigmático em seus lábios e seus olhos estavam envoltos em uma máscara negra que lhe tomava metade do rosto. "Misterioso" foi a palavra que me veio à mente para descrevê-lo.

Antes que eu alcançasse minha voz para lhe responder, a porta de correr se abriu e uma profusão de cabelo azul cobriu meu rosto.

— Oiii, irmããã! — Luanna me apertou em um abraço meio maluco, cheio de pulinhos, que faziam seus cachos azuis saltarem na minha cara.

Senti vontade de espirrar, mas me contive. De repente, ela parou e prestou atenção no mágico, que ainda esperava.

— Hmmm... Vejo que você já conheceu a atração dessa noite — disse com um tom travesso e apertou a ponta do meu nariz. — Espertinha!

Eu a afastei, empurrando-a, tentando me livrar do sufocamento.

— Sai, Lua! Você está amassando o pacote da vovó.

Não tive coragem de olhar para o homem de novo depois da insinuação da minha irmã. Com certeza, a cor da minha pele morena estava avermelhada, bem mais escura do que a de Luanna, que puxara ao papai. Ah! O cabelo azul era mais uma de suas façanhas. Acho que ela já pintou o cabelo de todas as cores que existem.

— Desculpe. É que eu estava morrendo de saudade! — salientou, me abraçando de lado, enquanto me acompanhava para dentro do salão de festas da vovó. — Que joia você fez dessa vez? Combina com o último colar que deu a ela?

Nossa mãe nos encontrou antes que eu respondesse ou alcançasse a vovó. Era tanta informação, perguntas e afagos, que ficava difícil me decidir a quem responder primeiro. Acabava não dizendo nem fazendo nada, e era, portanto, tida como a esquisita da família. Mamãe parecia bem, pelo sorriso complacente no rosto moreno e nos olhos azuis. E estava bonita, vestida com roupa de inverno quentinha e com o cabelo recém-tingido de castanho para cobrir os fios brancos. Éramos muito parecidas fisicamente, porém, o jeito retraído era uma coisa só minha mesmo.

Finalmente, consegui chegar até a aniversariante — na verdade, fui levada por minha irmã e mãe — e Úrsula me analisou profundamente enquanto me abraçava.

— Você anda comendo direito, menina? Está muito magrinha. — Espalmou meu rosto e analisou meu cabelo e roupas. — Nunca vi uma mulher que fabrica joias não usar nenhuma. — Sua fala soou como uma repreensão, à qual eu estava acostumada. Nunca tinha tempo de fazer algo para mim ou de me lembrar de usar as peças que escolhia para uso particular. — Você veio direto do trabalho?!

— Feliz aniversário, vovó. — Forcei um sorriso e lhe estendi o presente, que, eu sabia, ganharia toda a sua atenção e ela pararia de me avaliar.

Dito e feito.

Como uma criança abrindo um presente de Natal, Úrsula tirou a caixa de dentro da sacola, que pendurou no braço sem rasgar, e a abriu. Seus olhos brilharam e uma exclamação de assombro saiu de seus lábios, que ecoou por todo o salão, conforme todo mundo dava uma espiadinha.

— Que coisa mais linda! — A aniversariante se atirou nos meus braços e me sufocou. — Você sempre se supera! Que orgulho, minha neta!

Eu era péssima com palavras e sentimentalismos, mas era ótima em canalizar tudo o que sentia em arte. Estava muito bem assim se todo mundo continuasse reagindo daquele jeito e eu tivesse inspiração para criar.

— Bem, não quero atrapalhar mais a sua festa. — Cortei o clima eufórico, que me tornava o centro das atenções, pois já estava ficando sem graça com tantos cumprimentos e elogios. — O mágico chegou!

Tentei colocar entusiasmo em minhas palavras, mas nem foi preciso. A histeria retornou com à menção do tal mágico e suspirei aliviada, apesar de não entender por que todas estavam tão empolgadas com um ilusionista. Eu não via uma apresentação dessas desde que tinha uns dez anos e parei de acreditar em truques de mágica. Sentei em um canto, ainda agarrada ao braço da minha irmã. Luanna era muito carente, gostava de abraços e beijos. Já eu era na minha.

A luz esmaeceu e o DJ mudou o som. Gelo seco se espalhou à frente das cadeiras alinhadas em U, onde, certamente, o mágico faria sua aparição. Contive um bocejo para não demonstrar meu tédio. Luanna quicava ao meu lado, tomada de empolgação. Achei que ela já tivesse superado aquilo, mas, como uma menina animada, seu cabelo azul balançava contra meu rosto. Ela não parava de gritar e assoviar. Que loucura!

Houve uma explosão e levei outro susto, inquietando-me. A música que tocava era um *rap* com uma letra obscena, que me deixou nervosa. Olhei ao redor e não encontrei nenhuma criança, somente mulheres adultas, vidradas na fumaça que dispersava lentamente. Engoli em seco e voltei a minha atenção para o mágico, que surgia como uma sombra escura através da fumaça branca. Ele estava parado em uma posição estranha, como um passo de dança. Segurava a aba da cartola com dois dedos e a capa enrolada no corpo, com o rosto virado para o chão.

De repente, a música entrou em um ritmo frenético e ele começou a dançar... *Break*? Não podia acreditar que o tal mágico na verdade viera apresentar uma dança de rua. Não fazia nenhum sentido para mim. Tentei encontrar uma maneira menos direta ou desestimulante de perguntar à Luanna, mas ela acompanhava os movimentos do homem, mordendo os lábios e gritando, frenética, sem dar a menor atenção para mim. O que estava acontecendo ali?

Olhei para ele, estupefata, enquanto jogava a cartola para frente e três mulheres quase se estapeavam para pegar. Em um movimento cronometrado com a batida, o mágico jogou a capa para trás, descolando um velcro que eu não vira antes e girando-a na mão. Pude reparar nos movimentos lascivos que seu quadril fazia, e tentei desviar o rosto, mas não pude. Eu estava tão chocada que não conseguia me mexer. A capa também voou no espaço acima de nós e caiu bem em cima da minha mãe.

Voltei meus olhos para o homem, dançando loucamente, e quase perdi o momento em que ele simplesmente arrancou o colete como se o rasgasse, revelando um peitoral branco e nu por baixo. *Senhor!*

Ele era esculpido em músculos que se moviam de maneira única, de acordo com seus passos. Desviar meus olhos se tornou uma tarefa impossível!

Era sensual, proibido e hipnotizante demais para parar de olhar, mesmo que eu soubesse que deveria, por decoro. Não sei se queria saber onde aquilo terminaria, porém, minha capacidade de raciocínio foi embora com as roupas do sujeito.

Ele se mexia de uma maneira tremendamente sedutora, que fazia partes do meu corpo pouco utilizadas arderem de calor. O frio foi embora e eu suava, nervosa, me remexendo na cadeira como se quisesse dançar com ele.

Eu me obriguei a ficar quieta, mas até isso se tornou complicado depois que o mágico, simplesmente, arrancou as calças. A única coisa que o cobria (muito pouco) era uma cueca brilhante, prata, que cintilava conforme ele dançava. Não conseguia tirar meus olhos de seu... pacote. Boquiaberta, eu o vi puxar minha avó para o centro de onde se apresentava, junto com sua cadeira, na qual ele a sentou novamente, antes de passar as pernas ao redor dela e rebolar — praticamente em sua cara, e de costas para nós.

Foi então que eu vi sua bunda branca, dura e bonita, exposta em um fio dental.

Perdi o ar e tentei fechar os olhos, mas só os senti se arregalarem ainda mais. Um palavrão não escapou de meus pensamentos, que ficaram ensandecidos. *Puta merda!* Minha avó havia contratado um *stripper* para animar seu aniversário de oitenta anos!

2

Quando o desejo surgiu

Eu queria que um buraco se abrisse no chão e me tragasse para o interior da Terra, a fim de me impedir de continuar olhando aquele homem, quase nu, dançando sobre Úrsula. Se para mim já era difícil imaginá-la "brincando de médico" com meu avô, vê-la se esfregando em um *stripper* estava totalmente fora da minha capacidade mental. Meu cérebro estava sofrendo um *bug* violento, igual a um computador quando fica com a tela azul.

Aquilo explicava a reação do meu avô, mas, como marido que respeitava a mulher que sempre fez o que quis, não se opôs à atração. Desejei, do fundo de minha alma, que vovô tivesse impedido aquela insanidade.

Eu queimava, dividida entre vergonha e desejo, o que me deixava ainda mais constrangida por sentir atração física por um homem... *daquele* tipo. Sempre fui muito exigente com minhas companhias, não seria diferente com o sexo oposto, e jamais (JAMAIS!) ficaria com um *stripper*, nem por vinte minutos.

Definitivamente, aquilo ia contra tudo o que eu acreditava ser certo. Minha avó deveria ser internada em uma clínica por alisar o corpo nu de um gigolô daquele jeito descarado. Mas e as outras mulheres que concordavam e aproveitavam aquela maluquice toda? Minha irmã, minha mãe! Permaneci petrificada na cadeira, incapaz de me mexer e chamar atenção para mim. Não queria fazer uma desfeita no aniversário da vovó. Horrorizada, vislumbrei Úrsula tirar uma nota de vinte do decote, com a mão que portava o anel novo, e prendê-la na tanga do falso mágico.

Puta merda! Puta merda! Puta merda! Eu não conseguia pensar em mais nada!

O sujeitinho se levantou depois de receber o dinheiro e se encaminhou para o começo da fila em U. Apavorada, e com a visão brevemente limpa daquela imagem indecente, me virei para minha irmã e puxei seu cabelo azul. Com um grito de "ai", ela se virou para mim, pois estava acompanhando a dança da cadeira do *stripper*.

— Luanna, você vai se casar! — Foi a única coisa inteligente que pude dizer.

Meus olhos deveriam estar abertos do tamanho de bolas de beisebol.

— Né? Preciso aproveitar que ainda sou solteira! Uhul! — E ergueu as mãos para cima, como se estivesse em uma montanha-russa.

Senhor! Todas ali precisavam ser interditadas! Minha respiração estava descontrolada e eu tentei não fazer muito ruído. Mas duvidava que alguém se lembrasse de minha existência enquanto aquele gigolô barato estivesse se esfregando nelas. *Senhor! Senhor!* Fiquei apavorada com a ideia de que a minha vez chegaria, ainda que eu fosse a última da fila. Travei um duelo interno. Uma parte de mim queria sair correndo e gritando "fujam para as colinas". No entanto, uma parte mais perversa, e tão excitada quanto as outras mulheres ali, mal aguentava esperar.

Senhor! Senhor! Senhor!

Precisava parar de convocar Deus naquela gaiola das loucas. Devia ser pecado pensar n'Ele enquanto se desejava, ardentemente, tocar sua pele branquinha e, aparentemente, firme. Tentei trazer alguma lucidez à minha mente e agradeci por pelo menos não ter uma boa visão do esfrega-esfrega geral. Mantive os olhos repreensivos sobre Úrsula, que nem notava minha existência. Ela iria me ouvir quando aquilo acabasse.

Minha avó mordia o lábio pintado com batom vermelho e apertava o peito com a mão de unhas bem-feitas. Fiquei com medo de que ela tivesse um troço. Era muita emoção para alguém da idade dela. No entanto, sua expressão era de puro deleite. Úrsula tinha o espírito mais jovem que o meu e uma saúde de ferro. Eu esperava mesmo que ela fosse longe ainda, porque, por mais que me causasse embaraços horríveis, não conseguia imaginar o mundo sem a sua presença.

Distraída em meus pensamentos sentimentais, percebi tardiamente que o mágico estava muito próximo. Enquanto ele encaixava minha irmã entre suas pernas abertas, quase tive uma parada cardíaca. Sua coxa raspava na minha com o movimento sensual que fazia e aquele leve, porém constante roçar, descarregou uma onda de energia pelo meu corpo. Meus pelos eriçaram e foi difícil disfarçar a reação.

Mantive a cabeça baixa, me recusando a olhar para o lado. O contato físico já era mais do que eu aguentava, tal a intensidade da reação que provocou em mim. Sentia-me quente, fervendo em vergonha e desejo, uma mistura enlouquecedora. Era dolorosa e maravilhosa ao mesmo tempo, e causava grande confusão. Eu queria afastá-lo a todo custo, mas também puxá-lo para mim, e deixá-lo fazer comigo tudo o que eu queria fazer com ele.

Puta merda! Aquilo era contagioso! Fui contaminada pela loucura delas!

Então, a minha vez chegou. Ele ofegou quando saltou da cadeira de Luanna para a minha. Como uma criança de cinco anos, me mantive estática, obrigando-me a não fazer absolutamente nada do que eu realmente desejava. Sua respiração quente soprou no meu rosto como um dragão, e um arrepio se espalhou pela minha coluna feito um incêndio. O mágico parou os movimentos obscenos ao se sentar no meu colo, cuidando para não despejar todo seu peso sobre minhas pernas. Ele puxou meu queixo para cima com um dedo e fechei os olhos, me recusando a encará-lo de perto.

— Abra os olhos, rainha — sua voz, sussurrada ao pé do meu ouvido, era a coisa mais sexy que eu já tinha escutado em toda a minha vida.

Não consegui obedecê-lo, apenas apertei as pálpebras com força. O *stripper* soltou um risinho diante do meu gesto infantil.

— Tudo bem, se você prefere assim... — Esfregando seu queixo recém-barbeado contra minha face e meu pescoço, ele pegou minhas mãos e as depositou sobre seus ombros. — Simplesmente sinta...

Sua pele estava úmida, suada e escorregadia. Era firme e máscula, como eu supunha, e tão desejável, principalmente molhada daquele jeito, que meus dedos ganharam vida própria. De repente, eu só conseguia ouvir sua respiração descompassada, tão próxima e semelhante à minha. Seu cabelo se esfregou contra meus seios, deixando meus mamilos prontos para serem estimulados por sua boca. Minhas mãos deslizaram de seus ombros para o peitoral, desenhando com a ponta dos dedos o contorno dos músculos salientes.

O mágico era perfeito como uma escultura. Gomos trincavam seu abdômen numa constância deliciosa, que morria em um V profundo. Minhas mãos não tinham a mesma vergonha que eu. Na verdade, elas eram guiadas unicamente pelo desejo.

Ele agarrou meu cabelo pela nuca e puxou meu rosto para cima, causando uma erupção vulcânica dentro de mim.

Entreabri os lábios e esperei por um beijo ardente, que fosse capaz de aplacar o meu desejo e a minha respiração, agora completamente errática. Mas seus lábios não ousaram tocar os meus. Eles alisaram minha face até a orelha, onde sua língua despontou sutilmente, saboreando minha pele com a brevidade de um segundo.

Eu estava tão fora da realidade, que simplesmente senti entre as palmas seu bumbum durinho e delicioso, que começou a rebolar e arremeter, enquanto eu o apertava. Ficou difícil me concentrar em outra coisa além da imagem mental que eu fazia de seu quadril batendo contra o meu, em uma cadência firme e profunda, como se ambos estivéssemos nus. A fantasia foi tão real, que eu podia sentir seu pênis se afundar em minha vagina melada.

— Ah! — Uma exclamação poderosa de prazer escapou de meus lábios.

E tudo acabou. A presença física do homem, que rebolava sobre meus joelhos, desapareceu como uma miragem, interrompendo minha alucinação. Abri os olhos, ofegante, inicialmente sem saber onde estava. Ao me deparar com a bunda do *stripper*, que se encontrava de costas para mim, meu rosto pegou fogo e a vergonha me abateu. *Puta merda*! Eu havia vivido uma experiência altamente erótica na frente das mulheres da minha família e das convidadas da minha avó!

— Uau, Alanna! — minha irmã exclamou, se abanando. — Isso foi intenso!

Onde estava aquele maldito buraco quando mais se precisava dele? Eu me encolhi, automaticamente, com tanta vergonha, que fugir parecia um ato grandioso demais para eu conseguir realizar naquele momento. Não tive coragem de ver o que acontecia ao redor quando as mulheres voltaram a falar, todas ao mesmo tempo, naquela histeria que lhes era característica, e que por alguma razão eu parara de escutar durante a minha vez. Eu deveria ter saído do salão quando tive a chance, antes de aquela merda acontecer. Deveria ter entregado o presente da vovó, dado uma desculpa e ido embora. Era o que eu deveria ter feito!

Tarde demais para arrependimentos. Ficaria bem quieta, até que se esquecessem de mim novamente, então, sairia à francesa. Fiquei com a cabeça baixa, mais mortificada a cada segundo que eu passava naquele salão, mesmo sendo ignorada. A lembrança do corpo quente e suado daquele homem delicioso sobre mim ainda estava vívida demais. Era como se me mexer fosse acabar apagando tudo o que eu tinha vivido há poucos instantes. E, enquanto eu queria desesperadamente esquecer, também não queria.

Nunca me senti tão excitada como quando o mágico esteve sob minhas mãos. Havia algum truque nele, ou mágica, que seduzia ao simples olhar, removia a compostura ao primeiro rebolar e provocava imenso prazer ao mais suave dos toques. Minha pele ainda formigava sob o efeito de sua passagem. Abracei meu próprio corpo, tentando conter os tremores involuntários que o chacoalhavam.

A festa continuou alheia ao meu sofrimento. Eu não tinha o direito de impedir que se divertissem, mas não precisava participar. Daria qualquer coisa por uma saída estratégica, mas eu estava tão abatida que temia tropeçar em minhas pernas trêmulas. Cair de cara no chão seria mais um mico para a série "Os Desastres de Alanna".

Passei a desejar, ardentemente, que o mágico terminasse seu show e fosse embora, para que eu pudesse recobrar minha dignidade. Sua presença era intimidante e desconfortável. Não conseguia ser a mulher decidida e empoderada que dirigia o próprio negócio depois do que fizemos diante de uma plateia. E a culpa era dele. Para que me fez tocá-lo? Por que me tocou sem pedir autorização? Tentei me acalmar e me lembrar de que eu também não disse que não queria participar da brincadeira. Ele estava ali a trabalho e fez o seu melhor para não deixar ninguém de fora.

Trabalho! Pensei, bufando. Ele deveria sentir vergonha do que fazia para viver!

Foi com esse pensamento que meu constrangimento deu lugar à minha autoconfiança e ergui os olhos para espiar o que acontecia. O mágico havia desaparecido no centro de uma roda de mulheres afoitas e risonhas, e consegui suspirar aliviada. Estava havia tanto tempo parada na mesma posição que era como se eu tivesse travado.

Foi somente devagar que consegui voltar a me sentir mais relaxada, ainda que atenta a um possível novo golpe. No entanto, logo percebi que elas distribuíam as últimas carícias nele, enquanto o ajudavam a colocar as roupas de mágico de volta. Revirei meus olhos.

— Adorei sua apresentação. Qual seu nome, meu filho? — Minha avó agradecia, sem deixar de tocá-lo, para meu total desespero.

— Pode me chamar de Mago, dona Úrsula. — Ele enfiou a mão na cartola, de onde tirou algo e lhe estendeu. Era um cartão de visita em papel preto e letras douradas, tão chamativo que deu para ver de onde eu estava. Em seguida, colocou a cartola sobre a cabeça.

Revirei meus olhos, novamente, incapaz de conter o gesto. Qual era a do cara? Máscara e pseudônimo? Por que não falar o nome verdadeiro para minha avó, que pelo visto reservou uma boa grana para ele naquela noite? Covarde! Asco sobrepujou qualquer desejo que ele me fizera sentir antes, e fui recuperando minha consciência e a mim mesma. Cheguei a erguer um queixo desafiador em sua direção, mesmo que ele estivesse dando atenção às mulheres ao seu redor. Parecia que o *stripper* também estava me evitando, o que era ótimo. Preferia distância de tipinhos como ele.

— "O Mago: cuidado com seus truques, ele vai te seduzir". — Vovó leu o cartão com uma empolgação incontida. — Que *slogan* forte!

Revirei os olhos pela terceira vez. Eu deveria ter lido o maldito cartão antes de cair naquela cilada.

— Obrigado, dona Úrsula. Foi um prazer dançar para as senhoras. — O desgraçado se curvou sobre a mão anelada da vovó e lhe deu um beijo cavalheiresco, com um sorrisinho travesso nos lábios. Em seguida, repetiu o gesto com todas as mulheres presentes. — E senhoritas — acrescentou ao pegar a mão da minha irmã e me lançar um olhar cheio de malícia.

Senhor! Tira da minha frente essa tentação. Amém! Pareceu que o beijo durou uma eternidade, e seu olhar sobre mim foi tão intenso, que senti raiva por ainda me afetar. Mantive a postura ereta e esnobe, fingindo não ter me abalado com seu gesto proposital. Minha mão, e o centro das minhas pernas, formigaram como se seus lábios estivessem sobre a minha pele de novo e sua língua, atrevida, provasse meu gosto outra vez. Que calor! Acho que o aquecedor estava forte demais!

Ele se levantou com os olhos ainda em mim e o fitei de volta, sem nenhum receio daquela vez. Ficamos nos encarando por segundos intermináveis, como se não tivesse mais ninguém no salão além de nós dois. A distância parecia quase nada com aqueles dois faróis virados em minha direção, como se descortinassem meus segredos, despissem minhas roupas e tocassem meu corpo, cientes do que eu queria.

Eu não podia ser tão transparente assim, podia? Desconcertada, perdi a batalha e desviei o olhar primeiro. *Que derrota, Alanna*!

— Ah! Tome o cartão da loja da minha neta! — disse vovó, me assustando e me fazendo fitá-la. Vi, assombrada, enquanto ela se apressava para buscar a sacola, onde minha funcionária sempre deixava um cartão de visitas, para não se esquecer de colocá-lo na hora de entregar as compras a um cliente. Úrsula passou o pequeno papel ao Mago e praticamente esfregou a mão no rosto do rapaz. — Foi ela quem fez esse anel, não é lindo?

Delicadamente, o mágico tomou a mão da minha avó e analisou a peça que eu acabara de criar. O nervosismo tomou conta do meu ser, o que sempre acontecia quando alguém observava minhas joias pela primeira vez. Eu era uma artista em busca de aprovação, evidentemente, mas sabia muito bem lidar com críticas. Um segundo depois, eu me senti tola. O que um *stripper* poderia dizer contra o meu trabalho? Relaxei na cadeira e esperei para ver no que ia dar aquele diálogo.

— É mesmo muito bonito, dona Úrsula. — A voz do sujeito ainda me dava calafrios. — Sua neta é muito talentosa.

— E muito bem-sucedida! — acrescentou vovó, lançando um olhar de canto para mim. — Tem casa própria e uma marca de joias exclusivas. Dá uma olhadinha no site dela. Está no cartão que dei a você.

Senti uma onda de vergonha me atingir como um tsunami. Era impressão minha ou Úrsula estava me jogando para cima do *stripper*?

Abri a boca para perguntar, mas minha voz foi incapaz de sair. Até porque o homem acompanhou o olhar de minha avó com um sorriso encantador... Quer dizer, com um sorriso bem sem vergonha na cara de pau!

— Olharei, sim. Obrigado.

Meu queixo caiu com seu olhar de interesse sobre mim. Deve ter visto cifrões nos meus olhos. *Malditos sejam todos os strippers gostosos e interesseiros do Universo*!

— Você precisa mesmo ir? — Minha irmã fez até muxoxo para o mágico.

Revirei os olhos pela quarta vez. Sim, estava contando.

— Infelizmente, sim, senhorita. Tenho um compromisso.

Tentei não ligar, mas fiquei curiosa. Será que ele ia "pegar" uma cliente?

— É tarde, Luanna. — O pensamento se materializou na minha boca e, quando vi, já tinha saído.

Todos os olhares se voltaram para mim e eu desejei que aquele buraco se materializasse aos meus pés, mas, pelo visto, nada do que eu desejava ia acontecer naquela noite.

— Tem razão, senhorita Alanna Góes — concordou o Mago, sorridente. — Preciso ir. Boa noite! — Ele se curvou em um cumprimento bem antiquado e, em uma explosão de fumaça repentina, vinda sabe-se lá de onde, ele desapareceu.

Minha avó flutuou até mim e se sentou ao meu lado. Pegou minhas mãos e abriu um sorriso tão imenso, que até esqueci que deveria estar brava com ela.

— Senti um clima entre vocês, espero que dê certo! — E deu tapinhas amistosos na minha mão.

— O quê? — reagi, automaticamente, sem acreditar no que havia ouvido. — Do que você está falando, vovó? Não teve clima nenhum! — menti, mesmo que todo mundo fosse testemunha da minha desgraça.

— Ora, filha, não tenha medo. Só se divirta. Você é jovem e precisa sair mais.

— Eu me divirto muito, vovó. Não preciso de um *stripper* para isso.

— Ah, claro! — Ela revirou os olhos, demonstrando de quem puxei aquela mania. — Quando foi a última vez que você transou, minha neta?

— VOVÓ! — exclamei, estupefata, e morta de vergonha, levantando em um só movimento.

— Eu vi como você ficou quando ele a tocou — continuou ela, levantando também, e ignorando completamente meu constrangimento. — Isso é falta de sexo!

Dei dois passos para trás, com as mãos erguidas na minha frente, procurando alguma coisa para dizer que não fosse ofensiva. Não queria desrespeitar Úrsula.

— Não é nada *disso*! — retruquei com certa intensidade, lançando um olhar apavorado para as convidadas, que me olhavam com pena.

Puta merda! Minha avó queria me matar de vergonha!

Úrsula estreitou os olhos, como se não compreendesse meu pedido silente para que deixasse o assunto para outra hora (ou melhor, para nunca mais!), porém, sua expressão se iluminou, de repente, como se compreendesse o vasto Universo.

— Ah! AH! — O tom de sua voz subiu uma oitava na segunda exclamação, fazendo meu coração saltar com força contra o peito. Respirei aliviada por ela ter compreendido e se calado. Até que enfim! Mas comemorei depressa demais.

— Tudo bem se você gostar de mulher, minha neta. Não precisa sentir vergonha!

Minha boca se abriu e se fechou, e repeti o movimento três vezes, enquanto olhava da minha irmã, que balançou a cabeça como se apoiasse Úrsula, para minha mãe, que apesar do choque inicial, me lançou um sorriso de amparo. Antes que as três malucas me abraçassem e me pedissem para sair do armário com suas bênçãos, desisti de me fazer entender. Virei as costas e fugi. O que eu deveria ter feito havia muito tempo!

3

Um encontro inspirador

Depois de abandonar a festa de aniversário da minha avó sem me despedir de ninguém, entrei em um estado de nervos tão descontrolado que não consegui me acalmar. Em casa, tomei um chá, quente e forte, mas não surtiu efeito. Pensei em optar por um calmante, mas eu era contra automedicação, ainda mais com remédios de restrição médica. Optei por um banho fervente a fim de relaxar meus músculos e me fazer cair morta na cama.

Também não funcionou. O calor por dentro e por fora só me lembrava daquele homem indecente se esfregando em mim. Nada parecia eficaz para aplacar a queimação que o desejo me causava.

Sem alternativa, escolhi um vibrador que imita um pênis (tão branquinho e cheio de veias, que achei adequado para liberar minha fantasia com o Mago na solidão do meu quarto) e comecei a me estimular.

De olhos fechados, recriei a cena do encontro com o *stripper*. O fato de não saber seu nome me excitava ainda mais. Não saber nada sobre o homem por trás da máscara parecia permitir que ele se tornasse a encarnação das minhas fantasias eróticas mais profundas e escondidas. Me deixei envolver e seduzir por aquele desconhecido, na segurança de meus pensamentos.

Na minha imaginação, o Mago chegava magicamente no salão, em sua explosão de fumaça branca, onde eu estava sozinha, sentada em uma cadeira. Sua aparição não me assustou daquela vez. Eu o esperava como uma mulher anseia por seu amante, desejosa, sedenta. De terninho e com a camisa aberta, revelando parte dos seios, e uma saia acima dos joelhos em vez da calça (na minha mente, eu era capaz de ser mais despojada e sexy), apertei minhas coxas, uma contra a outra, a fim de conter a excitação que ensopava minha calcinha.

Ele dançou para mim, mantendo seus olhos penetrantes nos meus. Apesar de eu estar com mais pele exposta do que de costume, não me senti desconfortável, nem intimidada pelo seu olhar. E, mesmo que o Mago não estivesse vasculhando minhas curvas, eu nunca havia me sentido tão quente, excitada e tocada por um homem como naquele instante.

Seu corpo se revelou devagar, conforme se contorcia em movimentos sensuais de tirar o fôlego. Só de tanga, máscara e com a gravata solta no pescoço como um laço, ele caminhou até mim. Seus passos eram cadenciados como os de um predador, ou estariam no compasso da música? Deixei de ouvi-la no momento em que seus músculos começaram a saltar diante dos meus olhos.

Quis tirar as minhas roupas também antes que ele me tocasse, mas nada fiz além de acompanhar suas passadas com os olhos atentos e o coração furioso dentro do peito. O Mago apoiou as mãos no encosto da cadeira atrás de mim e se sentou sobre meus joelhos. Seu quadril rebolou, provocante, e o toquei espontaneamente.

Tateei pela cintura fina, subindo pelas costas, que se alargavam, sentindo as saliências dos músculos que saltavam nos ombros fortes. Ele se inclinou, quase encostando nossas testas, e o desejo de beijá-lo falou mais alto. Levei minha boca ao encontro da dele, que não a recusou, tomando meus lábios em uma fome desesperada, assim como minha vontade.

Sua língua lançou fogo pela minha garganta, que virou erupção vulcânica no estômago e líquido flamejante nas veias. Eu era puro desejo, cru e selvagem. Enganchei os polegares nas alças de sua tanga e tentei tirá-la. De repente, o Mago se levantou, fugindo das minhas mãos apressadas e do meu beijo guloso. Seu sorriso era de malícia e os olhos brilhavam, excitados. Ele me queria e isso me deu forças para retribuir o sorriso sexy e abusado.

Inesperadamente, ele avançou na minha direção, com um gesto rápido e louco, como o de um abraço. Mas suas mãos tocaram o encosto da cadeira e a inclinaram em direção ao chão, quase me fazendo cuspir o coração pela boca, tamanho o susto. Comecei a rir, nervosa e excitada, mas voltei à seriedade quando seu corpo praticamente nu se inclinou invertido e seu quadril ficou diante do meu rosto.

Maluca de tesão, segurei seu bumbum durinho de novo, afundando meus dedos em sua carne deliciosa e puxando-o em minha direção, enquanto ele se movia simulando a penetração. Nunca tive vontade de fazer oral em nenhum dos homens com quem me relacionei, mas fiquei sedenta para sentir o gosto, a textura e o peso do pênis do Mago na minha língua.

Foi nesse ponto que a loucura ultrapassou os limites de minha própria imaginação. Arranquei sua tanga sem pudor, preenchendo minha mão com sua espessura e a boca com a extensão de seu pau. Sua ereção foi a coisa mais deliciosa que pude tocar e chupar na vida, e me dizia que, independentemente de ele estar ali a trabalho, seu corpo tinha sentido uma química imediata e incontrolável pelo meu.

Sem parar de se mexer contra meus lábios, me ajudando a lhe oferecer o melhor que eu conseguia, o Mago abriu minhas pernas, encontrando minha vagina melada e descoberta (pois eu não usava calcinha sob a saia), pronta para receber a doçura de sua boca. Ele me lambeu, chupou e estimulou meu clitóris como nenhum outro, ousando esfregar o rosto sem máscara na minha lubrificação.

Quando seu dedo encontrou a entrada da minha vagina, mergulhando com facilidade na umidade escorregadia, acelerei os movimentos de minha sucção, atiçada pela maneira incrível como ele tocava meu corpo e me fazia entrar em uma onda cada vez mais profunda e perigosa de excitação. Eu queria gozar em sua boca e ainda beber seu sêmen.

Com um segundo dedo dentro de mim, perdi completamente o controle e a compostura. Meu ponto G foi friccionado com precisão e constância. Isso, aliado à cadência correta e deliciosa de seus lábios sobre meu clitóris, fez com que eu gozasse intensamente. Tirando a masturbação, nunca fui de gozar rápido quando estava na cama com um cara. Às vezes, nem conseguia alcançar o orgasmo, porque sempre havia mil e um pensamentos me impedindo de entrar no clima.

Com o Mago, eu perdia a racionalidade e só conseguia sentir, como ele mesmo havia sugerido que eu fizesse. Deitada na minha cama, com o vibrador entrando e saindo da minha vagina ainda pulsante e trêmula, eu me permiti atendê-lo sem neuras, chegando a um segundo clímax, que se transformou em um grito agudo de prazer. Era a primeira vez eu tinha coragem de extravasá-lo, mesmo estando sozinha.

Ofegante, exaurida e satisfeita, desliguei o *sex toy*, largando-o de lado, e simplesmente fechei os olhos, com um sorriso feliz no rosto. Senti o ritmo da minha respiração se acalmar e me levar para o mundo dos sonhos, no qual eu era atrevida, livre e autêntica, como todas as mulheres da minha família. Meu inconsciente queria ser como elas, mas minha racionalidade me dizia que eu não precisava ser outra pessoa além de mim mesma para ser feliz.

No entanto, aquela mesma massa cinzenta me dizia que não valia a pena me iludir novamente com outro macho escroto, que tentaria me diminuir por eu ser empresária, me questionar por eu ser mulher e me usar como se eu fosse um objeto. Estava emocionalmente esgotada de dar chance para homens que não queriam me valorizar, que precisavam apontar meus defeitos o tempo todo para se sentirem menos pequenos e me pisar quando eu decidia que não dava mais para continuar.

Era loucura querer alguma coisa com um cara como o Mago, o tipo de homem que vendia o corpo por dinheiro e no qual qualquer uma punha a mão. Eu não era ciumenta, tinha autoconfiança demais para ser possessiva, mas era monogâmica e não aceitava desculpas para traições. Acreditava que trair era uma escolha e não existia essa coisa de "aconteceu", ou "rolou, mas eu só amo você".

Entendia que podíamos sentir atração por pessoas que não amávamos, mas para mim respeito era essencial. Quando uma pessoa não resistia a ficar com outra, ainda que tivesse aceitado uma relação exclusivamente a dois, estaria ferindo a confiança e desrespeitando o outro, ignorando seus sentimentos e valorizando somente suas próprias vontades. A relação não deve ser boa somente para um.

Depois que adormeci, parte da noite foi tranquila, entretanto, chegando perto do amanhecer, despertei do sono pesado, esbarrando no vibrador abandonado. Tentei voltar a dormir, mas minha mente não se aquietava outra vez. Então, levantei e lavei o aparelho antes de guardá-lo ou mesmo escovar os dentes. Preparei o café da manhã distraída, sentindo a comichão criativa alçar voo dentro de mim.

Foi impossível esperar dar a hora de abrir a loja para me dirigir ao trabalho. A nova peça simplesmente se desenhava em minha mente, como uma obra de arte que eu havia visto em algum lugar, e meus dedos formigavam para dar forma a ela. Tomei um banho, me vesti formalmente e me dirigi até a Alanna Góes Design.

Aquela manhã estava ainda mais gelada, porém não me incomodei. Cheguei ao estúdio no primeiro andar apressada e acendi a forja para derreter o ouro. Tinha que ser amarelo de novo. Passei horas entre pinças, martelos e maçaricos sem perceber e ainda estava no meio da produção do detalhe mais importante da peça quando minha funcionária chegou.

— Bom dia, dona Alanna — disse com um sorriso na voz ao entreabrir a porta do meu reduto. Ela já estava acostumada com meus surtos criativos.

— Bom dia, Clarissa — respondi sem erguer o olhar da bancada.

— Dona Úrsula gostou do anel? Deve ter ficado lindo com a pedra.

— Você conhece minha avó. Ela gosta de tudo que é grande e brilhante.

Clarissa soltou um riso fungado e me deixou novamente sozinha, respeitando meu momento. Prestativa como era, reforçou que estaria à disposição se eu precisasse de algo. Agradeci e voltei a minha atenção para o trabalho minucioso de transformar metal em arte. As horas passaram sem que eu percebesse. Fui lembrada de comer pela jovem atendente, que também comprou meu almoço.

Nos minutos que dediquei à refeição, depois de lavar bem as mãos e me sentar à mesa isolada no escritório contíguo diante do computador, aproveitei para conferir meus e-mails. Eu não podia me esquivar daquele dever pelo menos uma vez por dia. Havia alguns *spams*, uma confirmação da agência de marketing sobre a alteração no site que solicitei e um remetente desconhecido, com o assunto "Currículo".

Organizei a leitura em ordem cronológica. Deletei os *spams* e conferi meu site antes de responder à agência. A equipe inseriu um *pop-up* provisório, sobre a contratação de um *motoboy* para as entregas. Não seria um trabalho integral, mas eu precisava de uma pessoa qualificada e exclusiva para a função. Estava cansada de pagar *motoboys* que não cuidavam das embalagens e as entregavam danificadas aos clientes. Eu tinha um nome a zelar e as entregas deveriam ter o glamour que a marca exigia.

Respondi à agência, agradecendo pela prestação de serviço, e abri o e-mail de um desconhecido chamado Miguel Timberg. Ele se candidatava à vaga de *motoboy*. Dizia que tinha veículo próprio, como foi exigido no anúncio em meu site, e que estava disponível para horários flexíveis, como exigi. Fiquei impressionada com a rapidez com que o *pop-up* rendeu resultado e me dediquei a ler suas informações.

Havia uma foto três por quatro que não impressionava muito. Ele não era feio, mas não tinha nada de especial. Mesmo assim, não conseguia parar de olhar para a fotografia. Tinha uma sensação esquisita de que já o tinha visto antes, mas não conseguia me lembrar de onde, nem de quando. As orelhas de abano me chamaram atenção, principalmente porque não o deixavam estranho, davam-lhe um charme. E, contrariando a seriedade da foto, seus lábios formavam um bico sensual, e os olhos... Era difícil definir... Havia um quê de sedução neles que me parecia bastante familiar.

O rosto ovalado e másculo era coroado por um cabelo castanho um pouco arrepiado e finalizado por um queixo pontudo e duro. E os olhos... *Senhor!* Pareciam olhar diretamente para mim, para dentro de minha alma. Algo se remexeu no meu interior, não sei se era a lembrança querendo vir à tona. Mas, quanto mais eu olhava, mais percebia pequenas nuances que, no conjunto da obra, o tornavam um homem de trinta e poucos anos muito atraente. Obriguei-me a rolar a página a fim de decidir se ele era qualificado pelas habilidades e não pela aparência.

Hmmm... dez anos de experiência em atendimento ao cliente. Depois de quinze minutos de análise enquanto aplacava minha perturbação com a comida, achei que valia a pena agendar uma entrevista com o possível candidato. Redigi uma resposta bastante formal e pedi que ele viesse à loja após o almoço. Enviei o e-mail e voltei ao trabalho, distraindo-me de vez do interesse pelo sujeito.

Pareceu que não havia se passado sequer um minuto, entretida como estava na confecção de uma peça inspirada na noite anterior (não dava para ignorar meus sentimentos quando se transformavam em arte), quando Clarissa subiu ao primeiro andar a fim de me avisar que Miguel Timberg havia chegado. Pedi para que ela me desse cinco minutos antes de conduzi-lo até meu ambiente de trabalho, que estava uma bagunça organizada.

Não gostava que vissem o projeto inacabado, mas, quando acontecia, procurava não me aborrecer, nem dar muita informação. Por isso, guardei os materiais em seus devidos lugares, assim como as ferramentas e as delicadas pecinhas que estava produzindo, para que o tal *motoboy* não visualizasse nada além de máquinas. Também não gostava de desorganização.

Lavei minhas mãos no banheiro e soltei o cabelo. Ajeitei-os em frente ao espalho e passei um batom antes de esperar sentada no pequeno escritório, que continha apenas a mesa com computador e duas cadeiras, onde eu atendia fornecedores e clientes.

A batida à porta, pontualmente, sempre reforçava a eficiência de Clarissa, que trabalhava para mim desde a inauguração da loja, havia quatro anos.

Ela abriu a porta com um sorriso e me lançou um olhar cheio de significado ao deixá-lo passar. Prendi o fôlego ao ser atingida pela imagem do homem interessante que conheci pela foto três por quatro. Miguel era muito mais bonito ao vivo. Definitivamente, aquela fotografia não lhe fazia jus. De camisa branca e calça social preta, eu o definiria como uma tentação. Dava para perceber a maneira natural com que o tecido fino se acomodava aos seus músculos e como o corte lhe caía com perfeição.

Se eu achara que ele era interessante somente ao ver seu rosto, no instante em que o vi em toda a sua plenitude eu não consegui nem descrevê-lo. Minha avó com certeza encontraria palavras melhores, como "partidão", e minha irmã diria o clássico "pegava fácil". E não era só o físico. O sorriso, meio atrevido, era uma coisa de louco, as passadas eram como gingadas sedutoras e o olhar causava atração como um ímã.

— Boa tarde. — Sua voz alegre me trouxe de volta à realidade.

— Boa tarde, Miguel. — Trocamos um aperto de mão. — Sente-se, por favor.

Ele me obedeceu enquanto eu respondia, finalmente, ao olhar de Clarissa. *Senhor!* De onde saiu aquele cara bem-vestido, educado e sorridente? E o perfume? Não estava acostumada a lidar com homens de classe. Na verdade, era um martírio conversar com pessoas pouco instruídas, muito despojadas ou com humor instável, principalmente no trabalho. Já bastava ter que enfrentar diariamente a loucura da minha família, sobre a qual eu não exercia nenhum domínio.

Aproveitei que desviei o olhar para me recuperar da situação embaraçosa. Abri novamente sua mensagem e deixei o currículo na tela do computador para consulta antes de me virar novamente para ele. Sua autoconfiança exalava pelos poros, mas não como presunção ou assédio. Miguel tinha a postura de quem se interessava e sabia que era qualificado para a vaga.

— Fiquei bastante interessada em sua experiência com atendimento. — Dei início à entrevista. — Poderia falar mais a respeito?

Ele não ficou abalado com a minha pergunta e pôs-se logo a responder.

— Comecei a trabalhar como *barman*, mas logo o gerente percebeu que eu podia ser aproveitado de outras formas. Passei para o departamento administrativo e me tornei *promoter*, auxiliando na divulgação do bar. Hoje ganho uma porcentagem fixa sobre o lucro total da casa.

Ergui as sobrancelhas, impressionada. Não consegui ficar indiferente.

— Um talento nato — respondi com um sorriso contido. — Por que se candidatou a uma vaga de *motoboy*, se... Desculpe pela franqueza, mas você deve ganhar bem, não é?

Miguel respirou fundo e lambeu os lábios, talvez surpreso com a questão que levantei.

— Faz dez anos que trabalho à noite e queria tentar algo novo. Acessei seu site e achei sua ideia de presentear clientes um diferencial interessante.

Ergui um dedo, interrompendo-o por um instante.

— A entrega é paga à parte do valor do produto. O cliente opta pela entrega, principalmente no caso de presentear algum ente querido. Funcionou bem no Dia dos Namorados. Quero manter a opção aberta exatamente pelo diferencial, mas tive muitos problemas com a falta de cuidado de entregadores terceirizados. — Miguel me ouviu atentamente, acenando com a cabeça em concordância. — Desculpe-me interrompê-lo. Continue, por favor.

— Sem problemas, Alanna. Entendo sua preocupação e devo acrescentar que o trabalho também precisa ser feito por alguém de total confiança, por causa do valor dos produtos. Acredito que seja melhor alguém fixo, em vez de se arriscar a cada entrega com um estranho diferente.

Acenei uma vez, dizendo sem palavras que Miguel estava completamente correto. A cada frase que saía de sua boca, eu ficava mais à vontade e otimista.

— Então, acredito que eu possa ter o perfil que procura, por isso me senti determinado a vir, mas confesso que tenho um motivo pessoal muito importante. Gostaria de mudar meu estilo de vida. O trabalho noturno é desgastante e atrapalha a minha rotina. Acho que está na hora de trabalhar em um lugar que abra em horário comercial e, como você ofereceu uma carga horária flexível, gostaria de testar.

Olhei para o computador e sua foto me encarou de volta. Senti um clima bom. Eu não era supersticiosa, mas manter por perto pessoas que me agradavam era um dos quesitos básicos. Foi assim com Clarissa e, naquele momento, estava sendo com Miguel. Eu o encarei novamente, abri um sorriso discreto, e lhe estendi a mão, decidida.

— Podemos fazer um mês de teste. O que você acha?

Diferente de mim, Miguel abriu um sorriso encantador, que o rejuvenesceu uns dez anos, e, de repente, eu não estava mais na frente do maduro e formal homem que entrou em meu escritório meia hora antes. Eu me vi diante do jovem que ele foi quando se tornou *barman*. Sua mão cortou o espaço entre nós e encontrou a minha, apertando-a com firmeza.

— Será ótimo, Alanna. Estou ansioso para começar.

Para finalizar a entrevista, expliquei que gostaria que mantivesse um vestuário formal e que ficasse disponível no celular, pois Clarissa o avisaria quando houvesse uma entrega a ser feita com um dia de antecedência. Miguel agradeceu, soltando a minha mão devagar e mantendo o olhar fixo no meu. Aquela sensação de familiaridade voltou com força e, para não estragar o clima, achei por bem dispensá-lo.

— Eu que agradeço, Miguel. — Ergui-me e o conduzi até a porta, que abri antes de lhe estender a mão, novamente. — Nos veremos em breve.

Sua pele estava um pouco suada no último aperto de mãos, demonstrando um nervosismo que não transparecia em seu rosto. Engoli em seco e prendi a respiração enquanto ele ia embora, deixando um rastro de seu perfume para trás. Demorei alguns segundos para me dar conta de que estava analisando seu andar firme e suas costas largas enquanto descia as escadas. Fechei a porta atrás de mim e me encostei à madeira, soltando o ar pela boca com força.

Minha avó estava certa. Eu precisava, urgentemente, transar com alguém.

4

O PRESENTE DE CASAMENTO

Eu ainda estava apoiada à porta quando Clarissa voltou, batendo na madeira com certa urgência. Meu coração, que já estava disparado, quase saltou pela boca com o susto que levei. Desencostei-me antes que ela tentasse abri-la e meu peso não permitisse, e me postei na janela mais próxima, para que ela não visse meu rosto que, certamente, estava afogueado.

— Dona Alanna, que rapaz... *distinto*! — A voz de Clarissa chegou até mim, mas não me virei para ela. — Fiquei surpresa quando ele disse que veio pela vaga de *motoboy*. A motocicleta dele parece cara! Achei até que ele fosse um fornecedor!

Estranhei a euforia momentânea da minha funcionária, sempre discreta e de poucas palavras, como eu preferia. Tomei coragem para encará-la, substituindo a feição excitada pela estranheza que seus questionamentos me causaram. No entanto, entendi tudo logo que a olhei. As pupilas estavam dilatadas, as mãos inquietas e os lábios entreabertos, em busca de ar. Era nítido que Clarissa estava sexualmente interessada em Miguel.

Contive a vontade de revirar os olhos. Não queria ser grosseira com a pobre coitada.

— Por isso mesmo acredito que ele seja perfeito para o cargo — respondi, ponderadamente, sem demonstrar qualquer emoção.

No entanto, uma batalha se travava dentro de mim. Era muito errado desejar dois homens diferentes em menos de vinte e quatro horas, e era ainda mais fora da realidade sentir um instinto infantil de disputar a atenção de Miguel com Clarissa. Tentei não dar atenção aos pensamentos, mas eles cresceram e me garantiram certa confiança de que a pacata funcionária não tinha a menor chance com ele.

Clarissa era... Normal. Mais do que eu, que nasci com alguns atrativos, como um par de olhos azul-claros que se destacava no meu rosto bronzeado. Ela seria mais bonita se vestisse roupas com cortes melhores. Nos últimos anos, Clarissa tinha se esforçado para me imitar, principalmente por causa das clientes ricas que frequentavam a loja, mas qualidade não era sua prioridade.

— Ah, sim! Claro! — As bochechas da jovem ficaram vermelhas e ela desviou os olhos dos meus, sem graça. Aquele sorriso discreto voltou ao seu rosto e a moça me observou outra vez, mais controlada. — Com certeza, esse entregador será aprovado pela clientela. A senhora precisa de alguma coisa?

— Não, pode voltar ao salão.

Esperei enquanto Clarissa se retirava do meu escritório tão rápido quanto entrou. Balancei a cabeça em negativa, tentando afastar da mente a excitação da funcionária e ignorar a excitação em mim. O perfume de Miguel, espalhado pelo ambiente, se adensava com o ar aquecido. Pensei em abrir uma janela para renovar o ar, mas não estava a fim de enfrentar o clima gélido do lado de fora.

Voltei a focar minha atenção e inspiração na peça nova, que não demorei tanto a finalizar. Na manhã do dia seguinte, prendi as duas chamas alaranjadas, efeito conseguido com uma mistura de ouro com cobre, a dois arcos de 18 quilates. Terminei os brincos perto do meio-dia depois dos banhos, que garantiram o brilho intenso, e do polimento, para remover as arestas restantes.

Pela primeira vez, olhei para as joias com desejo de mantê-las só para mim. Era fruto de uma fantasia e conservá-las longe de olhares alheios seria com mantê-las preservadas. Só que ninguém sabia disso além de mim, e eu estaria dando importância demais a um mero *stripper* se eu cedesse à tentação. Eu podia controlar meus impulsos ou, ao menos, canalizá-los para o trabalho.

Procurei por um mostrador em uma das muitas prateleiras que forravam praticamente todas as paredes e depositei, delicadamente, os brincos na espuma, sentindo um peso sair das minhas costas, como se puxado por uma mão invisível. Viu? Eu podia me livrar daquela atração quando eu quisesse. Não era de me deixar controlar por sexo. Tinha coisas mais importantes com que me preocupar.

No entanto, aquela peça precisava ser batizada e nenhum nome seria mais adequado do que "Chamas Mágicas". Não consegui segurar um risinho debochado, como se eu risse do Mago. Mesmo assim, peguei a etiqueta e a caneta especial e anotei o nome escolhido para colá-la na base do mostrador da joia. Estava na hora de sair para o almoço e decidi verificar os pedidos somente na volta.

Peguei minha bolsa e desci ao térreo, onde entreguei à Clarissa a nova peça. Deixaria que ela escolhesse um local apropriado para expor os brincos. Eu me despedi, garantindo que voltaria logo e, quando alcancei a porta de saída, trombei em alguém e uma explosão azul tapou meu rosto momentaneamente. Tentei afastar a cabeleira colorida do meu rosto em vão.

— Ah! — Luanna praticamente berrou no meu ouvido, enquanto me amassava em um de seus abraços apertados. — Ainda bem que consegui encontrar você na loja. — Ela se afastou, com um sorriso enorme. — Por favor, Alanna, almoça comigo? Eu preciso de você!

Que menina exagerada! Revirei meus olhos, afinal, tratava-se da minha irmã desmiolada.

— Vamos àquele bistrô de que você gosta — sugeri, aproveitando o espaço para cruzar a entrada.

Não queria Clarissa ouvindo a conversa. Prezava demais minha intimidade.

— Oba! — Luanna saltitou ao meu lado a fim de alcançar meus passos apressados. — É tanta coisa para resolver. Esse casamento ainda vai me deixar louca!

Achei melhor irmos com o meu carro. Não confiava em minha irmã dirigindo. A verdade é que, para mim, Luanna continuava sendo a criança que eu precisava proteger e cuidar. Ela falou o caminho todo sobre a quantidade absurda de coisas que precisava providenciar para a cerimônia. A maior parte já havia sido paga e terceirizada. O que a atormentava mais eram os detalhes: cores, modelos e formatos.

— São tantas opções! — concluiu o óbvio em algum momento de seu desabafo. — É muito difícil escolher somente um.

Esperava que Luanna não estivesse transformando seu casamento em uma apresentação folclórica. Ela não era boa com escolhas, por isso a metamorfose constante, mas eu achava que mamãe seria muito mais útil em ajudá-la.

Chegamos ao bistrô antes que minha irmã chegasse ao ponto chave de seu pedido de socorro. Ela falou sem parar, parando somente para fazermos os pedidos. Comi ouvindo-a discorrer sobre os conflitos de preferência que teve com o noivo e a sogra, e sua frustração por ter que ceder a uma cerimônia tradicional.

— Quando a gente recebe o pedido de casamento, imagina que vai ser do jeito que sempre sonhou, mas a realidade é bem diferente. — Luanna revirava a comida com o garfo. Notei, começando a me preocupar, que ela havia perdido peso. — Eu queria que fosse ao ar livre e não em uma igreja, cheia de imagens de pessoas mortas.

Diante daquela descrição, a visão que eu tive do seu casamento foi a de um funeral. Vi minha irmã de preto no altar, com o cabelo colorido coberto por um véu escuro, triste, vazia e impotente. Cruzes! Que macabro! Sempre tive dúvidas quanto ao matrimônio, mas nunca o havia comparado a um enterro. Mas faz sentido. Há homens que nos aprisionam na vida deles e nos obrigam a deixar de sermos nós mesmas para nos tornarmos as "mulheres perfeitas" que eles idealizaram para si.

— Acredito que uma relação é uma troca entre dois lados, Luanna — comecei a opinar. Não gostava de ver minha irmã para baixo daquele jeito. — Se você teve que ceder, ele também deve. Do que você não quer abrir mão, de jeito nenhum, nem pelo seu noivo, para que seu casamento seja como o do seu sonho? Diga isso a ele e lute pelo que você deseja.

Os olhos de Luanna brilharam como pedras preciosas e os comparei a safiras.

— O meu vestido! — Sua voz saiu um pouco alterada pela empolgação. — Não queria que ele fosse sem graça. Você não acha que eu mereço um diadema?

Comecei a rir. Minha irmã queria entrar na igreja como uma princesa de verdade.

— Você merece tudo o que quiser, Lua!

— Oba! — Ela bateu palmas, animada. — É aí que você entra, irmã!

Parei de rir na hora.

— Você quer que eu faça um diadema?

— Sim, por favor! — implorou, com uma expressão sofrida, que sempre me convencia. — Você é incrível com sua arte e me conhece a vida inteira!

— Luanna, você está encomendando um diadema para seu casamento, que acontece daqui a poucas semanas?

Fiquei apavorada com o prazo curto. Nem sabia ainda se eu conseguiria confeccionar um. Nunca tinha feito e precisava pesquisar e encontrar inspiração.

— Isso! Claro que vou pagar pela peça, mas não tem pessoa melhor para criar uma joia exclusiva para mim do que você! — Ela esticou a mão sobre a mesa e a repousou sobre a minha. — Alanna, você é uma designer incrível!

Senti certo orgulho, apesar do medo de falhar com minha irmã caçula no dia mais importante de sua vida. Engoli em seco e balancei a cabeça, forçando-me a sair da paralisia e parar de questionar algo que, com certeza, faria Luanna feliz. Era seu grande momento e eu não podia perder a autoconfiança e deixá-la na mão.

— Tudo bem, Lua. Começarei a pensar em algo ainda essa tarde. Não se preocupe com o pagamento. Será meu presente de casamento para você. — Espiei seu cabelo, pensativa. Como as safiras não saíam da minha mente, eu precisava me certificar de que não fantasiaria a noiva para um Carnaval. — Você vai pintar o cabelo de que cor?

— Ah! — Soltou um gritinho histérico e pegou o celular, procurando por algo antes de me mostrar. Era a imagem de uma moça desconhecida, de costas, com o cabelo longo e ondulado tingido em um tom de rosa bem delicado e clarinho. — Pensei nessa cor, o que acha?

Esqueça as safiras, Alanna. Fiz uma nota mental antes de lhe responder.

— Muito bonito, mas o vestido vai ser branco, não é?

— Marfim. Pelo menos não é o branco apagado. — Ela revirou os olhos, contrariada com o tom tradicional. — Estou pensando em usar sapatos rosa também, assim como minhas unhas.

Senhor! Minha irmã queria se casar de *cosplay* da Barbie!

— Pelo menos o rosa-claro vai colocar alguma cor no seu visual — ponderei.

— Obrigada, Alanna! — Saltou da mesa e veio me abraçar, apertado demais, como sempre. — Você é a melhor irmã do mundo!

Senti uma coisa gostosa por fazê-la sorrir de novo e parar de se lamentar. Luanna até comeu toda a comida esquecida no prato e ainda pediu sobremesa.

— Ah! Você vai à festa da vovó no fim de semana?

Estranhei desconhecer outra festança de Úrsula.

— Qual vai ser a comemoração dessa vez? — brinquei, revirando os olhos.

Luanna soltou uma risada alta.

— Não conhece nossa avó? O aniversário dela ainda não acabou! — Fiquei gélida. O que Úrsula estava aprontando? — Ela alugou um salão maior para receber parentes e amigos que não puderam comparecer porque a data foi no meio da semana.

Bem que eu achei que a festa na casa da vovó teve pouca gente.

— Ah! — Foi a única coisa que pude dizer e antes de dar mais uma colherada do meu doce.

— E... — Ela fez suspense e me olhou de um jeito estranho. — Ela chamou o Mago para uma nova apresentação.

Fingi que o nome... quer dizer, o pseudônimo do *stripper* não fez meu coração pular e meu estômago dar saltos mortais. Continuei comendo como se ainda falássemos sobre vestidos. Era bom manter as mãos, um pouco trêmulas, ocupadas.

— Alanna! — Luanna me repreendeu e pulei na cadeira de susto. Eu tinha que me controlar melhor. Tudo me assustava! — Eu sei que você está louca por aquela delícia de homem!

Dei de ombros, tentando não contra-atacar. Só pioraria tudo, eu já tinha aprendido.

— Não vou negar que foi uma surpresa e tanto assistir a uma apresentação de um *stripper* na festa de nossa avó, mas agora já estou preparada. Não me abala mais.

— Sua boba! Aproveita que você está solteira e pode!

Revirei meus olhos para suas palavras inconsequentes.

— Não estou desesperada por homem, Luanna. — Nem à procura, deveria ter acrescentado. — E nem se tivesse pagaria para ter um.

Ela apoiou o queixo nas mãos e revirou tanto os olhos, que as íris sumiram.

— Ai, como você é antiquada. Sabe, Alanna, estamos no século XXI. Já ouviu falar de liberdade sexual? Você não deve satisfação a ninguém, tem direito de fazer o que quiser.

Acabei o doce e limpei a boca antes de encará-la com seriedade.

— Exatamente por isso, Luanna, eu escolho continuar do jeito que estou.

— Cruzes! Com esse humor, é difícil mesmo alguém ficar mais do que uma hora com você!

Chocada, vi minha irmã fazer sinal ao garçom e pedir a conta sem me consultar. Fiquei tão ofendida e chateada, que não tive forças para discutir. Ela tinha razão. Eu estava sempre na defensiva e tomar decisões não deveria implicar em apedrejar as pessoas. Quando seus olhos se voltaram para mim, estavam tristonhos novamente.

— Desculpe, Lua. Não queria ser rude. Sei que é só preocupação sua comigo, como eu me preocupo com você. Mas pode ficar tranquila. Eu estou bem assim.

— Tenho minhas dúvidas, mas a vida é sua e não tenho nada com isso. — Repousou a mão sobre a minha novamente. — Só não se afaste de nós, por favor.

Suspirei, derrotada. Ela e a vovó sempre me convenciam a fazer o que não estava nos meus planos com o mesmo jeitinho doce. Pelo menos, daquela vez, seria diferente. Poderia mostrar ao Mago que eu não era como as outras mulheres. Ele podia dançar e rebolar na minha frente que eu observaria tudo indiferente, sem perder a compostura. Pretendia deixá-lo tão constrangido como ele me deixou. Esperava que, com meu enfrentamento, ele perdesse a vontade de me provocar outra vez.

— Eu irei à festa e ficarei até o fim... — garanti, com um sorriso.

— Já é um começo! — Minha irmã abriu um sorriso significativo.

Luanna não me deixou pagar minha parte do almoço e me acompanhou de volta à loja, porque estacionou o carro no mesmo estacionamento que eu usava todos os dias. Ela disse que me passaria as coordenadas da festa de arromba por mensagem mais tarde. E prometi que, assim que tivesse um croqui do diadema, mostraria a ela. Nós nos separamos e retornei ao trabalho.

A primeira coisa que fiz foi conferir os e-mails. Havia alguns pedidos pendentes, um inclusive que eu teria que conciliar com o presente de casamento da minha irmã. Procurei não me desesperar e incluí os novos projetos na planilha de tarefas, com *briefing* e prazo de entrega. Meu surto criativo havia me atrasado um dia na produção de outras peças, já solicitadas por clientes.

Atualizei a caixa de entrada só para ver se não havia nada novo antes de retomar a função, quando uma nova mensagem surgiu. Fiquei surpresa com o remetente e o abri logo, matando minha curiosidade. O nome me arrancou um sorriso tão natural, que não fiquei desconfortável como com o pseudomágico.

Boa tarde, Alanna, como vai?
Não quero incomodá-la, mas como não recebi seu contato, e admito estar ansioso para começar a trabalhar com sua marca, tive algumas ideias que gostaria de discutir com você. Se não se importar, é claro.
Na visita que fiz ao seu site, percebi que a entrega especial, que será minha função, é opcional. O que gostaria de sugerir é que, durante o mês de experiência, façamos uma promoção por tempo limitado com entrega grátis para todos os clientes da loja virtual.
Acredito que seja uma oportunidade para promover sua marca a quem ainda não conhece e também para avaliar melhor meu desempenho em uma função tão importante para o seu negócio.
Espero que não me ache invasivo. Só quero ajudar. Não se sinta obrigada a aceitar minha sugestão ou mesmo a me responder. Mas, se decidir fazê-lo, ficarei feliz em saber sua opinião.
Aproveito este e-mail para agradecer novamente por me disponibilizar a vaga.

Desejo-lhe sucesso sempre,

Miguel Timberg

Fiquei alguns minutos decidindo o que fazer. A ideia não era má e já havia entregas pendentes a realizar. Normalmente, Clarissa se encarregava delas, mas achei que valia a pena supervisionar, por mais que eu tivesse muita coisa para fazer. Respondi a Miguel, de maneira sucinta, acatando sua sugestão e lhe pedindo para vir à loja assim que lesse minha resposta, a fim de conversarmos melhor.

Em seguida, pedi à agência que fizesse a alteração no site, subindo as informações da promoção relâmpago o mais rápido possível, antes mesmo de discutir os pormenores com Miguel. O rapaz era inteligente, ousado e proativo. Se eu havia gostado da sua aparência e linguajar na entrevista, depois dessa sugestão gostava ainda mais dele e estava ansiosa para saber se meus clientes também o aprovariam.

Uma comichão de excitação fez minha pele formigar de expectativa pelo nosso reencontro.

5

Um acordo de cavalheiro

Eu não sabia se estava mais ansiosa por rever Miguel, com seu porte elegante, ou o Mago, e sua nudez pecaminosa. Tinha que admitir que ambos eram atraentes de maneiras distintas. Mesmo que meu corpo ansiasse pelo toque experiente e sedutor do *stripper*, minha razão sempre me faria escolher homens como meu novo e sagaz funcionário, que eu nem deveria pensar em ter na minha cama, mas estava pensando, veementemente.

Os dois, juntos, então... Senti um arrepio quente se espalhar pelo meu corpo com o cenário que minha imaginação fértil criou. A fantasia erótica me fez corar e autoventilar, de calor e vergonha. Às vezes, eu me surpreendia com a perversidade sexual que minha mente era capaz de simular. Logo eu, uma mulher ponderada como poucas, dona de uma racionalidade inerente, que não devia sentir um desejo tão intenso por dois homens que nem conhecia.

Aproveitei que continuava sentada em frente ao computador para dedicar um tempo à pesquisa do diadema da Luanna e esquecer um pouco dos homens mais tentadores que já vi na vida. Estava bastante preocupada com aquela encomenda. Era especial e eu não podia criar nada além de perfeito para minha irmã. Vi diversos modelos, dos mais simples aos mais espalhafatosos, mas nada parecia combinar com a cabeleira colorida e a espontaneidade de Lua.

Levei um susto quando ergui os olhos da tela e me deparei com Miguel, bonito e sorridente, perfeitamente escorado à porta entreaberta, feito uma escultura. Engoli em seco, transtornada por não ter percebido sua presença e seu olhar penetrante, fixo em mim, e por reparar que claramente sua beleza havia aumentado de um dia para o outro ou a minha mente estava me pregando peças.

— Você estava tão concentrada que preferi não interrompê-la — explicou.

Senti meu rosto queimar de vergonha pela forma direta como eu o olhava e pela distração sem cabimento a que me permiti. Limpei a garganta e apontei a cadeira diante de mim.

— Desculpe, eu estava esperando que Clarissa o anunciasse.

Miguel puxou a cadeira e se acomodou antes de me responder.

— Há clientes na loja, então, sugeri a ela que poderia subir sozinho, já que conheço o caminho até seu recanto.

Não consegui evitar um sorriso pela escolha de palavras e também não pude conter a satisfação por ele demonstrar real ansiedade pelo nosso reencontro.

— Pois bem, Miguel. Sou toda sua. — O rapaz ampliou seu sorriso e ergueu uma das sobrancelhas, mas não riu, o que não impediu meu constrangimento. Devo ter corado até a ponta do cabelo. — É... quer dizer, estou interessada em ouvir sua proposta — retifiquei, em tom profissional, fazendo-o sorrir.

— Gosto de trabalhar com pessoas como você, diretas ao ponto — retrucou, sorrindo, e, confesso, levando meu foco para o movimento que seus lábios faziam enquanto falava.

Não soube definir bem, mas sua boca tinha um jeito de se mover que me hipnotizava. Lembrei-me de ter me sentido da mesma forma com o Mago e voltei a me concentrar em seus pequenos olhos verdes, que ficavam ainda menores quando sorria. Acho que por isso os lábios chamavam tanta atenção em seu rosto oval. Não tinha porque comparar dois homens tão díspares.

— ...acredito que o risco seria bem menor para você, Alanna — dizia ele, enquanto eu devaneava em sua beleza.

Seria vergonhoso pedir que repetisse, então, apenas balancei a cabeça, concordando, retomando minha atenção à reunião que desenrolava.

— Estou propensa a aceitar sua generosa oferta, no entanto, isso aumentaria significativamente seu fluxo de trabalho — acrescentei.

— Não tem problema, estou à sua inteira disposição.

— E quanto a seu outro empreendimento? — insisti, amarrando pontas soltas.

— Meu próximo compromisso com horário definido será somente amanhã.

— Bem... — fiz uma pausa antes de entrar no assunto mais delicado. — O valor que eu tinha em mente não abrange todas as entregas da loja e...

— Alanna, por favor, não se preocupe com o valor. — Rápido como um gato, Miguel se moveu na cadeira e depositou sua mão sobre a minha, em uma carícia suave e quente. Borboletas se agitaram no meu estômago e culpei minha abstinência sexual por estar tão à flor da pele perto de qualquer exemplar do sexo masculino. — Sugeri aproveitar o período de experiência ciente disso e jamais lhe cobraria um centavo a mais. — Recostou-se na cadeira outra vez, com seu sorriso galante no rosto, e retirou sua mão, que me deixava nervosa. — Depois do primeiro mês, se você achar que mereço ficar, conversamos sobre valores.

Soltei uma risada, inapropriada e descontraída, de puro nervosismo. Aquele homem diante de mim era bom demais para ser verdade. De qualquer forma, não queria prejudicá-lo, nem me prejudicar, por isso, teria que validar nosso acordo por meio de um documento oficial.

— Tudo bem, eu aceito se você também concordar com a alteração de nosso contrato de prestação de serviço e o acréscimo de uma cláusula sobre a experiência remunerada.

— Fechado! — afirmou, estendendo o braço sobre a mesa.

Relutei em aceitar seu convite para um aperto de mãos, que selaria nosso acordo de cavalheiro e dama, mas deixá-lo no vácuo seria falta de educação. Meus pensamentos borbulhavam. Medo e desejo duelavam dentro de mim. Eu queria sentir tudo de novo quando nossas peles se tocassem, mas também almejei que nada mais acontecesse, assim eu pararia de agir como uma adolescente.

No entanto, daquela vez, meu estômago se encolheu, causando um pequeno desconforto, e me roubando o ar dos pulmões momentaneamente. Corei de contentamento e vergonha devido à reação do meu corpo. Pelo menos não foi eletricidade pura e calor insuportável, como com o Mago. Afastei o pensamento antes que a mera lembrança de sua ousada performance me fizesse esquecer o cavalheiro que Miguel era.

O sorriso que me ofereceu foi de uma beleza sem igual, prendendo meus olhos por tanto tempo, que fui incapaz de mensurar.

— Se já tiver entregas, estou disponível. — Suas palavras quebraram o encanto.

Fiquei ereta na cadeira, afastando nossos corpos e tentando raciocinar, depois de sair abruptamente do limbo em que a atração por Miguel me levou. Inspirei duas vezes de maneira profunda e desviei meu olhar para o computador, encontrando de imediato a pasta "entregas". Abri o arquivo e imprimi os dados necessários para que Miguel fizesse seu trabalho.

— Aqui estão os pedidos confirmados dos últimos dias. Provavelmente haverá mais quando você voltar. Pegue as peças com Clarissa, no térreo, por gentileza.

Enquanto lhe estendia o papel impresso, reparei pela primeira vez como estava vestido. Menos formal do que na entrevista, usava um casaco de couro sobre a camisa branca e gravata. Ele se levantou ao receber a folha impressa e inspecionei seu sapatênis. Aquilo me pareceu desleixado, mas curiosamente sexy. Quanto mais eu olhava, mais me convencia de que o visual despojado combinava com Miguel.

— Obrigado. Farei o meu melhor para que você queira me manter por perto.

Um sorriso atrevido e o cenho franzido seguiram sua frase dúbia, e eu esperei, prendendo o fôlego, que ele se corrigisse, como eu havia feito antes. Mas Miguel não disse nada, nem eu. Ele me virou as costas e saiu da sala, deixando-me atônita, sentada à minha mesa. Meu coração disparou e a dúvida de que eu era correspondida em minha atração me assolou durante sua ausência.

Tentei me concentrar no trabalho, dando início ao novo projeto e deixando o presente de casamento de Luanna para outra hora. Rabisquei, rabisquei e rabisquei croquis e mais croquis, e não fiquei satisfeita com nenhum desenho. Não parava de olhar para o relógio e a hora parecia não passar. Estava ansiosa demais pela volta de Miguel para ser produtiva.

Eu me sentia péssima por causa disso. Uma adolescente impulsiva, controlada por seus hormônios. Os meus nunca me controlaram antes. Aquele episódio vergonhoso com o Mago e a espera agonizante pelo retorno de um homem por quem eu me sentia atraída eram inéditos na minha vida. Nem quando eu tinha quinze anos me permitia agir levada pelas emoções.

Meu telefone começou a tocar sem parar nas horas seguintes. Clarissa ficou tão impressionada quanto eu, comentando sua surpresa ao me passar as ligações.

— Alanna! — Praticamente gritou uma das clientes que recebeu a entrega de Miguel. — Você não tem nada novo na loja? Irei a um evento esse final de semana e quero usar algo exclusivo, para minhas amigas babarem.

— Na verdade, acabei de colocar na vitrine um par de brincos. — Aproveitei sua empolgação para vender a joia inspirada no Mago.

— PER-FEI-TO! — berrou depois que eu disse o nome da peça e a descrevi. — Eu quero! Reserve para mim enquanto efetuo o pagamento pelo site. Obrigada!

A venda foi concluída com entrega especial grátis e imediata. Ela até mesmo colocou uma observação sobre a urgência em receber a encomenda para o tal evento. *Senhor!* O que estava acontecendo? As ligações não pararam, dificultando ainda mais minha concentração. Fiquei extasiada e preocupada. Uma mudança drástica daquela no comportamento das minhas clientes não era normal.

Quando Miguel finalmente chegou, anunciando sua entrada no meu escritório com um breve toque à porta, eu o recebi sem nem um sorriso, chocada demais.

— O que você fez?! — perguntei a primeira coisa que me veio à mente.

Só percebi que não controlei a tensão quando minha voz saiu trêmula e imperativa, assustando o sorridente entregador. No entanto, ele se recuperou rapidamente, transpirando uma autoconfiança que eu invejei. Miguel sorriu, erguendo a sobrancelha direita de um jeito maroto.

— Exatamente o que você me pediu, Alanna: entreguei as joias para suas clientes em perfeito estado.

Estreitei os olhos, desconfiada.

— Só isso?

— Sim, por quê? — respondeu, estranhando minha pergunta.

— Elas me ligaram assim que você saiu de suas casas.

— E fizeram alguma reclamação?

— Na verdade, não. Compraram mais.

Seu sorriso se ampliou tanto, que encolheu as bochechas e alcançou as orelhas.

— Que bom!

Meu queixo caiu até o térreo. Esperei, mas Miguel continuou em silêncio.

— Não vai me contar seu segredo?

Miguel jogou a cabeça para o alto, soltando uma gargalhada deliciosa.

— Um mago nunca revela os seus truques.

Fiquei sem chão com a referência que ele fez ao Mago. Disfarcei o máximo que pude, concluindo que só podia ser coincidência e que eu não precisava surtar por causa de uma simples menção ao *stripper*. Será que agora eu passaria a ter uma reação maluca cada vez que ouvisse uma alusão a ele? Não, eu jamais me permitiria ser enganada por um mágico mequetrefe, exibicionista e gigolô.

— Tem mais entregas para mim?

Olhei bem para Miguel, cujo visual continuava em perfeito estado, apesar de ele andar sobre uma moto. Ainda bem que não chovia, apesar do clima frio, o que atrasaria sua função. Seu cabelo permanecia penteado, arrepiado para cima, mesmo que tivesse usado capacete. *Senhor!* Como ele conseguia se manter lindo e irresistível daquele jeito depois de horas de trabalho?

Imprimi a nova leva de pedidos e o despachei apressada, desconfortável com sua presença. Fui ao banheiro, joguei uma água no rosto e me encarei no espelho. Eu me senti um lixo: acabada, pálida e sem graça. Como eu tive coragem de sair de casa daquele jeito? Por que eu não fazia mais nenhum esforço para ficar atraente? Parecia que eu realmente queria me esconder do mundo.

Pelo menos o *look* estava alinhado. Peguei minha bolsa e passei maquiagem para disfarçar as olheiras e dar uma cor natural ao meu rosto. Passei batom e iluminei os olhos. Pensei em soltar o cabelo, mas sabia que aquilo me atrapalharia. Então, apenas penteei novamente, renovando o coque que estava um pouco bagunçado. Respirei fundo, satisfeita com o resultado final e me sentindo meio tola ao concluir que eu só fizera aquilo por causa de Miguel, coisa que eu não precisava fazer.

Enquanto voltava à bancada de trabalho, tentava convencer a mim mesma de que não tinha vocação para agradar homem e que tinha me arrumado para mim mesma. Até sorri mais confiante e caminhei decidida. Focada, retomei os croquis. O telefone continuou tocando ao longo do dia, mas pedi a Clarissa que atendesse por mim e anotasse recado, caso alguma cliente fizesse questão de falar comigo. Mesmo com algumas interrupções, consegui concluir o desenho da peça encomendada. De repente, senti a presença de alguém atrás de mim e me virei, assustada.

— Que fascinante assisti-la concluir a criação dessa joia! — disse Miguel, sorrindo escorado à porta novamente, sem se abalar com meu visível espanto.

— Ah! — suspirei alto, cobrindo o coração com a palma. — Você precisa parar de se aproximar sorrateiramente desse jeito. — Não disfarcei a repreensão no tom.

— Me perdoe, por favor. — Ele soltou um riso gostoso, mas contido. — Sinto muito mesmo, Alanna. Não foi minha intenção assustá-la. Mas você não respondeu quando bati à porta e como Clarissa disse que estava aqui, sozinha...

Afoita, ignorei a sugestão sensual de sua voz ao pronunciar a última palavra.

— Tudo bem, eu que peço desculpas pela distração.

Seu sorriso foi condescendente.

— Eu entendo, também fico assim quando estou criando.

Fiquei surpresa com aquela informação inédita.

— Você é artista?

— Dançarino, mas não segui carreira. — Deu de ombros. — Pelo menos a sua arte dá dinheiro.

— Você coreografa? — continuei interrogando, não pude me segurar.

— Sim, é impossível ignorar quando a inspiração surge.

— Compreendo. — Balancei a cabeça, ainda chocada por saber que ele era um artista frustrado. — Mas você está se dando bem no ramo administrativo.

Seu sorriso aumentou de um jeito incrível, tomando todo seu lindo rosto.

— Graças a Deus, sou um homem de vários talentos.

Eu ri de nervoso, do mesmo modo impróprio de antes.

— E modesto.

Miguel ergueu a sobrancelha, denotando a confiança que lhe era nata.

— Se eu não acreditar em mim, quem mais vai acreditar?

De cara, eu não soube como responder a pergunta que me descrevia. Não que minha família não me apoiasse, mas se eu não tomasse a frente para fazer o que desejava e lutasse para o negócio tomar forma, jamais alcançaria o sucesso que havia conquistado ao longo de anos de investimento e muito esforço.

— Temos que ser nosso primeiro apoiador e o último a desistir — concluí o pensamento.

— Penso do mesmo modo — concordou Miguel, olhando para mim intensamente.

Confusa e presa em seu olhar, eu não soube o que dizer ou mesmo fazer. Ficamos quietos, parados um na frente do outro. Eu provavelmente estava com a cara mais idiota do planeta, mas Miguel sorria aquele sorriso encantador, que parecia fixo em sua boca para sempre. Ele começou a andar na minha direção e parei de respirar. Sua proximidade trouxe o aroma de seu perfume, que me atingiu com força.

Minhas pernas tremeram e a expectativa crescente fez um formigamento subir dos meus pés, pelas minhas pernas e morar no meu estômago, contraindo-o. Passei a língua pelos lábios e seus olhos captaram o movimento, imitando-o. Visualizei nosso beijo com tanta força, sentindo seu gosto, que, quando sua mão se estendeu no pouco espaço entre nós, fechei os olhos e...

Perdi o trágico momento em que seus dedos roçaram no meu rosto e ajeitaram uma mecha do meu cabelo atrás da orelha.

Abri os olhos e contive um suspiro de frustração. Miguel estava tão perto, invadindo meu espaço particular de maneira tão poderosa, que perdi a voz e a capacidade de me afastar. Normalmente, eu acharia aquela proximidade um insulto, mas havia algo na maneira delicada como aquele homem me observava que fazia eu me sentir segura.

Miguel abriu a boca para falar algo, no entanto, antes que qualquer som saísse de seus lábios, balançou a cabeça, como se afastasse um pensamento indevido, e aumentou ligeiramente o sorriso.

— Ainda precisa dos meus serviços? — Sua voz soou sedutora, grave e sutilmente rouca. Se eu não estivesse tão concentrada nele, não teria percebido.

— Não, por hoje chega. — Falar de trabalho afastou um pouco as outras ideias. — Amanhã a loja só abre meio período, mas não costumo fazer entregas aos sábados.

Ele ergueu a sobrancelha direita.

— Se as vendas aumentaram, acredito que precisará fazer uma exceção.

Tentei, mas não consegui sorrir de volta, mesmo que por dentro estivesse me regozijando... E me apavorando por tê-lo por perto de novo no dia seguinte.

— Acho que minhas clientes vão gostar da agilidade.

Fiquei quase chocada por ter conseguido fazer uma piada. Miguel abriu bem os olhos, o máximo que pôde, e se curvou para trás de tanto rir.

— É para isso que estou aqui, senhorita. — E voltou seu olhar para mim outra vez. Ele tomou a minha mão para si, sem pedir licença, deixando ali um beijo cavalheiresco. Tentei não tremer muito e demonstrar meu alto nível de nervosismo. — Até amanhã, Alanna.

Encontrei minha voz nas profundezas do meu âmago para lhe responder um boa noite gago e hesitante antes de vê-lo finalmente se afastar e se retirar. Levei a mão beijada para o peito, que se aqueceu de uma forma grotesca, se enchendo de uma esperança vã. Miguel era o tipo de homem fácil de se apegar e difícil de esquecer.

6

A ESPERADA SEGUNDA VEZ

Sábado foi um dia atípico. Passei a manhã nervosa, principalmente depois que Luanna me mandou uma mensagem confirmando local e hora da segunda festa de Úrsula. Eu havia sonhado com o Mago e nada conseguia me tirar a sensação sufocante de descontrole, nem mesmo o trabalho. Tudo piorou quando me deparei com um sorridente — e lindo e irresistível e prestativo — Miguel logo pela manhã, ao abrir a loja, me esperando na calçada, na friagem.

Para entender meu mau humor, ele precisaria ter consciência de que em meu sonho ridículo (e erótico, claro!) o *stripper* remove a máscara e me revela seu rosto, que era o dele mesmo. De onde minha mente insana tinha tirado a ideia de unir dois homens, completamente opostos, em um só corpo eu não fazia ideia. Talvez fosse algum tipo de fetiche ou o desejo oculto de qualquer mulher: ter um homem com pegada, mas que também fosse um cavalheiro.

Ele me ajudou, segurando minhas coisas, enquanto eu desarmava o alarme e abria a loja. Clarissa entrou, esbaforida, pouco tempo depois, pedindo desculpas e assumindo a lista de entregas de Miguel. Eu me isolei no primeiro andar, usando a malfadada inquietude para desenhar o diadema da minha irmã. Era chocante, mas eu tinha que admitir que sonhar com o *stripper* me inspirava, mesmo que a peça em questão fosse mais delicada do que os brincos "Chamas Mágicas".

Havia algo naquele sujeito que despertava em mim sentimentos que eu desconhecia. Talvez a maneira misteriosa como ele se apresentava me convidasse a descobrir meu próprio lado obscuro. O Mago tinha desejo e não o revelava. O homem real por trás da máscara (que não era Miguel) estava a salvo de olhares de reprovação ou mesmo de autocrítica. Naquele instante, percebi que eu tinha alguma coisa a aprender com o *stripper*.

Eu precisava parar de me torturar e assumir meus anseios mais secretos, pelo menos para mim mesma. Provavelmente, eu nunca teria coragem de expressá-los em voz alta, ou mesmo de mostrá-los para qualquer um, ainda que nas sombras de uma vida libertina como a do Mago. Mas já era um passo. Sentia que, em parte, meus relacionamentos anteriores não haviam dado certo por eu ser tão fechada.

No entanto, me abrir seria um processo. Não podia me frustrar com meus próprios limites. Eles foram sendo enraizados durante muito tempo. Provavelmente, eu nunca ficaria como minha avó (livre, leve e solta), não era da minha personalidade, mas se ao menos aprendesse a confiar e a me abrir com as pessoas que amo, já ficaria mais satisfeita comigo mesma e menos acuada nos encontros familiares.

Só que pensar em tudo isso não amenizou minha ansiedade e tensão pré-festa. Eu continuava a mesma Alanna, arredia, preocupada e muito tensa. A diferença é que daquela vez eu já sabia o que esperar. E como esperava! Em meu sonho, até deixei o Mago fazer o que quisesse comigo na frente de todo mundo quando ele se assumiu como Miguel. Que loucura!

Agradeci aos Céus por não cruzar com o entregador o restante da manhã e ao sair para almoçar, quando encerrei o expediente com Clarissa. Ela me informou que passou a Miguel tantas entregas que, com certeza, ele levaria o restante do dia nas ruas apinhadas da cidade a fim de concluir a lista. Bem, eu não podia negar que minhas clientes ficariam muito satisfeitas com a eficiência dele. E também mal-acostumadas. Miguel se tornaria essencial para o meu negócio se continuasse fazendo sucesso entre a clientela.

Desconfiava de que ele estivesse exagerando no atendimento. Quem me dera ser uma mosca para assistir a tudo sem ser percebida. Mas eu teria que confiar que ele estava agindo profissionalmente, já que minhas ilustres clientes pareceram curtir a novidade. Esperava também que o interesse por ele não passasse logo e que Miguel não perdesse seu charme único. Ficava confusa, mas gostava do jeito dele.

Gostava muito mais da atenção do entregador do que da do *stripper*.

Revirei os olhos ao constatar que minha avó jogaria o Mago para cima de mim naquela noite de novo. Quando coloquei as mãos sobre o volante, vi o caos em que estavam minhas unhas e decidi que uma tarde no salão de beleza não faria mal a ninguém, muito menos a mim. Fiz o serviço completo e saí do salão ao anoitecer me sentindo diva, rica e fabulosa.

Mas a sensação de confiança se foi ao abrir meu guarda--roupa e verificar meus *looks* austeros e executivos, e sapatos de bico fino que torturavam meus pés. Eu não tinha nada descolado para usar. Encontrei um vestido preto de mangas transparentes, que eu não vestia há muito tempo. Fiz uma careta achando exagerada aquela renda toda, mas logo vi um casaco branco que combinaria perfeitamente com ele.

Escolhi botas escuras de cano alto, que o vestido cobria, e tomei uma ducha com cuidado para não estragar a escova. Fiz uma maquiagem levinha, somente para realçar os olhos e colocar um brilho nos lábios, mantendo-me o mais natural possível. Discrição sempre seria minha preferência, não importava se eu saísse para seduzir ou para ser seduzida.

Mas que ousadia era aquela? De onde saiu tal pensamento? Definitivamente, o Mago estava bagunçando a minha cabeça por completo. Eu me encarei no espelho de corpo inteiro do meu closet e não me reconheci. Não estava diferente por fora, continuava com a mesma aparência, só mais arrumada, mas havia algo nos meus olhos que eu não soube nomear.

Resolvi que ignorar aquela mudança seria o melhor para o momento. Eu queria estar dona de mim mesma quando chegasse o instante em que meus olhos recairiam sobre o *stripper*. Desejava enfrentar a situação de cabeça erguida, e não como a menina boba e envergonhada que foi facilmente seduzida por ele. Afinal, eu era uma mulher muito crescida para passar um vexame daqueles. Ser pega de surpresa foi minha ruína, mas aquilo não aconteceria de novo.

Consegui sorrir para a minha própria imagem refletida no espelho. Juro que não sabia de onde vinha aquela confiança (e o frio no estômago!), mas gostei da sensação. Eu me sentia plena, dona de meus sentidos, ciente de cada pormenor que me movia. Só não fazia ideia do que fazer com aquilo.

No entanto, minha autoconfiança foi abaixo quando cheguei ao grande salão que Úrsula locou para a festa. Comecei a achar que eu havia exagerado em tudo: no *look*, na depilação e até no cabelo solto. Era só uma festa de família e parecia que eu estava indo para uma *rave*. Tentei passar despercebida, mas meus saltos altos tilintaram no piso de mármore e todos os olhares se voltaram para a minha direção.

O salão estava lotado, para meu desespero. Pensei em me encolher e me abraçar com o casaco na tentativa de ser engolida por ele, mas nada disso adiantaria. Um vulcão azul saiu do meio dos convidados, se deslocando na velocidade da luz até mim. Luanna me abraçou com tanta vivacidade, que eu teria perdido o equilíbrio se a baixinha não tivesse me mantido firme em seus braços.

— Que bom que você veio, irmã! Fiquei morrendo de medo de você não aparecer.

— Eu disse que viria, não disse?

— É, mas você poderia ter dito isso só para me fazer parar de insistir.

Poxa! Luanna me tinha em muito baixa conta e nem podia culpá-la por isso.

— Trouxe algo e espero que você goste. — Abri um sorriso na esperança de trazer alegria à minha irmãzinha.

Às vezes, ela ainda parecia a menina pequena e frágil de quem eu cuidava quando éramos crianças.

Eu me sentia completamente responsável pela felicidade dela, talvez por isso mesmo tenha colaborado com os mimos que meus pais e avós despejaram sobre Luanna, fazendo aqueles olhos castanhos e pidões brilharem de contentamento. Foi esse mesmo brilho que incendiou suas íris à menção do presente.

— O que é?

Abri a bolsa e tirei o croqui dobrado ao meio para caber dentro de um livro e não amassar.

— Veja com seus próprios olhos.

Luanna desdobrou o papel apressada. Ela sempre adorou surpresas e eu sabia que iria agradá-la quando decidi levar o croqui para a festa.

— Oh! Alanna! — Minha irmã cobriu a boca, em claro espanto, e reparei que seus olhos lacrimejaram. — Ficou lindo!

Inesperadamente, ela me apertou em um longo e choroso abraço.

— Obrigada! — Sua voz saiu embargada pela emoção. — Eu já disse que você é a melhor irmã do mundo?

— Já — Ri, nervosa, principalmente ao me lembrar de que, na maioria das vezes, Luanna reclamava de minhas atitudes. Só me dizia aquelas coisas quando eu lhe fazia algum agrado.

Por cima da cabeça de Lua, eu vi o momento em que nossa mãe nos localizou perto da entrada do salão e começou a caminhar até nós, com toda a elegância que lhe era característica. Teve uma época em que eu queria muito ser como ela, não só na aparência, como também no jeito de ser. Mas precisei assumir minha própria identidade que, querendo ou não, não tinha nada a ver com ninguém da minha família. Talvez eu fosse mais parecida com o modo fechado do meu pai. Ainda assim, carregava em mim uma personalidade singular. Acreditava que se descobrir um ser único fazia toda a diferença. Foi só depois disso que consegui seguir a minha vida como eu almejava e alcançar meus objetivos.

— Sempre me emociono com o amor que vocês têm uma pela outra, filhas.

Mamãe e Luanna sabiam que eu era muito menos efusiva ao demonstrar meus sentimentos, mas que eu sempre fui muito protetora com todos eles. Quando minha irmã caçula ficava doente, eu fazia questão de ajudar meus pais a cuidar dela, tomando a responsabilidade para mim. Ou quando meus pais tinham decisões importantes a tomar, sobre a empresa ou a família, eles sempre me convidavam para o debate, porque sabiam que eu era capaz de entender e era forte o bastante para suportar.

Mas, diferente dos outros, eu não estava acostumada a ser cuidada. Eu sentia falta de ter alguém por perto para cuidar de mim também, mas não conseguia me entregar às mãos de ninguém, mesmo que fossem da família. Não queria ser um peso para eles e isso me tornou uma rocha, forte e impenetrável.

As palavras de mamãe me perturbaram, por isso, afastei Luanna, sem graça.

— Mãe, olha o que a Alanna fez para mim! — Minha irmã praticamente esfregou o croqui na cara dela.

Fiquei roxa na mesma hora. Era só um rascunho para agradá-la, eu nem sabia se ia manter a joia igual ao desenho, que surgiu de uma inspiração insana.

— Meu Deus! Que coisa mais linda! — Mamãe exclamou por educação, percebi a dificuldade que ela tinha em enxergar o desenho no croqui. Já havia lhe dito para procurar um oftalmologista, pois provavelmente teria que usar óculos, mas ela me ouvia? — Um diadema de verdade para minha princesa — acrescentou, beijando o topo da cabeça de Luanna, carinhosamente. Em seguida, ela olhou para mim com orgulho e me abraçou de lado, cochichando:

— Obrigada por cuidar tão bem da sua irmã.

Para mim, só restavam cobranças, enquanto Luanna ficava com todo o afeto. Eu já estava acostumada. Dizem que isso é unânime entre os filhos mais velhos. Dei de ombros, como se não fosse nada, e não era mesmo. Eu realmente achava que devia alguma coisa a eles, principalmente que era meu dever cuidar da minha irmã mais nova. Talvez por isso a ideia de ser mãe não me atraía muito.

No entanto, eu não devia reclamar. Luanna foi criada para ser princesa, mas eu fui criada para ser rainha, dona da minha própria vida e independente emocional e financeiramente. Por isso, eu tinha meu próprio negócio enquanto minha irmã era funcionária dos nossos pais. A danada ainda teve sorte de arranjar um noivo que a tratava como uma princesinha, que, além ser de um doce, era rico e bonito.

Eu nunca acharia um homem que não quisesse tomar o meu lugar ou me diminuir à função de escrava.

Luanna me levou pela mão até a sua mesa, onde estava toda a família. Cumprimentei vovô, papai e o noivo da minha irmã antes de me sentar ao lado de uma falante garota do cabelo azul, que não parava de mostrar o croqui do diadema para todo mundo. Ainda bem que os homens da mesa não fizeram muitos comentários a respeito, me deixando mais relaxada.

As horas passaram e nada da minha avó me ver, apagada como eu estava ao lado de duas exuberantes mulheres, que não paravam de falar sobre os preparativos do casamento. Eu a via passando de mesa em mesa, seguida por um fotógrafo e um cinegrafista, que registravam cada movimento e sorriso que ela distribuía incansavelmente sobre saltos mais altos que os meus. Úrsula portava o anel nada discreto que eu havia lhe dado e o exibia sem modéstia.

A demora para chegar à nossa mesa era plausível. Primeiro, éramos família, e vovó daria preferência às centenas de convidados presentes. Segundo, ela conversava com todos e só seguia para a próxima mesa quando se dava por satisfeita. Eu a admirava por sua paciência e capacidade, que Luanna também possuía, de discorrer sobre qualquer assunto com todo tipo de pessoa. Quem me dera ter um terço da sua desenvoltura!

Comecei a bater o pé no chão por pura ansiedade. Por que a apresentação do Mago estava demorando tanto para começar? Será que minha irmã me enganou e só usou o *stripper* para me atrair à festa? Ruborizei de vergonha e ao mesmo tempo de raiva por ser tão facilmente manipulada por qualquer membro da minha adorável família.

Relaxei ao me dar conta de que eu havia chegado no horário marcado e não atrasada como da outra vez, e que certamente vovó deixaria a sem-vergonhice para o final da festa, quando a maioria dos convidados já tivesse ido embora. Eu me acalmei bem a tempo de finalmente ser notada pela aniversariante. Ufa! Úrsula perceberia meu nervosismo assim que olhasse para mim.

— Andou se escondendo de mim, Alanna? — Foi essa a recepção de vovó.

— Não, senhora. Não quis atrapalhá-la enquanto cumprimentava seus convidados.

— Minha neta, você jamais me atrapalha. — Ela me olhou com tanto carinho, que me senti bem por resolver ir.

Era aquele olhar que me dava forças para resistir às adversidades e lutar pela minha autenticidade. Mesmo que vovó fosse meio doidinha, ela nunca me julgava. Pelo contrário, era ótima conselheira para qualquer tipo de assunto, inclusive para negócios. Tanto eu quanto meus pais sempre ouvíamos o que ela tinha a dizer sobre nossas empresas.

— Recebeu muitos currículos de candidatos à vaga de entregador? — questionou, sentando-se ao meu lado.

Contei à Úrsula sobre o e-mail e a negociação com Miguel, sem entrar em detalhes sobre a boba atração que eu sentia por ele e suas indiretas indevidas. Talvez ela me repreendesse por não agir 100% como profissional se soubesse, ou (como era mais do feitio dela) me diria para aproveitar e me jogar nos braços do rapaz. Não queria que ela reagisse de nenhuma das duas formas. Adicionei à conversa a experiência de dois dias que tive com ele na loja e a reação exagerada das clientes.

— Que bom, Alanna. Parece que ele está fazendo mais do que se propôs. Já gostei desse Miguel.

— É isso o que me incomoda, vovó. Não sei quais são as intenções desse estranho e não faço ideia do que exatamente ele está "oferecendo" — desenhei as aspas no ar — às minhas clientes. Não estou lá para ver!

— Alanna, você tem que parar com essa mania de tentar controlar tudo! O rapaz deve ser talentoso, senão você nem o teria contratado tão depressa, perfeccionista como é. Dê uma chance a ele de provar a que veio.

— Estou dando, vovó, estou dando, mas é... complicado!

Úrsula riu da minha escolha por encerrar o assunto com um termo genérico.

— Sempre teimosa e determinada! — A maneira como ela falou aquilo me deu um baita orgulho de mim mesma. Não havia repreensão em seu tom, e sim admiração. — Se você quer tanto saber o que ele faz longe de seus olhinhos atentos, vou comprar alguma coisa em sua loja virtual e solicitar uma entrega.

Meu rosto inteiro se iluminou com a mais pura alegria. Peguei suas mãos.

— Você faria isso por mim, vovó?

— Criança, eu faço qualquer coisa por você.

E me deu um beijo na testa. Apertei os olhos, contente, feliz, alegre feito uma menina em dia de Natal.

— A senhora faz tanto por mim! — Era um agradecimento, mas saiu incompleto tamanha foi minha emoção naquela hora. — Até mesmo a entrega especial foi ideia sua.

— Só quero ver vocês felizes e realizados...

Odiava quando ela falava daquele jeito. Para mim, Úrsula era eterna. Que Deus seria injusto a ponto de tirá-la de nossas vidas? Eu me vi apertando-a em meus braços, com os olhos ardendo pelas lágrimas que eu não podia derramar. Como uma criança assustada, eu me recusava a aceitar que um dia a morte a levaria de nós.

— Eu te amo, vovó.

Úrsula me apertou ainda mais forte ao ouvir as palavras, que poucas vezes eu pronunciava. Ela era meu presente, maluquinho, mas meu. Vovó foi mais minha mãe do que a minha genitora, que se dedicou à sua preferida. Cresci com a melhor e, mesmo tão diferente, eu tinha muito orgulho do exemplo que ela me dava todos os dias.

Para estragar o momento, Luanna exigiu a atenção da nossa avó a fim de mostrar o diadema que eu mal tinha começado a produzir. Mas o olhar de aprovação de Úrsula valeu a pena. Minha irmã não parava de olhar para a joia, como se ela estivesse brilhando, com seus duzentos diamantes. Daria um trabalhão prender cada uma das pedras no aro.

— Você faz tudo o que sua irmã quer. — Foi a constatação óbvia de vovó.

Dei de ombros, mas, antes que pudesse dizer qualquer coisa em minha defesa, a organizadora da festa se aproximou e perguntou à Úrsula se seguiria o cronograma, pois o jantar estava atrasado e as entradas já haviam acabado. Minha avó ordenou que a comida fosse servida e a festa prosseguiu, com comes e bebes da melhor qualidade e de grande variedade.

A música rolava solta, enquanto imagens dos oitenta anos de vida de vovó se repetiam no imenso telão. Depois do jantar, uma sobremesa deliciosa ficou disponível e não resisti a sair da dieta. Era sábado e eu estava na festa de arromba de Úrsula, podia me dar o direito de comer doce livremente. Eu havia cortado o açúcar da alimentação porque não me acrescentava nada além de baixa resistência e crises alérgicas. Mas, como uma boa formiga, adorava qualquer tipo de doce, e morria de saudade e inveja quando via Luanna se esbaldando sem remorso.

Já mamãe vivia de dieta para controlar o peso, o que já não era uma neurose minha. Úrsula tinha me ensinado a dar valor ao que está dentro e não fora, por isso meu peso nunca foi meu inimigo. Eu me preocupava com a saúde, coisa com a qual mamãe era negligente. Como caçadora de dietas malucas na internet, já tinha ido parar no hospital com anemia e pressão alta por ingestão desequilibrada de nutrientes.

Fora os tratamentos estéticos. Vovó nunca fez uma cirurgia reparadora. Nem aplicado botox. Já a minha mãe... Bem, perdi as contas de quantas vezes ela se mutilou em busca do corpo perfeito. Era triste assistir àquilo e Saul não fazia nada para amenizar a compulsão de mamãe. Ainda bem que Luanna não seguia seu exemplo. Nunca tive vontade de mudar meu corpo, nem os meus defeitos.

Lá pelas tantas, com o número de convidados bastante reduzido, ficaram somente os amigos mais chegados e familiares. Meus pais saíram de fininho depois que minha mãe reclamou de indisposição. Preocupada, achei por bem que fossem embora mais cedo. Fiquei com vontade de aproveitar a deixa e demonstrar ser forte contra o desejo de rever o Mago, mas não pude. Eu estava enfraquecendo diante de um homem de novo e isso me amedrontava.

Na verdade, eu estava enlouquecendo de ansiedade para assisti-lo outra vez!

As luzes se apagaram e um holofote se acendeu no centro do palco. O telão também foi desligado e a tensão se fez presente, pesando o ar à minha volta. Uma música de suspense fez meu coração disparar de expectativa. A cortina balançou e o *stripper*, completamente caracterizado, surgiu com todo o seu gingado, posicionando-se perfeitamente no centro do círculo de luz.

Esperei pela música erótica para ele começar a dançar e... a tirar a roupa.

7

Uma noite de enlouquecer

Eu disse "tirar a roupa"? Não, não! Quis dizer que esperei entediada pelo início da pouca vergonha. Sustentei meu olhar firme em sua direção, mantendo-me no propósito de demonstrar que o Mago não me afetava. Ele podia quicar nu até o chão que eu nem me abalaria daquela vez. Respirei fundo ao ouvir os primeiros acordes da música, já prevendo a letra nada ortodoxa.

No entanto, a maneira sensual como o *stripper* se movia trazia até mesmo um pouco de romantismo à apresentação. Quis rir do meu próprio pensamento. Romantismo em um show *daquele*? Eu só podia ter enlouquecido. Pensar e sonhar com seu corpo nu e sem rosto havia queimado alguns de meus neurônios. Só podia ser isso!

O Mago dançava com sensualidade, como se estivesse bailando para si mesmo. Seus movimentos eram ainda mais hipnotizantes. O rosto estava virado para baixo, mesmo que a máscara mantivesse sua identidade em segredo, e a cartola estava levemente inclinada para frente, produzindo mais sombra sobre sua face. Ele girava a capa no ar, dando a sensação de que voava sobre o palco.

A letra da música escolhida me decepcionou um pouco. Não era pornográfica, apesar de ter a palavra "excitado" logo no começo e "sexy" mais para o final. Havia a promessa implícita de sexo e o cantor garantia que enlouqueceria a garota naquela noite, sem pressa, porque ele estava louco por ela e já tinha sonhado com aquilo. *Senhor!* Senti um arrepio percorrer minha pele tão rapidamente que estremeci.

Era como se o Mago tivesse lido a minha mente e escolhido aquela música para mim!

Lutei contra meu instinto natural de preservação e não tentei me esconder. Não tinha ideia de quanto tempo suportaria aquela apresentação antes de sair correndo. Eu me sentia um pouco mais tranquila pelo fato de a reunião não ser tão intimista. O palco estava distante e alto, e as mesas ainda ocupadas espalhavam-se pelo enorme salão, o que parecia garantir que eu não me tornaria o centro das atenções. Só por isso persisti no absurdo de assistir ao *strip-tease* até o final.

O Mago não olhou para mim em nenhum momento, provocando embaraço e rancor.

Quando a música repetiu, ele saltou entre as mesas, assustando as pessoas próximas. Úrsula era uma delas e batia palmas, balançando o corpo ao ritmo do som, aprovando cada segundo do espetáculo. Teatralmente, o *stripper* se ajoelhou diante dela, retirando a cartola da cabeça, e se curvou como um servo. De onde eu estava, dava para ver que ele movia a mão livre sobre a cartola, em um gesto de mágico, o que me fez revirar os olhos. Ele enfiou a mão no chapéu e tirou de dentro uma coroa.

Erguendo-se novamente, sempre em gestos dançantes, o Mago a coroou. Em seguida, retirou sua capa, fazendo-a voejar como as asas de um pássaro, e cobriu os ombros da minha avó. Ela soltou uma exclamação de contentamento e aceitou a mão que ele lhe oferecia, sem pronunciar sequer um balbucio para explicar suas intenções. Seus olhos se direcionaram para o rosto de Úrsula e lá ficaram, presos, enquanto tomava sua cintura e a fazia acompanhá-lo na dança.

Nervosa, me inclinei para a mesa, tentando não perder nada. Imaginei que naquele instante o assanhamento dele com vovó seria presenciado por todos nós. Entretanto, para decepção dos meus pensamentos mais perversos, o Mago foi um *gentleman*, movendo o corpo de Úrsula com maestria e leveza, dignas de um grande bailarino. O foco deixou de ser ele para ser ela.

Era lindo de se ver, não podia mentir. Senti uma pontada de inveja. Quem não queria ter um homem olhando para você como se fosse a única pessoa do Universo? Quem nunca desejou dançar com alguém, ao ritmo de uma música romântica, e esquecer que havia um mundo ao redor? Que mulher nunca quis ser tratada como uma rainha por aquele que roubou seu coração?

Suspirei, não vou negar, sentindo uma imensa falta dos contos de fadas que eu li na infância e a vida adulta me arrancou sem piedade.

— Meu Deus, que coisa mais linda! — Luanna se derretia ao meu lado.

Dei uma espiada e confirmei que ela estava chorando, borrando a maquiagem exagerada dos olhos. Ficou igual a um panda, coitada, mas a emoção que expressava era tão parecida com a que martelava em minha alma, que eu sorri.

— Ele é incrível! — arrematou. — É um homem de muitos talentos!

Engoli em seco ao me recordar de algo semelhante que Miguel havia me dito não fazia muito tempo. Eu me senti mal por tê-lo esquecido tão facilmente por causa do *stripper*. Eu me senti suja, promíscua, pervertida, me envolvendo com dois homens como se fossem objetos disponíveis para o meu prazer pessoal. Uma mulher imoral, indigna de ser amada, imunda.

— Alanna, se for possível nos apaixonarmos por duas pessoas ao mesmo tempo, eu vou confessar: estou perdidamente apaixonada pelo Mago!

Minha irmã saltitava na cadeira ao meu lado, me agarrando como se eu fosse o homem dos seus sonhos e não pudesse escapar. Apesar de estar falando comigo, e rindo de si mesma como uma criança, ela não tirava os olhos da dança protagonizada pelo *stripper* e nossa avó. Parecia uma piada de mau gosto. Se eu contasse para alguém que não esteve presente, ninguém acreditaria!

— Que bobagem, Luanna! — Desdenhei sua ideia maluca, sentindo um nó se formar na minha garganta.

Não ia me permitir devanear naquela ideia. A complexidade humana às vezes era inexplicável. Para mim, era mais fácil rejeitar algo novo do que aceitá-lo. Podiam me chamar de retrógada, mas eu preferia me manter conservadora a me perder de mim mesma. A fim de acabar com a magia, acrescentei:

— Não tem nada de especial nisso, ele faz por dinheiro. Pelo menos não é como muitos por aí que brincam com os sentimentos dos outros por puro capricho.

— Credo, irmã! Quanta amargura!

— É realismo, Luanna. Não vivo no mundo da lua feito você.

— Pois fique sabendo que homens como o Mago existem! — ela rebateu, agarrando-se ao braço do noivo, que nada comentou, nem quando minha irmã se declarou apaixonada pelo *stripper*. — E eu vou me casar com um deles.

— Bom para você. — Despejei nela todo meu sarcasmo e fiquei quieta.

Voltei o olhar para o casal em destaque, seguido pela luz forte do holofote, sentindo-me aborrecida. Fazia tempo que eu não questionava Deus e o Diabo quanto à minha má sorte para homem. Simplesmente aceitei minha sina. Nada para mim vinha fácil, nem mesmo um grande e verdadeiro amor.

Odiava discutir com a minha irmã, mas era inevitável em certos assuntos. Naquele momento, tive vontade de ter seguido meu instinto e ido embora mais cedo. Nada daquilo teria acontecido se eu não estivesse na festa, assistindo a um espetáculo que não queria, debatendo um assunto indiscutível com Luanna. Ainda bem que meus pais haviam partido. Com certeza, mamãe tomaria as dores dela e me taxaria de bruxa má por atormentar a princesinha.

A canção sensual acabou e o Mago se pôs de joelhos de novo, beijando, delicadamente, e com todo o respeito do mundo, a mão da minha avó que carregava o anel suntuoso. Ele se ergueu e a conduziu de volta ao seu lugar, sem se preocupar em pegar a capa de volta. Foi então que ficou de costas e a música obscena, que eu tanto aguardei, começou.

Seus movimentos se tornaram mais acrobáticos, difíceis de seguir com o olhar. E o descaramento acompanhou a forma sexy com que seu corpo se insinuava, enquanto a batida marcava as palavras profanas do cantor, que dizia que queria transar somente com uma entre as muitas mulheres que o desejavam. Aquilo me pareceu um hino, despudorado, mas ainda assim, um hino, que podia traduzir a vida do *stripper*. Como o Mago estava romântico! E tão ousado como sempre!

Ele se virou de frente e se concentrou nos movimentos, não buscando nenhum olhar. Aquilo me desconcertou mais.

Parecia que ele respeitava sua musa inspiradora e por isso não olhava para nenhuma mulher presente no salão, nem para a aniversariante. Só aí notei que ele usava suspensórios. E, enquanto se remexia loucamente, atiçando o mulherio até então silencioso, desceu os suspensórios e abriu os botões da camisa... Devagar... Saboreando a expectativa crescente que gerava.

Luanna gritou tão alto ao meu lado que meu tímpano certamente sofreu algum dano. A camisa foi arrancada dos ombros em um movimento brusco, que jogou todo seu tronco para trás, ao mesmo tempo em que ele deslizava no chão de joelhos, serpenteando o corpo de maneira sedutora. Os olhos dele estavam fechados, mas os lábios se entreabriram como se sentisse falta de ar. Imitei-o, considerando que eu estava perdendo o fôlego com aquela apresentação.

O Mago se livrou da camisa, abandonando-a sobre o piso, esquecida, e ergueu novamente os suspensórios. A mulherada protestou, deixando a timidez de lado e pedindo para ele tirar tudo. Nem corei com aquele absurdo. Sabia que ele faria isso de qualquer jeito. Mas, com um sorriso safado despontando sob a máscara, o *stripper* se ergueu, pegando a cartola com uma mão e alisando o próprio abdômen com a outra.

Senhor! Era pecado invocar Deus em um instante como aquele?

Seus dedos mergulharam no cós da calça, como se fosse se acariciar, bem ali, diante de nós, mas recuou logo, insinuante. Os passos de dança e rodopios o levaram até a mesa mais próxima, onde havia uma senhora, amiga de Úrsula, ansiosa por atenção. O Mago fez um gesto encantado sobre a boca do chapéu e de lá retirou um botão de rosa, que entregou à convidada, com maneirismos cavalheirescos.

Tive vontade de bufar. Ele era um *stripper*, e não estava ali para conquistar ninguém. Dava para tirar a roupa logo, por favor?

Encostei-me de volta à cadeira e cruzei os braços, contrariada, enquanto o Mago fazia graça pelo salão. Ele presenteou uma mulher de cada mesa com rosas de diversas cores e formatos. Eram bonitas, mas perdi o interesse. Tanta ansiedade para nada. Que decepção! Parei até de acompanhar aquela papagaiada. Tirei meu celular da bolsa, coisa que eu quase nunca fazia, para conferir as redes sociais.

Olhei a página da loja primeiro, respondi a alguns comentários, e depois dei uma olhada no meu e-mail. Havia vários novos pedidos enchendo a caixa de entrada, porém, um me chamou atenção. O remetente era Miguel Timberg e meu coração saltou pela boca, daquele jeito desconfortável com que eu começava a me acostumar. Abri sem pensar duas vezes e li as poucas linhas:

Oi, Alanna,

Estou te escrevendo antes de sair de casa para o meu outro negócio. As entregas hoje foram um tremendo sucesso! Suas clientes demonstraram grande satisfação ao me rever. Também conheci novas e pude constatar que todas estão bastante encantadas por suas joias. Uma até abraçou a embalagem como se fosse uma pessoa!

Eu também estou muito contente por trabalhar com uma profissional talentosa como você e ter o privilégio de ver em primeira mão uma artista tão incrível criando. Seu sucesso é merecido e sou grato por poder fazer parte de um projeto que tem tudo para ser gigantesco. Quem sabe uma rede pelo país e pelo mundo?

Parabéns!

Um abraço,

Miguel

Abraço? Então havíamos abandonado as formalidades? Não pude conter o sorriso que se abriu no meu rosto. A cada gesto, palavra e descoberta, eu gostava mais daquele cara. Eu gostava mais ainda do incentivo que ele me dava, ousando me sugerir a experiência sem custo, e em seguida incutindo a ideia de que a loja (minha pequena loja de joias exclusivas) poderia se tornar uma grande marca, como a Tiffany.

Senhor! Que sonho! E que homem! Muito diferente daquele Mago de araque.

Ao pensar nele, ergui o olhar a tempo de vê-lo se aproximar da nossa mesa. Luanna voltou a quicar na cadeira, feito uma insana. Revirei os olhos e me mantive atenta às intenções dele. Esperei o que pareceu uma eternidade até que o *stripper* alcançasse a minha irmã e lhe oferecesse o truque barato. O cabelo azul voava para todo lado quando ela aceitou a prenda, exultante.

O que aconteceu a seguir tirou todo o meu chão.

Sem lançar sequer um olhar breve em minha direção, o Mago simplesmente seguiu para a próxima mesa.

Tudo bem, eu não queria droga de flor nenhuma. Elas morrem e ganhá-las não quer dizer nada. Sou o tipo de mulher que se contenta mais com um e-mail como o do Miguel do que com presentinhos fajutos que normalmente são usados em troca de perdão depois de fazer uma grande merda.

Virei para o outro lado para esconder minha revolta. Meu rosto queimou de ódio e desprezo por aquele ser indigno, que ousava infligir a maior vergonha da minha vida e ainda fingir que eu não existia. Que descarado!

Movida por um impulso maluco, que não sei de onde veio, retornei ao celular e respondi à mensagem do meu entregador.

Oi, Miguel,

Muito obrigada por depositar sua fé em mim. São de pessoas raras como você que o mundo mais precisa.

Mas, não se engane, ainda vou descobrir o seu segredo. (risos)

Tenha uma boa noite.

Um forte abraço,

Alanna

Corei, envergonhada com meu atrevimento ao brincar com ele e ainda devolver o abraço acompanhado de um adjetivo. Normalmente, não elogiava ninguém, muito menos homem. Já caí na armadilha de enaltecer um cara com quem estava saindo e seu ego se inflou tanto que me sufocou. Aquela relação foi tão curta que minha família nunca soube da existência do embuste.

Mas com Miguel eu não tinha motivos para ficar na defensiva. Sabia que, mesmo que eu fantasiasse, não iria rolar nada entre nós. Nossa relação era de trabalho, eu não tinha intenção alguma de satisfazer aquela atração. Ele era um cara bacana, seria ótimo tê-lo por perto e só. Não havia por que criar ilusões, como uma mulher carente, que não pode ver um homem bonito que já imagina até o casamento.

Eu nem sabia se ele era solteiro! Bem, para ser honesta, não prestei atenção a esse detalhe do currículo. Normalmente, os candidatos colocam se são casados ou se têm filhos, mas, como não influenciaria em nada na minha escolha, não dei importância à informação. E não pretendia ceder à curiosidade para alimentar fantasias românticas. Ou sexuais.

Para mim, o Mago morreu naquela noite. Ele nunca mais me enlouqueceria! Tinha certeza de que vovó não conseguiria justificar uma nova aparição do *stripper*. E mesmo que ela desse um jeito eu me recusaria a estar presente. Chega daquela palhaçada! Eu queria minha paz de volta!

Não prestei atenção ao fim do show e só esperei acabar para me levantar, cumprimentar Úrsula e voltar para casa. Não parti antes para não dar o gostinho àquele mágico *fake*. Eu me despedi da minha irmã e do meu cunhado, e caminhei apressada até nossa avó. Percebi, tarde demais, que ela conversava com ele. Pensei em parar, mas resolvi continuar em frente, de queixo erguido.

Quando estava chegando até eles, o *stripper* me olhou pela primeira vez naquela noite. Não vou mentir, seu olhar caiu sobre mim como um meteoro. Eu não queria que ele me atingisse daquela forma, mas não consegui conter a explosão vulcânica que me consumiu por dentro. No entanto, seu rosto me pareceu envolto em um ar ainda mais denso de mistério do que da primeira vez. Não entendia a razão. Antes, eu tinha me recusado a ao menos olhá-lo e, quando o encarei, ele continuava a mesma incógnita.

— Ah! Minha neta! — Úrsula notou minha presença, mas continuou falando com o mágico de araque. — Você entrou no site da loja dela, Mago?

Ele manteve seu olhar fixo no meu enquanto respondia e um sorrisinho discreto repuxou sua boca para um canto.

— Visitei, sim.

Parei ao lado da vovó e bem de frente para o *stripper*, séria e concentrada para não transparecer uma gota da enxurrada de lava que corria dentro de mim com sua proximidade. Havia uma eletricidade no ar, que zunia no meu ouvido e fazia meu coração bater ferozmente.

— E o que achou?

— Além de uma beleza única, a senhorita Alanna ainda possui um talento excepcional com as mãos — respondeu à Úrsula, olhando diretamente para mim.

Como se chamar uma mulher de bonita fosse um elogio aceitável.

No entanto, um tremor involuntário fez minhas pernas vacilarem e me peguei segurando em minha avó para disfarçar. Lá estava a adolescente de novo. Ignorei o Mago e obriguei vovó a fazer o mesmo.

— Vó, estou cansada. Acordei muito cedo hoje, preciso dormir.

— Vá com Deus, minha neta. Depois nos falamos. — E beijou minha testa, fazendo com que eu inclinasse a cabeça na sua direção.

Eu me senti cada vez melhor ao dar passadas rumo à saída mais próxima, virando as costas para o *stripper* que me perturbava a mente, como se o gesto simbolizasse minha decisão de esquecer que um dia o conheci. Até consegui sorrir diante da minha audácia de desprezar um cara que todas queriam.

Eu não era como as outras e isso não era um problema para mim.

Mas, ao pisar na calçada, meu sorriso morreu. Será que eu também conseguiria evitar que o Mago me atormentasse as ideias quando estivesse dormindo?

8

Um encontro por acaso

Quem consegue dormir depois da pior noite da vida? Eu não era de fazer drama, mas estava difícil viver. Se não me envolvia com ninguém, me sentia solitária. Se me envolvia, me estressava. E a minha avó (tenha santa paciência!) continuava me jogando para cima de um *stripper*! Ela não me conhecia o suficiente para saber que o cara não fazia o meu tipo? Credo! Nem pensar em tocar em um homem que não se dava ao respeito!

O que mais me perturbava era aquela vontade descabida de não apenas tocar, mas me entregar para o dito cujo. *Senhor! Afasta de mim esse desejo pecaminoso!* Revirei na cama com medo de sonhar com ele e com as palavras que eu deveria ter despejado que estavam entaladas na minha garganta. Se eu pudesse, dava um *boot* nos últimos dias e começava tudo de novo, deixando de ser trouxa e não caindo nos seus truques.

Amanheceu e eu continuava meio insone, tirando cochilos breves e despertando sobressaltada ao me perceber sucumbindo. Optei por me levantar de uma vez. Preparei uma dose de café e olhei para o vazio ao meu redor. Minha casa era meu orgulho, uma das minhas tão suadas conquistas, mas, naquele instante, era apenas a extensão da minha solidão.

Vesti uma calça jeans, uma jaqueta por cima de uma blusa de gola rolê e escolhi uma bota de cano curto sem salto para madrugar, em pleno domingo, na minha loja. Decidi ocupar minha cabeça com trabalho, o meu único foco daqueles tempos, minha grande motivação e fonte de satisfação pessoal. O resto não estava valendo o meu tempo.

Com o trânsito praticamente nulo naquela manhã fria e nublada (será que estava vindo uma tempestade?), cheguei ao centro na metade do tempo que costumava gastar em horário comercial. Abri a loja, desativei o alarme e tranquei tudo de novo. Subi as escadas silenciosamente, buscando algum aconchego em meu reduto criativo.

Ao me sentar à mesa, suspirei de alívio. Ali eu me sentia inteira. Não havia dúvidas e receios impertinentes sobre minha capacidade. Com as mãos sujas da lida com metais, eu me sentia pertencendo a um pedacinho do mundo. Arregacei as mangas, deixando o casaco pendurado na cadeira, e dei início à confecção do diadema de Luanna. Mesmo que estivesse sem o croqui, a ideia estava pronta na minha mente.

Trabalhei por horas sem sentir sede, fome ou cansaço, mas consegui construir a peça mais linda que eu já tinha criado em uma década como designer de joias. Até eu quis me casar com aquela joia incrustada de diamantes. Em um ato de pura coragem, e aproveitando que estava sozinha, fiz algo que nunca havia feito desde que começara naquela profissão: me levantei, fui até o banheiro e, parando diante do espelho, coroei minha cabeça com o diadema.

Cheguei a suspirar de contentamento ao abaixar as mãos e verificar o resultado sobre meu cabelo, que estava meio bagunçado apesar de preso. Não me incomodei. A joia dava todo sentido para o ninho de passarinho que não arrumei ao me erguer da cama, decidida. O coque malfeito estava preso com o próprio laço do cabelo, criando um rabicó meio ridículo. Mas o diadema brilhava e me exaltava, como se eu fosse uma verdadeira rainha e minha aparência não tivesse nenhuma importância diante do título.

Foi naquele segundo de grande contemplação que minha barriga roncou alto e pensei que até mesmo uma pessoa da nobreza precisava comer, esporadicamente. Rindo de mim mesma, tirei o diadema da cabeça e ajeitei os fios que o aro acabou puxando para fora do coque. Tive que refazê-lo e até que não ficou tão mal. Meu rosto estava pálido e cansado, mas meu sorriso infantil me tornava apenas uma mulher comum, com seus altos e baixos, e mesmo assim feliz e realizada.

Eu era *muito* feliz e realizada.

Então, por que a amargura, a solidão, o afastamento proposital e a sensação sufocante de não pertencer ao mesmo mundo que os meros mortais? Não que eu me achasse superior, longe disso! Naquelas horas, eu só conseguia me sentir um cisco no Universo, uma faísca que tentava, sozinha, acender todas as estrelas, em uma tentativa desesperada de não ser apagada.

Saí da loja cabisbaixa, notando que já era mais de meio-dia há muito tempo e isso explicava a cratera no meu estômago. Enquanto trancava o estabelecimento, pensei que me alimentar e descansar com certeza faria uma revolução no meu mau humor. Eu andava tão instável que até a alegria de ter terminado um novo projeto tão perfeito não durou mais do que alguns minutos.

Quando me virei, trombei em uma parede, estranhamente coberta de tecido. Meu nariz doeu e soltei uma exclamação antes de verificar que a tal parede, que não deveria estar ali no meio da calçada, na verdade era Miguel.

— Oi, Alanna, trabalhando em um domingo?

A primeira coisa que eu pensei foi que ele estava me *stalkeando*. Cheguei a sentir os ossos gelarem de medo.

— Sim. — Mesmo não sendo obrigada a lhe dar satisfação alguma, respondi. — E você? Passeando no centro fechado? — Cutuquei, sorrindo com ironia.

Estava estranhando aquele humor piadista. Nunca fui dessas, mas era melhor do que sair dando coice em todo mundo. Eu sempre tentava ser educada. Miguel riu.

— Estava pensando em você e resolvi passar por aqui para ver se dava a sorte de te encontrar.

Sua sobrancelha se ergueu naquele movimento sexy e provocativo. Foi a minha vez de rir, mas eu ri de debruçar e derramar lágrimas.

— Miguel — falei entre as risadas, conforme conseguia me controlar diante do meu próprio ataque de risos —, só você para me fazer gargalhar desse jeito.

Ele também sorria. Seu rosto parecia um luzeiro de tão iluminado que estava.

— Fico feliz, Alanna. Você tem um dos sorrisos mais bonitos que já vi. — Tímida, contive um pouco a gargalhada, mas não consegui parar de sorrir. — E, claro, os olhos também — acrescentou, mergulhando as íris com intensidade nas minhas. — Quando você sorri assim, eles parecem brilhar.

— Obrigada.

Não dissemos mais nada. Fiquei parada diante dele, sem saber o que fazer.

— Estava indo para casa? — Miguel retomou a conversa como se o silêncio entre nós não fosse constrangedor.

— Na verdade, ia procurar algum restaurante aberto. Ainda não almocei.

Não sei por que Miguel sempre me fazia falar com franqueza.

— Posso acompanhá-la? Eu comi, mas já faz um tempo e não seria de todo mal ter uma companhia.

— Você também mora sozinho? — Ah! Não espiei o currículo para descobrir seu estado civil. Quem sabe ele me contaria durante a conversa que teríamos?

— Infelizmente, sim. — Foi a resposta evasiva. Por que, *infelizmente*? Será que, como eu, Miguel também gostaria de ter alguém com quem compartilhar suas conquistas?

Comecei a andar até o carro e ele seguiu meus passos.

— Onde está sua moto? — perguntei ao me lembrar de que não a tinha visto em parte alguma.

— A alguns quarteirões daqui, em frente a um salão.

Foi só naquele instante que eu reparei de verdade em Miguel. Ele estava vestido com uma camiseta branca, pelo visto regata, coberta por uma camisa xadrez de mangas compridas com os botões abertos, um lenço amarrado no pescoço e uma calça largona, que caía sobre seu quadril. Para complementar o visual, usava um boné de aba reta. Nos pés, tênis. Notei que, apesar do frio, estava suado.

— Tirou o dia para se exercitar? — Concluí o óbvio.

— É — respondeu, risonho. — Foi isso mesmo.

A gente podia ir a pé, mas estava ventando muito e aquela tempestade que eu estava esperando desde cedo ameaçava cair a qualquer momento. Eu sabia que o bistrô preferido de Luanna abria aos domingos e foi para lá que levei Miguel. Dentro do carro, o som, que ligou automaticamente assim que dei a partida, chamou a atenção do meu acompanhante.

— Música clássica?!

Abri um sorriso diante de seu espanto, sem me virar para ele.

— É relaxante, me acalma.

— Não discordando de você, mas prefiro mover meu corpo até a exaustão.

— Pode discordar! — Dei risada de novo. — Ninguém é obrigado a gostar das mesmas coisas. Eu já não sirvo para dançar.

— Música em geral me inspira — arrematou, e consegui ouvir o sorriso em sua voz. — Nunca tentei coreografar músicas clássicas. Pode ser um desafio!

— Era isso o que estava fazendo? Ensaiando? — Caí em mim naquele instante.

— Era. — Silêncio novamente. Pareceu que Miguel não gostava de falar sobre aquilo. — É mais um *hobby*, sabe? Já desisti da profissão há algum tempo.

Senti meu coração se apertar diante da mágoa em suas palavras. Todo o calor que dele emanava pareceu esfriar como a Era Glacial, mesmo que o aquecedor estive trabalhando a todo vapor dentro do carro.

— Ninguém deveria desistir dos seus sonhos, muito menos de sua vocação.

Passaram-se alguns segundos para que houvesse uma resposta da parte dele.

— Dançar não é minha vocação. Sou bom em outras coisas. Já perdi muito desde que teimei em fazer carreira. Tenho mais de trinta anos e ainda não conquistei nada do que desejo. — Suas palavras cutucaram meu coração. Fiquei perplexa. — É preciso saber a hora de deixar um sonho de lado e seguir em frente.

Achei aquela ideia tão triste, que preferi não fazer nenhum comentário. Também não soube o que dizer para motivá-lo. Ele me pareceu determinado na decisão de desistir. Poxa, fiquei chateada com tudo aquilo, principalmente por se tratar de perdas. Fazia sentido desistir, naquele caso. Quando algo te faz mais mal do que bem, o melhor a ser feito é se afastar.

Chegamos ao nosso destino em um silêncio sepulcral. No entanto, assim que estacionei, Miguel voltou a sorrir.

— Espera, por favor! — pediu assim que fiz menção de descer do carro.

Em choque, eu o atendi. Eu o vi dar a volta no automóvel e parar diante da minha porta. Quando a abriu, uma rajada de vento jogou uma mecha do meu cabelo no rosto. Vi sua mão estendida para me ajudar a descer, como um cavalheiro do século retrasado. Aceitei, pois se não fosse por ele eu teria caído. Tropecei nos meus próprios pés, toda atrapalhada.

— Obrigada.

Para complementar seu papel, ele me ofereceu o braço, além daquele sorriso incrível.

— Preparada para desvendar meus truques?

Fiquei toda vermelha com a referência ao e-mail da noite anterior. Pela sua expressão, parecia que Miguel havia lido e apreciado minha resposta. Diferente do Mago, a presença do entregador salientava o melhor de mim. Minha resposta foi uma risada nervosa. Diante dele, eu não tinha coragem de ser tão ousada e brincalhona como fui através da tela do celular.

Aceitei seu cavalheirismo e não lhe dei resposta alguma, optando por entrar no bistrô. O calor do seu braço queimou os meus dedos, que estavam muito gelados. Como Miguel conseguia ficar aquecido com pouca roupa e meio úmido de suor? As portas automáticas deixaram a ventania do lado de fora e respirei aliviada. Não gostava de tempestades.

— Posso tirar seu casaco, senhorita?

Ainda desempenhando seu papel de *gentleman*, Miguel se ofereceu para pendurar minha jaqueta no armário do bistrô. Eu não estava acostumada a ter alguém fazendo aquilo por mim, mas agradeci a gentileza. Estava começando a entender o porquê de as minhas clientes terem surtado com as entregas. Ele deve ter feito um verdadeiro show para cada uma. Nenhuma mulher do século XXI estava habituada a homens cavalheiros.

Miguel puxou uma cadeira para mim e me ajudou a me ajeitar mais perto da mesa. Eu começava a achar que era uma característica dele, pois não havia outros interesses entre nós além do profissional. Bem, pelo menos, era o que eu pensava. Ele se acomodou na minha frente, sem se importar de estar despojado em um bistrô. Eu deveria ter pensado nisso quando escolhi o restaurante. Os cardápios nos foram entregues pelo *maître* e eu espiei, sutilmente, para ver se ele ficava desconfortável, mas não houve mudança em seu bom humor.

— O *chef* é bastante criativo com os pratos...

Ri do comentário e abri o cardápio na parte que iria interessá-lo mais.

— Estou tão faminta que comeria uma pizza sozinha! — Senti seu olhar em mim, curioso. — Droga! Vou ter que dividir com você! — Fingi tristeza.

Miguel soltou uma risadinha, largando o cardápio sobre a mesa.

— Tudo bem, estou aqui para acompanhá-la.

— Achei que *eu* estivesse fazendo companhia para você!

Seu riso foi tão gostoso que perdi uns segundos só observando antes de me concentrar na decisão do sabor, consultando sua preferência. Miguel também me deixou escolher um vinho para harmonizar com a pizza, que bebericamos enquanto esperávamos o pedido ficar pronto.

— O que ganhou toda a sua atenção hoje, que nem deixou você se alimentar direito? — Ele puxou conversa.

— Minha irmã vai se casar e me pediu um diadema de presente — contei, sem receio.

— Ah! — Ele pareceu perdido.

— Você não sabe o que é um diadema. — Não foi uma pergunta.

— Não. — Riu e deu de ombros.

Ri junto, sem diminuí-lo por sua falta de conhecimento.

— É parecido com uma coroa, mas um pouco menor.

— Então, sua irmã quer se casar como uma princesa?

— Pois é. — Ri. Ouvir aquilo em voz alta era ainda pior do que só pensar.

— E você?

Lancei um olhar incompreensível para Miguel. Molhei minha garganta com o vinho.

— Eu o quê?

— Você não quer se casar como uma princesa. — Também não foi uma pergunta.

— Eu não sei nem se quero me casar! — Soltei um riso frouxo, que morreu depressa.

— Por que não?

Poxa! Eu pretendia descobrir os segredos de Miguel e ele estava fazendo com que eu me abrisse completamente. A graça daquela conversa se foi. Soprei o ar com força antes de responder.

— Porque a sociedade impõe que eu, como mulher, preciso me casar; porque estou focada na minha loja; porque só conheci homens babacas, que não têm o mínimo respeito e não estão dispostos a um relacionamento sério... E a lista segue!

Eu me interrompi antes que despejasse toda a minha frustração em cima de Miguel. Ele não tinha culpa de eu não ter sorte no amor.

— Entendo... — respondeu, pensativo. — Eu tive minha cota de farra quando era jovem, mas agora quero sossegar e também está difícil encontrar alguém.

Contive a vontade de revirar os olhos, mas não segurei a língua.

— Claro! Depois que passou na mão de todas, só quer mulheres recatadas!

Miguel franziu o cenho diante da dureza na minha voz.

— Eu não disse isso.

— Não disse, mas pensou! — *Toma!* Já que comecei a abrir o verbo, finalizei o embuste.

Homens são verdadeiros clichês. *Mulher de verdade é isso, mulher de verdade é aquilo.* Estava farta daquele discurso machista e retrógrado! Infelizmente, eu não confiava mais em nenhum deles, por mais gentis que fossem. Estava em uma fase muito desiludida.

— Não vou negar que experimentei tudo o que podia na minha adolescência e juventude. A carreira de dançarino facilitou minha vida de solteiro. Tive muito sexo e até drogas. Pode me chamar do que quiser, mas sou romântico, um homem que acredita no amor, e é só isso o que eu procuro.

— Sem nenhuma condição?

— A única condição é a pessoa me amar também.

E, não mais do que de repente, lá estava ele se abrindo para mim. *Toma de volta, Alanna!* Eu me encolhi, envergonhada com meu rompante, mas, antes que eu pudesse me desculpar, ou me recuperar da resposta nada convencional, nossa pizza chegou e acabamos nos concentrando por algum tempo em comer em um silêncio desconfortável. Pelo menos para mim. Não tive coragem de dar uma olhadinha em Miguel. Fiquei grata pela ideia da pizza. Comi três fatias e fiquei satisfeita, mas o meu acompanhante se fartou com o restante sozinho.

Sorvi o último gole do vinho, me sentindo relaxada e sonolenta.

— Estava tudo ótimo. — Miguel quebrou o silêncio com um sorriso discreto.

— É... eu te devo desculpas pelos meus maus modos. Não queria ofender você.

— Não precisa se desculpar, eu compreendo. Se não está fácil para mim, que sou homem, um "privilegiado" — desenhou as aspas no ar, apesar de eu retirá-las mentalmente —, encontrar alguém para compartilhar a vida, imagino para vocês, mulheres, em uma sociedade machista.

Um homem *feminista*? Fiquei chocada! Eu me surpreendi, principalmente, pelo uso do termo "privilegiado", mas eu não daria biscoito para macho.

— Obrigada por entender.

— Também não precisa agradecer. Não faço mais que minha obrigação.

Gente! Era sério aquilo ou ele estava zoando com a minha cara?

Miguel me pareceu bastante convicto do que falava. Engoli em seco e propus fechar a conta se ele não quisesse mais nada. Ele topou, no entanto, na hora de pagar, tivemos uma nova discussão, já que o *maître* entregou a conta na mão dele.

— Divide por dois, por favor — pedi, abrindo a bolsa e pegando minha carteira.

— Não se preocupe com a conta. — Ele sorriu e retirou um cartão de crédito da própria carteira.

— Miguel, você não tem obrigação nenhuma de pagar a minha parte.

— Não tenho, mas eu quero. — Seu sorriso se ampliou.

— O certo é eu pagar tudo, afinal, você só veio me acompanhar.

— Nem pensar! — retrucou, fazendo sinal para o *maître* com o cartão. — Eu comi a maior parte da pizza, Alanna!

— Mesmo assim, fui eu quem escolhi o restaurante...

Miguel riu, solto, formando marcas em volta dos olhos pequenos.

— Tudo bem, você paga trinta por cento.

— Mas ainda tem o vinho!

Ele gargalhou alto.

— Que mulher de personalidade forte! Por favor, Alanna, posso pagar a conta só dessa vez? Assim, você fica me devendo e paga a próxima. — Ele deu uma piscadela.

Cruzei os braços, contrariada, enquanto ele passava toda a conta em seu cartão, antes mesmo que eu respondesse.

— Tudo bem, mas da próxima vez você escolhe o lugar. — Só queria ser justa e não achei esquisito sairmos para comer fora, como colegas de trabalho.

— Fechado. — E levantou depressa, puxando minha cadeira de novo..

Agradecemos ao *maître*, que me conhecia pelo nome, e Miguel pegou minha jaqueta, me ajudando a vesti-la. Pela porta de vidro, pude ver que o clima estava pior, mas a tempestade ainda não tinha caído. Que estranho! Fiquei toda arrepiada quando ele abriu a porta para eu passar. A rajada de vento era gélida, feito um *freezer*. Tivemos que andar um pouco naquela ventania para chegar ao meu carro. Caminhei toda encolhida.

— Sabe por que o mundo está cheio de gente babaca? — Ele retomou o assunto anterior do nada e olhei para ele a fim de ouvir a resposta da pergunta retórica. — Porque pessoas incríveis tendem a se esconder. — Ele não olhava para mim, mas, quando terminou de falar, parou de andar e se virou completamente na minha direção. — Não se esconda, Alanna. Permita que o mundo enxergue tudo de bom que você tem a oferecer. — Ele tocou meu rosto e sua pele quente foi como uma fogueira acesa contra minha face fria. — Deixe-me olhar para você.

Não conseguia desviar os olhos dos dele, que pareciam me hipnotizar com sua observação ininterrupta. Aquilo estava fora de controle. Não sabia como ele podia me fazer esquecer do frio, do vento bagunçando meu cabelo, da jaqueta insuficiente, do constrangimento anterior, de tudo! Eu só o enxergava e, lá no íntimo, quis muito que ele realmente me visse como eu era, assim como eu estava gostando de olhar para sua alma, aos poucos, revelada.

Foi tão repentino quanto nosso encontro casual em

frente à Alanna Góes Design. Em um passo, Miguel estava mais perto, tão perto, que seu corpo pareceu brasa contra o meu. Sua cabeça se inclinou e eu assisti o exato momento em que seus lábios encostaram nos meus, acendendo de vez o fogo dentro de mim. Fechei os olhos e, como uma labareda, sua língua varreu o interior de minha boca, fazendo-me soltar um suspiro de satisfação.

Que beijo delicioso!

E, para abençoar aquele momento, as nuvens, finalmente, começaram a gotejar. No entanto, eram flocos de neve, que derretiam assim que nos tocavam, embolados como estávamos um no outro.

9

Um beijo com sabor de erro

Não demorou muito para eu me tocar de que estava beijando um funcionário recém-contratado, que teve a ousadia de me atacar no meio da rua. Eu me senti tão mal que me desgrudei dele rapidamente, abaixando a cabeça, envergonhada demais para encará-lo. Minhas mãos, que nem sei como estavam em seus ombros, também caíram para os lados.

— Alanna? — Miguel sussurrou meu nome e deu um passo para trás, largando minha cintura, que segurava com certa firmeza.

Que pegada! Fazia um bom tempo que eu não era tomada daquela forma. Culpei a falta de um relacionamento novo na minha vida por eu ter cedido tão facilmente. E, claro, o Mago. Aquele maldito *stripper* havia me despertado sexualmente. Eu estava bem quieta antes de ele aparecer para virar minha vida de cabeça para baixo.

— Desculpa, eu... — Não ergui os olhos em sua direção para ouvir suas desculpas esfarrapadas. Convenhamos, todo homem acha que se uma mulher dá atenção é porque está muito interessada. Eles nunca cogitam que apenas gostamos de uma boa conversa ou uma companhia de vez em quando, principalmente para uma refeição solitária. — Não queria constranger você.

Foi a coisa mais honesta que um cara já me disse e que me fez fraquejar.

— Tudo bem, você não foi o único culpado.

— É muito gentil da sua parte dizer isso — soltou um risinho sem graça. — Qualquer outra teria me dado uma joelhada.

Não contive a risada e acabei olhando para ele, com a cabeça tombada de lado.

— Eu nunca seria tão baixa.

— Também não quis me aproveitar de você. Mil perdões.

— Está perdoado. — Abri um sorriso mais à vontade diante de um cara tão sincero.

— Não sei o que me deu, não costumo agir sem pensar.

Nem eu, acrescentei mentalmente, mas não tive coragem de me expor. Já me sentia bastante vulnerável.

— Bem... — continuou falando diante do meu constrangimento silente. — Foi uma tarde agradável. Obrigado pelo jantar. Até amanhã.

Miguel estendeu a mão no pouco espaço entre nós e não relutei em aceitar o cumprimento formal. Ao mesmo tempo em que eu queria lhe oferecer carona, também estava aliviada por ele se despedir sem exigir que eu o devolvesse onde o encontrei. No entanto, ele me surpreendeu novamente, ao beijar minha mão, cortesmente.

— Foi ótima — falei, para não parecer uma esquisitona. — Eu que agradeço, inclusive por ter pago a conta. — Nós dois sorrimos com a lembrança do nosso pequeno dilema enquanto ele soltava minha mão. — Tenha uma boa noite.

Miguel se virou e começou a andar sob a nevasca, tão normal e à vontade, que nem parecia ter levado um fora. Já eu me sentia terrivelmente deprimida depois de ter dado aquele fora nele. Entretanto, em vez de entrar no meu carro e me proteger do frio glacial que ameaçava me congelar na calçada para todo o sempre, fiquei parada no mesmo lugar, vendo-o se afastar faceiro, meio saltitante. Acho que ele dançava. Uma mão estava enfiada no bolso da calça e a outra aparava alguns flocos de neve que ainda caíam sobre nós. Sua camisa flutuava ao redor de seu corpo devido à ventania que não dava trégua. Miguel parecia saído de um sonho, como a imagem incrível de um filme ou uma pintura eternizada em um quadro.

Era como se fizesse parte do cenário. Ou melhor, fosse a própria tempestade.

Foi inevitável sonhar com Miguel durante o sono pesado que me tomou quando caí na cama após um banho fervente. Minha mente perturbada carregava para a inconsciência todos os assuntos pendentes com os quais eu não sabia lidar acordada. Por que quando eu estava dormindo reagia de maneira mais natural e previsível do que enfrentando a situação na vida real?

Os sonhos não estavam me ajudando em nada, só piorando minha confusão.

Daquela vez, Miguel dançava para mim, em meio a uma tempestade que não me atingia, só a imagem dele me atormentava. Os flocos de neve esbranquiçavam seus ombros e cabelo. Enquanto se movia, como se não soubesse que eu assistia, tirava a capa de mágico, que voava ao sabor do vento. A cena era épica e cabia em uma história ou em um filme.

Sem perceber, meus pés me levaram até onde ele estava, fazendo com que a tempestade castigasse meu corpo. Logo que percebeu minha aproximação, Miguel me tomou em seus braços e tudo se aquietou, como mágica. Sua boca encontrou a minha com permissão, pois era isso o que eu tinha ido buscar. Seu beijo causou o estrago que só uma grande ventania é capaz de provocar.

Com todas as minhas convicções destruídas pelo desejo verdadeiro e insuportável, eu me entreguei a Miguel, deixando que seu corpo tomasse tudo do meu. Ele, por sua vez, transformou beijos em gozo, abraços em amasso, carinhos em afeto. Fui possuída por uma entidade viciada em sexo e não conseguia parar.

Acordei suada e ofegante, percebendo que o aquecedor havia transformado meu quarto em uma fornalha. Ou teria sido o sonho? Desliguei o despertador e fiquei alguns segundos jogada na cama, tentando me recuperar. Pensei que seria mais rápido se eu me sentisse ao menos um pouco satisfeita. Peguei um dos vibradores no criado-mudo e me masturbei.

Senhor! Tu não criaste nada melhor do que o orgasmo. Obrigada!

Revigorada, tomei um banho, vesti uma roupa que mantivesse o calor do meu corpo no frio que me aguardava do lado de fora de casa, tomei um café da manhã reforçado e rumei para a loja. Meu humor estava estranhamente bom, diria até animado demais. O tempo também havia melhorado magicamente durante a noite e revirei os olhos por estar usando tantas vezes a palavra "magia" e suas derivações.

Tirei o Mago da minha vida, mas ele não saía de mim.

Na porta da Alanna Góes Design, estavam Miguel e Clarissa, no maior papo. Enquanto caminhava na direção deles, após deixar meu carro no estacionamento, eu vi a atendente corando e rindo de algo que o entregador falava. Não dava para ouvir o que dizia, nem ler os lábios porque ele estava de costas para mim. Percebi que estava vestido impecavelmente, como sempre, e meus olhos foram parar em seu traseiro. Que bunda!

Eu madrugava muitas vezes e era muito responsável quanto aos horários de funcionamento da loja, por isso, nunca vi necessidade de deixar Clarissa com uma cópia... Até aquele momento. Bem que eu podia começar a delegar mais funções para a garota. Ela era esforçada, apesar de tentar, vez ou outra, uma amizade comigo. Eu achava que relação entre patrão e empregado não deveria se estreitar.

Pois é, e eu tinha beijado Miguel na noite anterior. Que hipócrita!

Foi a minha vez de corar. Mas não era hora de baixar a cabeça. Passei por eles sem encará-los, cumprimentando com um bom dia firme, e abri a loja. O casalsinho parou de falar quando cheguei. Assim que nos reunimos no lado de dentro, Clarissa ligou o aquecimento interno e, enquanto eu tirava meu casaco pesado, me sentindo meio sufocada dentro do ambiente fechado, comecei a despejar trabalho.

— Clarissa, confira os pedidos e imprima as entregas para Miguel, por favor. Vou me concentrar nas encomendas, que aumentaram.

— Pode deixar, dona Alanna.

— Obrigada.

Subi as escadas sem olhar para trás, ou mesmo para o rosto lindo, anguloso e sorridente de Miguel. Pela visão periférica percebi tudo isso e a forma como seu corpo e seu olhar seguiam meus movimentos. Eu sabia que estava sendo infantil ao fingir que nada tinha acontecido, ignorando-o daquela forma. Mas, por ora, aquela era a minha maneira de lidar com a situação constrangedora.

Pendurei meu casaco no cabideiro perto da mesa do computador e só conferi os e-mails a fim de verificar se existiam novas encomendas além das que estavam pendentes.

Não tinha nada novo, então, segui o que havia iniciado na semana anterior, sendo tragada pelo trabalho rapidamente. Esqueci o Mago, Miguel, Clarissa e tudo mais nas horas que se seguiram.

Fui trazida de volta para a realidade quando meu celular começou a gritar dentro da minha bolsa. Na pressa, nem limpei as mãos e peguei o aparelho sem conferir o identificador de chamada.

— Alô! — atendi, esbaforida.

— Oi, Alanna, é a vovó.

— Oi, vó, está tudo bem?

— Sim, muito bem. Miguel acabou de sair daqui. Que rapaz incrível!

Ele é, pensei, e eu o mandei ficar longe de mim. Às vezes, eu superava minha falta de sorte.

— Como foi a entrega? — perguntei em um tom sério, a fim de avaliá-lo como profissional.

— Sensacional! O menino é lindo, gentil, educado e muito criativo!

— Vovó, seja mais específica, por favor! — Cortei sua empolgação.

— Tocou a campainha e a Creusa me avisou que era uma entrega para mim. Ao abrir o portão, fui surpreendida por um rapaz jovem, bonito e sorridente. Ele estava muito bem-vestido e mantinha as mãos para trás. Perguntou: "A senhora é a dona Úrsula?". Desde quando entregador age assim? Respondi: "Sim, sou eu mesma". Seu sorriso se abriu antes de acrescentar: "Uma senhora tão elegante, merece todas as joias que quiser". E puxou um embrulho perfeito das costas, estendendo-o para mim. "Ah! Obrigada, querido!", respondi, pegando o embrulho e me sentindo íntima. "Você é o Miguel, não é?", perguntei. "Sim, eu sou", respondeu de imediato. Aí eu emendei: "Minha neta falou a seu respeito e eu me ofereci para testar os seus serviços".

— Vó, não era para a senhora contar para ele! — interrompi a narração detalhada, furiosa e ainda mais sem graça. Mais constrangimentos se juntavam à lista.

— Por que não? Ele se saiu tão bem!

Bufei, inconsolável.

— Está certo, vovó. E o que ele respondeu quando você falou do teste?

— É... — Eu havia herdado dela aquela mania de procurar palavras. Só que, no caso de Úrsula, normalmente ela usava quando não queria contar alguma coisa.

— Pode falar, não vou ficar chateada.

— Como se eu não te conhecesse.

Por isso eu não gostava de trabalhar com parentes. Não sabia como Luanna suportava ficar o dia inteiro enfurnada no mesmo ambiente que nossos pais.

— Alanna, não tem com o que se preocupar. — Lá vinha o lado apaziguador dela. — O rapaz faz entregas personalizadas, chamando a pessoa pelo nome e elogiando-a. Isso é mais do que necessário. A maioria dos entregadores só quer se livrar da bagagem e encerrar o expediente. Você deu uma puta sorte com Miguel!

Úrsula vivia dizendo que tudo tinha dois lados, que nada era só branco ou preto, que eu tinha de parar de enxergar a vida bicolor.

— A senhora tem razão, vovó, obrigada pela ajuda. É que eu desconfio quando dou sorte. Estou acostumada a conseguir tudo com muito esforço e persistência.

— Eu sei, minha neta, e tenho o maior orgulho da mulher esforçada que você é, mas você também precisa relaxar um pouco e aproveitar as coisas boas que surgem em seu caminho. Mesmo que sejam passageiras, existe um motivo para terem chegado até você.

Suspirei. As conversas com vovó sempre iam de sexo a negócios com uma facilidade impressionante. Úrsula era bem versátil na hora de dialogar e por isso mesmo tinha assunto para falar com qualquer pessoa.

— Ah! Querida! — Sua animação repentina me pegou de surpresa. — As amigas de sua irmã estão organizando um chá de lingerie na casa dela no próximo fim de semana. Precisamos comprar alguma coisa! O que você acha de almoçarmos amanhã para irmos juntas a uma *sex shop*?

Abri e fechei a boca várias vezes, soltando sons ininteligíveis. Eu nunca havia entrado em uma loja de artigos eróticos em toda a minha existência e não pretendia fazê-lo jamais. No entanto, era por Luanna e, naquele caso, não tinha muita escolha.

— Só pode ser nessa loja, vó? — Ainda tentei fazê-la

mudar de ideia.

— Não, necessariamente. Mas pensei em comprar um *sex toy*. Tem um vibrador giratório que eu estava querendo dar para uma de vocês duas. Agora eu tenho um motivo!

Revirei os olhos. Eu poderia ter vivido sem aquela informação. Não queria nem imaginar como era o tal vibrador, mas não havia a menor possibilidade de negar algo à Úrsula. Se eu não conseguia dizer "não" à Luanna, também fraquejava miseravelmente com a nossa avó. Eu sabia que ela fazia tudo aquilo pensando em nos agradar e nos deixar felizes, mesmo que eu me contentasse com um simples abraço.

— Está bem, vó, quer que eu te busque por volta do meio-dia?

— Não precisa, querida. O George vai me levar. Até logo, Alanna. Beijos.

Affe! Ela já tinha até combinado com o motorista antes de me comunicar!

— Até, vovó.

Só me restava rezar para que a segunda-feira se arrastasse para todo o sempre! Mas Deus não ouviu as minhas preces. Depois de um almoço solitário, a tarde passou sem que eu percebesse. Ao menos fiquei entretida com minhas encomendas e adiantei bastante meu trabalho acumulado. Antes de dar o expediente por encerrado, organizei as novas peças em suas devidas embalagens a fim de dá-las à Clarissa para que providenciasse as entregas.

Eu continuava agindo de maneira infantil e birrenta ao

me negar a encarar Miguel. Mas aquilo não tinha a menor importância naquele momento. Estava satisfeita pelo dia ter rendido tanto. Era impressionante como o primeiro dia da semana sempre era o mais produtivo. Ao longo da semana eu me enrolava com os inúmeros afazeres.

Desci a escada com a bolsa pendurada em um ombro e as embalagens empilhadas nas mãos, cuidadosamente, para que não caíssem. Ouvi risadas antes mesmo de chegar ao térreo. Eram de Clarissa e, ao ter a visão completa de onde ela normalmente ficava quando não estava atendendo, quase paralisei no último degrau. Miguel estava escorado no balcão que os separava, inclinado na direção dela.

O que estava acontecendo ali? Fiquei desconfortável, principalmente por parecer que ele flertava com ela. O sangue subiu para meu rosto. Como Miguel ousava se dar ao desfrute com Clarissa no dia seguinte ao nosso beijo?! E aquela menina despudorada, que vinha reparando demais no novo funcionário, não disfarçava o contentamento, as pupilas dilatadas e as bochechas rosadas. Ela estava adorando a atenção! Contive a vontade de fazer uma cena. Limpei a garganta e ambos me olharam. Clarissa ficou pálida e foquei seu rosto ao me encaminhar até o balcão, ignorando a presença magnética de Miguel.

— Clarissa, providencie as entregas dessas encomendas amanhã. — E, junto com as embalagens, lhe passei uma cópia de cada pedido, como de praxe.

— Sim, senhorita. — Minha funcionária balançou a

cabeça, fervorosamente.

Com as mãos livres, parei ao lado do alarme e esperei que ambos saíssem. Clarissa desligou o aquecimento geral antes de seguir Miguel para fora, então, pude trancar a loja.

— Boa noite — cumprimentei de maneira ampla, sem olhar para nenhum dos dois, e me virei na direção do estacionamento.

Miguel me alcançou, emparelhando comigo em poucas passadas.

— O que achou do meu truque, Alanna? — perguntou assim que me alcançou.

— O quê? — estremeci à simples menção da palavra "truque".

— O teste...

Ah! Fiquei terrivelmente envergonhada com a sua pergunta. Um porque não queria respondê-la, e dois porque jamais esperava que ele me questionasse a respeito. Úrsula não sabia quando ficar quieta, aquilo era uma verdade inquestionável! Chegamos ao estacionamento antes que eu tivesse coragem de dizer alguma coisa.

— Hmmm... Você me acusa de não querer revelar meus segredos, mas me esconde os seus...

Eu parei e o encarei estupefata.

— Você está mesmo me cobrando alguma coisa depois de ontem? — Explodi sem querer e me arrependi do que disse assim que as palavras saíram.

Um sorriso magnífico cresceu em seu rosto.

— Não, mas pretendia fazê-lo agora.

— Como é que é? — Minha irritação subia a um nível perigosíssimo.

— Não precisa revelar seus segredos se não quiser, Alanna, mas você não pode me negar um jantar.

Engoli em seco ao me lembrar da promessa que fiz. Uma Góes sempre pagava suas dívidas. E o quanto antes o fizesse, mais depressa me livraria daquele débito.

— Tudo bem — respondi mais suavemente, aceitando o desafio de sair novamente com Miguel, após ignorá-lo o dia inteiro. Eu não sabia o que ele pretendia com aquilo, mas estaria bastante atenta a qualquer truquezinho de meia-tigela. Inclusive uma nova tentativa de me beijar. — Você escolhe o restaurante.

Fiz menção de desativar o alarme do meu carro, no entanto, Miguel interrompeu meu movimento.

— Nada de carro dessa vez. — E apontou para uma moto monstruosa, que dava medo de montar só de olhar. — Eu vou te levar para conhecer o meu lugar favorito da cidade.

Pensei em mil desculpas para recusar a carona, até porque estava frio demais para andar de moto. Pensei em sugerir que eu o seguisse no meu carro, mas suspirei, derrotada. Afinal de contas, eu o havia levado, sem questioná-lo, a um dos meus lugares preferidos, e ao final o deixei voltar a pé, debaixo de uma nevasca. Nada mais justo do que também usar uma "venda" e deixá-lo me guiar para o desconhecido. Engoli em seco novamente e concordei em voz alta. Ainda bem que a tempestade passou tão depressa quanto viera.

— Feito. — *E estaremos quites,* acrescentei mentalmente.

Segui um sorridente Miguel até aquela monstruosidade que ele chamava de moto. Depois que ele pagou a diária, aceitei o capacete reserva que ele me estendeu. Nervosa, protegi minha cabeça, encontrando dificuldades de prendê-lo ao meu queixo.

— Deixa que eu ajusto — sugeriu, aproximando-se, perigosamente.

Tive sérios problemas para respirar dentro daquela clausura, ou era só a tensão palpável que emanava entre nós. Miguel parecia sempre muito à vontade, o que me deixava ainda mais louca. Como ele conseguia se controlar daquele jeito? Sorri, deixando o sorriso alcançar meus olhos. Por algum motivo que eu desconhecia, na noite anterior eu o havia visto perder o controle. Aquilo me deixou mais calma.

— Pronta para ser surpreendida?

Só balancei a cabeça e o vi se ajeitar com elegância em cima da moto. Ele também colocou o capacete, posicionou o monstro corretamente e ergueu o suporte antes de dar a partida. Estendeu um braço e me convidou a subir. Tive que usar o apoio da própria moto para encaixar meu pé e passar uma perna por cima do banco onde me sentei com um baque. Miguel não largou a minha mão.

— Segure-se firme — pediu com a voz abafada pelo capacete.

Sem alternativa, abracei sua cintura, sentindo toda a

dureza de seu abdômen contra a minha pele. Que delicioso! Poucas vezes eu havia tido a sorte de sair com homens que cuidavam tanto da aparência. Eu nunca dei mais importância a isso do que ao caráter, e me enganei diversas vezes ao pensar que caras mais simples não engrandeciam o próprio ego. Era a primeira vez que um rapaz confiante como Miguel me mostrava muito mais humildade que muitos outros.

A moto deu um tranco quando arrancou para fora do estacionamento e apertei mais meus braços em volta dele. Estávamos tão juntos que, nas curvas, seu corpo se inclinava e eu imitava seus gestos sem perceber. Sabia que não se podia andar sobre uma moto dura feito uma estátua, isso a desestabilizava, e, mesmo inconscientemente, eu confiava em Miguel.

Ainda assim, agradeci em silêncio aos meus anjos da guarda por não demorarmos tanto para chegar ao local e por me manterem segura durante todo o trajeto. O nome do lugar me deixou bastante intrigada. Miguel me ajudou a descer da moto e a retirar meu capacete, que prendeu junto ao seu no guidão.

— É um bar que já recebeu diversos prêmios — explicou. Enquanto eu analisava a fachada, caminhou para o interior e me olhou por cima do ombro, como um convite para segui-lo.

Não questionei sua escolha por mais que eu não fosse uma garota de bar. Nem tinha o hábito de beber. No entanto, o estabelecimento me surpreendeu. Parecia um bistrô, mas o clima era bem mais alegre e descontraído. Em pleno *happy hour*, muita gente bonita estava espalhada pelo local. Fomos atendidos na porta e encaminhados a uma mesa de dois lugares.

— Vão querer o rodízio? — perguntou o garçom depois que se apresentou.

— Sim, com certeza — respondeu Miguel e eu desisti de abrir o cardápio depois que ele escolheu sem pedir minha opinião. O que achei uma falta de consideração da parte dele. Porém, ele o abriu assim que o garçom se foi e se inclinou sobre a mesa antes de me encarar. -- Espero que você goste de outros tipos de bebidas além de vinho. Assim vai aproveitar melhor o rodízio. — Reparou, naquele instante, que eu não tinha aberto meu cardápio. — Não está com fome?

— Estou, mas você já escolheu o rodízio. — E acrescentei mentalmente, *de sei lá o quê*.

— Ah! Me desculpe! Esqueci de explicar. É um rodízio de bebidas alcoólicas.

Arregalei bem meus olhos.

— Está querendo me embebedar, Miguel?

Ele caiu na gargalhada.

— Claro que não! Eu já ia sugerir que você comesse algo.

— Hmmm... — Abri o cardápio para desviar meus olhos dos dele, mas mal via alguma coisa na minha frente, estava envergonhada demais. — O que você indica?

Miguel escolheu comida para uma dúzia de homens de seu tamanho. Tudo parecia delicioso, mesmo sendo pratos típicos de boteco. Quando começaram a chegar, fiquei satisfeita com a aparência e experimentei um pouco de tudo, sem medo. Porém, com o rodízio, fui com mais cautela. Os garçons só serviam bebidas destiladas, coisa que eu bebia em raríssimas situações.

— Alanna, você precisa experimentar esse *shot*! Muito exótico!

Meu acompanhante estava falante e bebendo bem. As bebidas eram coloridas e chamativas, e foram servidas em copinhos de apenas uma dose. Experimentei o *shot* que Miguel colocou na minha frente e o gosto ácido do limão quebrava o adocicado do destilado, causando um frenesi delicioso na minha língua. Também tive a sensação de que meu estômago aceitava melhor *shots* agridoces.

— Música? — Estávamos no meio de um jogo de pergunta e resposta só com uma palavra. Levantei aquela questão porque ele sabia a minha preferência e eu conhecia seu *hobby* como dançarino.

— Todas! — disse, rindo, sabendo que estava caçoando de mim.

— Ah! Qual é? Para dançar, qual você prefere?

— Essa teve mais do que uma palavra! — Ele me repreendeu ainda rindo.

— Responde! — Minha exclamação saiu em tom de súplica.

— *Break*. — Espantei-me com a coincidência. O Mago também curtia dançar aquele estilo. — E você?

— Eletrônica. — Revirei os olhos e Miguel gargalhou.

É claro que eu iria preferir algo que facilitasse meu limitado remelexo.

Foi assim, entre uma conversa descontraída sobre gostos e preferências, sem nunca tocarmos em assuntos íntimos e desconcertantes, que uma névoa começou a cobrir minha mente, tão lenta e imperceptivelmente que, quando me dei conta, já estava falando tão alto quanto ele, rindo nem sabia de que, e com uma grande agitação tomando conta de mim.

— O que é aquilo? — apontei para o estabelecimento do outro lado da rua, que em dado momento acendera luzes em neon, ganhando toda a minha atenção.

— É um... bem... é uma balada — respondeu Miguel um pouco hesitante.

— Eu quero dançar! — bradei, batendo na mesa, e me erguendo em um só movimento.

Ignorei a cabeça girando e as passadas trôpegas, porque eu mal percebia outra coisa além daquela comichão me puxando para a danceteria em frente. Há quanto tempo eu não dançava! Miguel me segurou pelo braço antes que eu ganhasse a calçada, lembrando-me que precisávamos pagar a conta antes de sair. Procurei pela minha bolsa para quitar minha dívida com ele, mas não estava em meu ombro.

— Fique aqui, eu já volto — pediu ele, rindo da minha impulsividade.

Eu me encostei a uma parede e esperei o que pareceu apenas um segundo, enquanto observava as luzes tão convidativas. Estava tão estranha e aérea que nem me preocupei em recuperar minhas coisas ou não cumprir minha palavra quanto a pagar pelo jantar em seu lugar favorito. Nada mais importava além de que eu precisava dançar como se não houvesse amanhã.

Depois daquilo, eu me lembro de flashes apenas. De ter sido guiada por Miguel até o outro lado da rua, ter entrado na boate e dançado tanto, mas tanto, que suei e fiquei descompensada. Em algum momento, meus pés pediram para que eu me livrasse dos sapatos. Meu acompanhante era um ótimo dançarino e, muito diferente da maioria dos homens que não arriscavam mais do que dois passos de dança, ele me fez companhia o tempo todo na pista, em meio a um monte de outros corpos desconhecidos, também embalados pela música eletrônica.

Naquela noite, fui exatamente a Alanna dos meus sonhos mais obscuros.

10

Uma tarde constrangedora

Acordei graças a uma dor de cabeça lancinante e um mal-estar estomacal. Eu me levantei lentamente, sentindo o corpo e os pés pesados. Fui até o banheiro na suíte e joguei uma água no rosto, tentando me encarar no espelho. Minha aparência estava horrível. Descabelada, com a maquiagem borrada, vestida somente de lingerie e com os pés descalços imundos. Nem consegui ver minhas olheiras!

Antes de um banho, eu definitivamente precisava de água e um comprimido. Talvez um café, quem sabe assim eu acabava de acordar. Mas a claridade era muito intensa e feria meus olhos.

Saí do quarto rumo à cozinha e tive que passar pela sala. Estava igualmente zoneada, com roupas penduradas na cadeira e sapatos pelo chão. Epa! Parei assim que me dei conta de que as peças e os calçados eram masculinos.

Até meu cérebro estava funcionando devagar.

Virei minha cabeça sem pressa para o sofá, de onde vinha um ressonar suave. Engoli em seco ao me deparar com pés e pernas masculinos, arregalando os olhos ao constatar o óbvio: Miguel estava apenas de cueca, dormindo na minha casa. Levantei o olhar da cena, tentando fazer a imagem de sua bunda redonda, coberta somente por um tecido fino, sumir da minha memória.

Na pressa de sair antes que ele acordasse, tropecei e caí estatelada sobre meu tapete felpudo, espalhando tudo o que havia sobre a mesa de centro pelo chão. Lugar errado para me escorar. Tapei o rosto, não querendo ver a bagunça que meus bibelôs fizeram na casa limpa e arrumada. Eu gostava tanto deles! Eram lembranças de viagens e momentos incríveis.

— O que foi? — Miguel se levantou em um único movimento, procurando a origem do barulho, sobressaltado.

Fiquei com dó, não queria assustá-lo. Mas o que ele estava fazendo ali?

— O que aconteceu pergunto eu! — Logo me recuperei e fui falando conforme ficava de pé, diante dele, com o queixo erguido e as mãos na cintura. — Por que você está dormindo no meu sofá?

Miguel não prestou a menor atenção ao meu questionamento, varrendo meu corpo com seus olhos vorazes. *Droga*, pensei, cobrindo os seios com as mãos. A lingerie era de renda, completamente transparente. Corei com violência ao perceber que a calcinha estava revelando o meu púbis.

— Droga! — exclamei em voz alta e optei por cruzar os braços na frente do quadril, baixando a vista e encarando a ereção que estava evidente na cueca de Miguel. Apertei os olhos. — Ponha uma roupa e me encontre na cozinha!

Completamente desperta, voltei para o quarto e me cobri com um roupão. Era tarde demais para me fazer esquecer daquele corpo viril e másculo, completamente excitado por minha causa. Uma comichão gostosa me fez repuxar um sorriso despudorado. Eu conseguia despertar paixão em um homem. Ainda bem, porque eu estava cansada de ser tão excitável e de sofrer com aquilo sozinha.

Minha cabeça doía mais quando passei pela sala e vi que Miguel recolhera todos os pedacinhos dos meus enfeites que se quebraram. Agora, ele estava na cozinha, jogando os restos mortais no lixo, e vestido apenas com a calça social. Eu o ignorei e fui direto para a geladeira pegar água. Meu aquecedor era muito bom. Eu conseguia até mesmo andar descalça pelo piso sem sentir frio nos pés.

— Tome — disse ele, me estendendo um comprimido na palma da mão.

— O que é isso? — Eu estava muito irritada e desconfiada. — Agora você está me drogando também? É por isso que não lembro o que aconteceu ontem?

— Você não se lembra de nada? — perguntou, espantadíssimo, recolhendo a mão.

Temi que o pior tivesse acontecido. Droga! Esqueci de dar uma olhada na minha parte íntima no banheiro!

— Droga! — soltei outra vez o palavrão. Eu me sentiria pior se não o dissesse. Comecei a andar pela cozinha, desesperada. — Mil vezes droga! Não me diga que... que nós fizemos... Ai, *Senhor!*

Tapei a boca com a mão para controlar a histeria que me tomava.

— Calma, Alanna. — Miguel me pegou pelos ombros e apertou, obrigando-me a encará-lo de perto, mesmo sem querer. Esperei que ele me desse um tapa na cara, igual fazem nos filmes, mas ele não chegou a tanto. — Nós não fizemos nada além de beber, comer e dançar.

Demorou um minuto inteiro para eu ter coragem de abrir a minha boca.

— Então, por que você dormiu aqui? Eu não me lembro de ter vindo para casa depois daquela boate...

— Boate? — Miguel ergueu uma sobrancelha, rindo um pouco. — Aquilo é um clube de *strip*.

— O quê? Você me levou para um puteiro? — Revoltada, comecei a movimentar os ombros até que ele me soltasse. E me afastei, morrendo de nojo.

— Eu? *Você* decidiu ir para lá. Eu só a acompanhei para você não ficar sozinha.

— *Senhor!* Miguel, primeiro você me embebeda e depois me faz entrar em um antro daquele tipo! — Esfreguei meus braços como se estivesse com a sujeira daquele lugar impregnada até os ossos. Eu precisava tomar um banho com urgência.

— Eu não te embebedei, Alanna. Não fazia ideia de que você ficaria tão alta com poucas doses. Eu te levei lá pela comida, que é uma das melhores da cidade!

Percebi que ele ficou ofendido. Será que estava dizendo a verdade?

— Responda todas as perguntas antes que eu diga alguma coisa outra vez! — exigi, fora de mim.

— Você não queria parar de dançar. Parecia feliz. Não havia amarras te prendendo. Você simplesmente fez o que teve vontade. Quando o clube fechou pela manhã, eu me ofereci para te trazer para cá e você reclamou um pouco de enjoo. Passei em uma farmácia e comprei esse remédio, que é muito bom para a ressaca. Quando você entrou em casa, tirou a roupa, reclamando do suor, e deitou na cama. Eu dormi na sala preocupado que você pudesse passar mal sozinha, e como eu me senti responsável por...

— Ah! Então, você admite que se sente culpado!

— Não culpado, mas *responsável* por sua integridade física — salientou. — Você estava bem quando te dei carona depois do expediente e pretendia deixá-la do mesmo modo. — Então, estendeu o comprimido novamente em minha direção. — Agora engula esse remédio antes de descontar seu mal-estar em mim, por favor.

Contrariada, atendi o pedido porque, quanto mais eu ouvia e falava, mais minha cabeça e meu estômago reclamavam. Acabei bebendo dois copos cheios de água, tamanha sede eu sentia. Miguel observou tudo com olhos atentos, mas com um sorriso satisfeito. Quando me senti pronta para responder, só pude dizer uma coisa:

— Obrigada. — Não tinha porque continuar brigando com ele, mesmo com a vergonha que eu passei. A culpa era somente minha. Eu havia perdido o controle.

Seu sorriso se ampliou.

— Disponha. Posso levá-la até a loja também. A Clarissa já abriu. Passou mais cedo para pegar a chave.

Aquele era o dia das surpresas!

— Como ela desativou o alarme? Que horas são?

— Quase meio-dia. Eu te vi desarmando e como tenho memória fotográfica...

— *Senhor!* — Respirei fundo, fechei os olhos e apertei as têmporas. Clarissa agora achava que eu tinha um caso com o entregador graças à proatividade de Miguel. De repente, ao me lembrar da intimidade entre eles no dia anterior, o desconforto passou. Por mais que ele estivesse disponível, também não queria a funcionária envolvida com o *motoboy*. Aquilo, certamente, faria com que ela se colocasse em seu devido lugar. Soltei o ar com força pela boca, me acalmando. Ainda bem que eu havia adiantado as encomendas. — Tudo bem. — Abri os olhos e o encarei, determinada. — Vou só tomar um banho.

Meu celular começou a tocar e segui o som até a sala. Eu não sabia o que o aparelho estava fazendo no cômodo onde Miguel dormiu, mas não questionei o fato. Estava cansada e a dor de cabeça ainda não havia passado. Tirei o celular da bolsa e, no visor, o nome da minha avó piscava, me fazendo lembrar do nosso compromisso.

— Oi, vó.

— Oi, minha neta. Estou na loja, mas a Clarissa disse que você não veio trabalhar porque não está se sentindo bem. O que aconteceu, querida? Precisa de alguma coisa?

— Não se preocupe, vovó, já estou medicada — retruquei de maneira evasiva, rumando para o quarto para poder conversar com Úrsula em particular. — Eu te explico pessoalmente. Você pode vir me buscar? Meu carro ficou no estacionamento ao lado da loja.

— Alanna Góes, você saiu com alguém?!

Droga! Como ela percebeu?

— Sim, mas não do jeito que a senhora está pensando. Só vou tomar uma ducha e vestir roupas... limpas — emendei antes que ela deduzisse coisas indevidas.

— Quero todos os detalhes! Chego em vinte minutos!

Desliguei o telefone já morrendo de vergonha por ser obrigada a contar o que não houve para minha avó. Ela ficaria tão frustrada, que me pregaria o maior sermão de todos os tempos. Voltei à sala e encontrei Miguel vestido e sentado no sofá, conferindo algo no próprio celular.

— Pode ir para casa descansar, Miguel. Tenho um almoço com a minha avó agora e ela vai vir me buscar. Tire o restante do dia de folga.

Ele se levantou em um átimo.

— Não vai precisar de mim na loja?

— Não sei nem se eu vou aparecer por lá hoje e não vou obrigá-lo. Você já fez muito por mim.

Miguel caminhou até onde eu estava, pegou minhas mãos e beijou as duas.

— Tome bastante água e coma coisas leves. Amanhã você vai estar melhor.

— Obrigada novamente. Até logo.

Abri o portão automático para que ele pudesse sair montado em sua grande moto, fechei, vendo-o sumir na rua, e me arrastei ao banheiro, sentindo-me exaurida. Seria difícil acompanhar a animação de Úrsula, ainda mais em uma *sex shop*. Eu só queria voltar para a minha cama, dormir, acordar na manhã seguinte e descobrir que tudo não passara de fruto da minha imaginação.

Liguei o som com a minha seleção preferida de música clássica a fim de relaxar enquanto tomava banho. Nem deu tempo de pensar a respeito da noitada que nada a tinha a ver comigo. Aquela Alanna que se jogou na pista e dançou até o amanhecer com um homem não era eu. Consegui aplicar base e corretivo no rosto para esconder o caos que imperava, e em um minuto estava pronta. No outro, vovó tocava a campainha de casa.

Entrei no carro usando óculos escuros e me sentei ao lado de Úrsula no banco de trás. O motorista fechou a porta e voltou para a direção do veículo. Não estava preparada para o interrogatório. Eu era péssima em enrolar a vovó.

— Oi de novo, vó. — E beijei sua bochecha.

— Olá, minha neta. Você se divertiu, hein?

— Acho que sim. — Graças a Deus o remédio de Miguel fazia efeito e minha cabeça parava de doer. O estômago, ainda vazio, também deixara de reclamar.

— Quem é o cara?

— Como a senhora sabe que foi um *cara*?

— Porque, se fosse uma mulher, você não teria hesitado em me dizer.

Como eu falei, não consigo tapear dona Úrsula. Bufei de desgosto.

— Foi só um jantar com o Miguel, nada de mais.

— Com o entregador gostoso da sua loja?!

— Vó! — Eu a repreendi, espiando George, que continuava dirigindo como se nada tivesse acontecido.

Será que só eu não conseguia me acostumar com as loucuras de Úrsula?

— Onde ele a levou? Me conta tudo, Alanna!

A curiosidade de vovó não tinha limites. Achei por bem lhe contar de uma vez. Foi horrível! Conforme o que houve no domingo e na segunda à noite saía de minha boca, eu me sentia pior por ter deixado a situação chegar àquele nível. Onde eu estava com a cabeça quando permiti que Miguel se aproximasse tanto?

— Então, vocês transaram? — perguntou quando não dei detalhes sobre os acontecimentos depois que chegamos em casa. Eu não tinha nenhuma memória para contar.

— Claro que não, vó! Ele é meu funcionário!

Como previra, Úrsula demonstrou total decepção pela minha resposta.

— Sabe, Alanna, você evoluiu de achar mil defeitos em todos os homens que conhecia para inventar desculpas a fim de nem conhecer caras novos. Há quanto tempo você não sai com ninguém por puro comodismo? Você não se diverte como mulheres da sua idade, só trabalha. Eu entendo que queira ver sua loja fazendo sucesso e que isso exige dedicação, mas você também merece risos, beijos e sexo. O que realmente está havendo com você? É medo, preguiça ou sua meta de vida é ficar sozinha para sempre?

Abri a boca para responder, mas não soube o que dizer. A verdade era que eu não sabia. A ideia de ficar sozinha não me assustava mais, já foi o tempo em que eu temia a solidão. Mas era isso que eu queria mesmo ou havia deixado as circunstâncias me levarem àquela condição?

— Se estiver esperando o homem dos seus sonhos cair do céu, saiba que não é assim que funciona. — Vovó continuou falando, deduzindo a resposta por si mesma. — Você precisa estar aberta, conhecer pessoas, conquistar e se deixar conquistar. Não existe homem perfeito. Só fique ciente de que, se o cara não ficar, é porque não te merece. E, se ele ficar, simplesmente aproveite e descubra a felicidade que é partilhar a vida com alguém que está disposto a isso.

Nem tentei responder daquela vez. Quando Úrsula pregava, eu baixava a cabeça e ouvia tudo o que sua sabedoria tinha a me ensinar.

— Você acha que foi fácil ficar casada sessenta anos com seu avô? Não foi. Ele me irritou muitas vezes. Tivemos inúmeras brigas. Já pensamos em nos separar. Mas, no fim, não o fizemos e nosso casamento se tornou mais forte. O sentimento que nutrimos um pelo outro também mudou conforme amadurecíamos. E hoje posso dizer que valeu a pena cada atrito, cada problema e cada solução que encontramos. Não há perfeição em nenhum relacionamento, mas há força e determinação nas pessoas que moldam uma vida para compartilhar.

Eu me sentia de novo uma menina, sendo repreendida pela avó por fazer bagunça na casa dela. Mas, no caso, eu era bem grandinha e, mesmo assim, não parava de bagunçar minha própria vida.

— Quanto a Miguel, ele nem é seu funcionário, foi terceirizado. De qualquer maneira, eu não aceitaria a função dele como desculpa para vocês não se relacionarem se é o que desejam. — Arregalei os olhos e a boca, espantadíssima. — Desculpa, minha neta, mas se ele te beijou e você retribuiu, não há porque negar seu interesse. Você também não pode esperar certezas antes de tentar. A única certeza que temos nessa vida é a de que um dia iremos morrer.

— Cruzes, vó! — Odiava quando ela falava de morte.

— Enfim, não estou dizendo para você se casar com o Miguel amanhã, senão vai ficar para titia. Os tempos são outros e você não precisa de um pedido de casamento para experimentar bocas e paus. — Fiz um grande esforço para ignorar as três últimas palavras. — Apenas vá, conheça, tente e não desista de ter alguém.

Como eu faria para atrair a atenção de Miguel de volta, agora que eu o havia dispensado, não fazia ideia. Também não pediria conselho para Úrsula. Preferia fazer do meu jeito, o que poderia significar o mesmo que nada. Mas deixar rolar talvez funcionasse se eu tomasse uma dose cavalar de coragem.

— Obrigada, vovó. — Consegui sorrir ao perceber que havíamos parado em frente à *sex shop*, dando o assunto pessoal por encerrado.

Meu sorriso sumiu em seguida. A tortura estava apenas começando.

11

O DESEJO MAIS PROFUNDO

Saímos da *sex shop* horas depois. Comprei uma lingerie supersexy, que me deixou tão vermelha quanto sua cor, mas me convenci de que qualquer outra coisa seria melhor do que dar para minha irmã um dos *sex toy* que minha avó tentou me empurrar. Úrsula se esbaldou na loja, comprando pênis de silicone para todo mundo, até para as amigas viúvas. Quando a questionei a respeito, ela disse que eram elas que precisavam mais.

Revirei meus olhos, mas não pude conter sua fúria consumista e erótica. Fui obrigada a aceitar um vibrador rotativo de presente, com vibração simultânea no clitóris. Fiquei curiosa para experimentar. Trinta e seis vibrações eram de deixar qualquer uma ansiosa. Quando eu usava e ficava satisfeita com aqueles brinquedinhos, pensava: *por que preciso de homem?* Minha avó nem imaginava, mas colaborava para o meu afastamento do sexo oposto.

O motorista nos levou ao restaurante preferido de vovó para almoçarmos e depois à Alanna Góes Design para que eu pudesse pegar meu carro no estacionamento. Úrsula aproveitou que estava esbanjando dinheiro para gastar mais um pouco. Ela queria escolher a joia para usar no casamento de Luanna, que seria dali a semanas. Tudo bem, eu que não iria impedi-la.

Aproveitei que estava na loja para dar uma olhada no meu e-mail. Havia pedidos novos. Vários, aliás. Não sabia de onde estavam surgindo tantas encomendas. Teria que me desdobrar para dar conta do serviço acumulado em tão pouco tempo. Voltei ao térreo a tempo de ouvir o maior absurdo do dia.

— Você é minha convidada, Clarissa. Tome! — Assim como fazia com meus cartões de visita, vovó estava distribuindo convites do chá de lingerie da minha irmã.

— Que honra, dona Úrsula. Irei, com certeza. Muito obrigada pelo convite.

E a sonsa da funcionária teve a ousadia de aceitar. Ela não sabia o seu lugar? Achei que tivesse deixado bem claro, mantendo distância. Clarissa sequer sabia dos meus compromissos. Eu mesma cuidava da minha vida e não gostava de ter nem uma secretária. Mas precisava de uma atendente na loja e tudo estava indo bem entre nós... Até Miguel aparecer.

Afastei o pensamento, determinada a sair dali antes que perdesse a cabeça e dissesse o que não devia.

— Clarissa, obrigada por abrir a loja hoje. Pode trancar

e levar a chave.

— Por nada, dona Alanna. A senhorita está melhor? Miguel disse que não estava bem.

Corei violentamente à menção da minha noite de bebedeira.

— Estou sim, obrigada por perguntar. Até amanhã, Clarissa.

— Até amanhã, dona Alanna.

Saí da loja apressada, seguida por minha avó segundos depois. Carregava a sacola com sua joia nova. Não sabia o que ela havia comprado, mas parecia feliz.

— O que deu em você, Alanna?

Eu a esperava na calçada, impaciente.

— Vó, a senhora enlouqueceu de vez? Por que chamou a Clarissa para o chá da Luanna?

— Porque ela é jovem e seria falta de educação falar sobre o chá e não convidá-la, oras.

— A festa nem é sua! E ela é só uma funcionária.

— É por isso que você nunca a chamou para nossas festas de família?

Revirei os olhos. Nem eu queria ir àqueles encontros, por que chamaria alguém para me acompanhar?

— Não é óbvio?

— Minha neta, quem foi que te ensinou que você não pode ter prazer nos negócios? Seu pai se casou com uma das funcionárias da nossa empresa e está muito feliz.

Soltei um longo suspiro.

— Ninguém, vovó. Eu só achei por bem manter as coisas separadas.

Úrsula se aproximou e abraçou meus ombros com as mãos enrugadas, cheias de vivências.

— Há quanto tempo você não vê suas amigas?

Eu não tinha amigas. Quer dizer, tinha, claro, mas estavam todas casadas e cuidando das próprias vidas. Eu não tinha amigas solteiras. Vovó traduziu novamente o silêncio como quis.

— Não há mal algum em fazer amizade com Clarissa. — Chacoalhou meus ombros, motivadora. — Você pode se surpreender positivamente!

— Está bem, vó — concordei a fim de encerrar o assunto. Já não tinha ouvido sermão suficiente para uma vida inteira? — Vou até oferecer carona a ela.

— Muito bem, minha neta. É assim que uma Góes deve ser: solícita.

Estava muito estressada quando voltei para casa, assim que finalmente me separei de Úrsula. Ficar com a minha avó acabava com meus nervos. Minhas emoções oscilavam entre amor, raiva e constrangimento. Era muito bizarro! Eu me joguei na cama, ainda bagunçada, sem coragem de colocar ordem em nada. As sacolas esquecidas na sala.

Então, tive um estalo. Eu poderia relaxar com o meu novo e potente vibrador.

Corri até a sala e desembrulhei meu presente. Lavei-o na pia do lavabo antes de deitar no sofá já nua. Abri e dobrei as pernas, deixando-me bastante exposta. Liguei o vibrador na velocidade mínima e massageei toda minha vulva, estimulando as terminações nervosas. Fechei os olhos e imaginei como teria sido se Miguel tivesse feito amor comigo naquela madrugada. Seria daquele jeito... lento, gostoso, crescente. Sua língua umedeceria meu clitóris e a entrada da minha vagina antes que seus dedos se introduzissem. Devagar... centímetro a centímetro... abrindo-me prazerosamente. Quando me sentisse intumescida, aumentaria a velocidade, provocando em meu corpo uma resposta imediata.

Ofeguei, sentindo-me pulsar de desejo sob o objeto que realizava minhas fantasias sexuais mais secretas. Eu gostava de imaginar alguém fazendo tudo aquilo comigo, no toque que eu mesma me dava. E, foi naquele instante íntimo e solitário, que tive a resposta para a pergunta da vovó: eu não queria ficar sozinha para sempre.

Mas também não queria ter alguém só de passagem. Estava cansada de relações curtas e superficiais, que na verdade não passavam de sexo casual disfarçado de relacionamento sério. Era por isso que eu ignorava os conselhos da vovó quanto a me divertir com homens como o Mago. Eu não era aquele tipo de garota, não que eu condenasse quem fosse, só não era para mim.

Eu queria um homem com quem partilhar a vida, para amar e ser amada. A verdade era que arranjar alguém só para transar era fácil. O difícil estava em permanecer. Não culpava inteiramente os caras com quem me relacionei pelo fim dos namoros. Eu também tinha culpa por ficar com o pé atrás. Tanto, que na última vez em que me apaixonei, eu tinha vinte e poucos anos.

Eu estava realizada profissionalmente, tinha dinheiro, independência, casa própria, carro do ano e todas as mordomias que minha carreira podia pagar. Não mudaria nada do que vivi para chegar àquele momento e ainda tinha muito mais a crescer. Eu acreditava em mim e no meu potencial como designer. Minha derrota estava em me relacionar com outras pessoas, inclusive gente da família.

Não queria ser assim, mas me sentir um peixe fora d'água na presença dos outros me frustrava e por isso eu me isolava. Suportava melhor minha ansiedade e minhas expectativas quando me mantinha longe. Conviver com a humanidade de maneira mais profunda acabaria com a minha solidão, mas também me transformaria em uma montanha-russa de emoções contraditórias e intensas.

Viver socialmente exigia muito do meu emocional e eu não sabia como lidar com isso.

Preferia daquele jeito, eu e meu vibrador, me guiando por uma cacofonia de gemidos e sussurros intermitentes, até o desfecho poderoso do clímax. Ali, sozinha, eu me bastava, me satisfazia e me alegrava. A única cobrança que eu tinha era de mim mesma. *Vamos, Alanna, você consegue! Faça melhor! Cumpra o prazo! Goze gostoso...* Era autocrítica e perfeccionista o bastante para uma multidão.

A semana passou depressa sem que eu evoluísse em fazer amizade com Clarissa e seduzir Miguel. *Senhor!* Como eu era péssima em interagir! Li matérias ridículas de revistas que davam dicas sobre amizade e namoro. Claro que nada deu certo. Não me dei ao trabalho de testar a maioria. Não sabia o que era pior: o fato de eu não conseguir ou de tentar.

A única coisa que funcionou foi oferecer carona para Clarissa. Soou natural e espontâneo, porque realmente foi. Eu havia prometido à vovó que o faria. Com Miguel foi um pouco mais complicado, porque eu estava sem tempo, assim como ele, por causa das encomendas e dos pedidos que não paravam de chegar. Foi uma semana intensa!

No sábado à tarde, ao dispensar Clarissa mais cedo porque tinha hora marcada no salão e anotar seu endereço para buscá-la à noite, fiquei sozinha com Miguel. Como sempre, ele me ajudou a fechar a loja e abriu a porta para que eu passasse ao armar o alarme. Ri enquanto trancava tudo e ele me esperava na calçada.

— Você não sabia que o cavalheirismo morreu? — brinquei com seu jeito pouco moderno.

— Poxa, vida — bateu na própria testa. — E você só me avisa agora, Alanna?

Gargalhei alto, me divertindo muito com sua reação, como se não tivesse estranheza entre nós.

— Desculpe, mas eu não queria ser indelicada. Você estava tão... obstinado!

Virei-me para ele, guardando as chaves na bolsa, que finalmente voltavam ao meu poder. Clarissa havia feito uma cópia e não precisava mais da original. Pelo menos um voto de confiança eu dei à minha atendente.

— Gosto de ser educado.

— Principalmente com mulheres? — Ergui uma sobrancelha sugestivamente, imitando-o.

Miguel não conteve uma risada sonorosa e deliciosa.

— Com qualquer um, na verdade. Acredito que gentileza gera gentileza.

Balancei a cabeça, concordando. Pensava igual. Preferia ficar calada a ter que me desculpar por ofender alguém sem querer.

— Eu o vi dirigindo — refleti em voz alta, puxando nossos passos rumo ao estacionamento. — É um motoqueiro como poucos. Respeita as sinalizações de trânsito e não faz acrobacias em cima da moto. Bem, pelo menos comigo na garupa.

Rimos um pouco antes que ele expressasse seu contentamento.

— Obrigado. Vou considerar um elogio, visto que as atitudes dos outros não têm lhe causado boas impressões. Mas não fiz mais do que minha obrigação.

— É um fato — concordei e chegamos ao estacionamento. — As pessoas tendem a levar o lema "não sou obrigado a nada" ao pé da letra, e usam o livre arbítrio e a liberdade de expressão como desculpa para ferir e humilhar.

— Infelizmente, a humanidade perdeu a medida do bom senso.

Com a correria do dia a dia, eu havia me esquecido como era fácil e agradável conversar com Miguel. Independente do que houve no passado, ou aconteceria no futuro, ele era um cara como poucos, era confortável tê-lo por perto. O rapaz era de uma rara personalidade e, com certeza, uma escolha acertada para integrar meu negócio.

Fiquei ali parada, com vontade de chamá-lo para continuarmos aquele papo em outro lugar, mas eu não podia. Tinha um compromisso inadiável com Luanna.

— *Senhor!* Esqueci o diadema na loja! — Desabafei em voz alta ao pensar na minha irmã e me dar conta de que havia deixado a peça para trás, distraída com meus afazeres. — Vou ter que voltar para pegar.

— Deixe-me acompanhá-la se não se importar. — Miguel, como sempre um cavalheiro, se ofereceu para me fazer companhia.

— Eu não me importo se você não está com pressa para algum compromisso.

Continuamos conversando enquanto voltávamos para a Alanna Góes Design.

— O ritmo dessa semana foi intenso, mas consegui fazer todas as entregas. Não vou mentir, estou morto de cansaço, porém, só tenho compromisso à noite.

— Eu também!

— Aposto que vai relaxar do trabalho. Já eu vou trabalhar mais um pouco.

Rimos, caminhando pela calçada sem pressa.

— Você deveria descansar. Aproveitar que está com a tarde livre.

— Hm... Um chope poderia cair muito bem. Você topa?

Quis muito dizer "sim, claro, vamos", mas vacilei. Tinha as unhas para fazer, mas o horário era mais perto do anoitecer. Eu tinha tempo e vontade, então, por que não conseguia dizer sim? Alguma coisa me travou. Estávamos dentro da loja, no andar de cima, e eu ainda não havia lhe respondido. Miguel não falou nada, apenas me seguiu, silenciosamente, como uma sombra, ou um guarda-costas. Não me incomodei. Estava me acostumando a ter por perto alguém que se importava.

Eu odiava ter criado um clima tenso entre nós, ainda mais depois do bate-papo descontraído. Peguei a embalagem do diadema e me virei, trombando acidentalmente no peitoral de Miguel. Não imaginava que ele estivesse tão próximo. O rapaz me segurou pela cintura, mas a caixa e minha bolsa despencaram dos meus braços, espalhando-se pelo chão. Em um reflexo, joguei meu corpo para trás e encontrei minha bancada de trabalho.

— Calma, Alanna, eu não mordo. — Miguel não havia me soltado daquela vez e parecia incrivelmente sedutor.

Ele ergueu os braços quando me viu apoiar as palmas na bancada, o coração batendo feito louco no peito e a respiração errática e ruidosa. Deu dois passos para trás e se abaixou para pegar minhas coisas. Miguel me devolveu tudo com um sorriso inocente. Fiquei tão sem graça com minha reação exagerada que nem tive coragem de lhe agradecer verbalmente. Apenas acenei com a cabeça. Eu não prestava nem para aproveitar a ocasião.

Minha resposta deveria ter sido "Nem se eu quiser?", mas não, em vez disso, saí da loja em um silêncio constrangedor, afastando Miguel novamente. Só de me imaginar dizendo aquilo, quase morri de vergonha. Nossa despedida no estacionamento foi tímida e ele não forçou uma resposta ao seu convite, graças a Deus! Eu me concentrei em não me esquecer de mais nada até reencontrar minha eufórica irmã à noite.

Passei no apartamento de Clarissa na hora marcada e fomos para a casa de minha mãe, onde Luanna ainda morava. Ela não quis sair da casa dos nossos pais antes do casamento.

Minha irmã conseguia ser tradicional por um lado e sem importância e liberal por outro. Vai entender! Eu não deveria me surpreender por minha avó e minha mãe fazerem parte da festinha particular. Os homens estavam reunidos na residência dos meus avós, enquanto a gente se divertia.

Bem, eu estava tentando relaxar, mas a expectativa pelo momento das brincadeiras estava me deixando nervosa. Tinha muito álcool rolando e me deixei bebericar o conteúdo dos copos coloridos. Descobri com Miguel naquela noite que eu gostava de bebidas, mas tentei não extrapolar. Clarissa não saía do meu lado e comentava tudo.

— Sua irmã é linda e parece feliz com o casamento!

— Nossa! Sua mãe é nova, né, pode se passar facilmente por irmã de vocês!

— Aquela senhora é sua avó? Ela é uma figura, tão jovial e divertida!

Não me dei ao trabalho de responder eloquentemente, usei apenas monossílabos. Eu tinha sérios problemas com conversas triviais. Gostava muito mais dos papos cabeça com Miguel, e profissionais com Úrsula. Para o resto, não tinha a menor paciência; ela se esgotava muito mais depressa com assuntos impertinentes, como clima, sexo e estética.

Luanna só começou a abrir os presentes depois que todas as amigas chegaram. Ela foi vendada e tinha que adivinhar do que se tratavam as embalagens postas em suas mãos e ainda quem havia dado. Impossível! Particularmente, eu odiava aquele tipo de brincadeira, porque não gostava de ser o centro das atenções, nem me sentir exposta, muito menos à mercê da vontade de outras pessoas.

Toda vez que errava, minha irmã perdia uma peça de roupa, ou tinha que virar um copo de bebida alcoólica em um único gole, ou escreviam palavras obscenas em sua pele clara com batom vermelho. Ridículo! Como ela podia gargalhar sendo humilhada daquela forma? Quando chegou a vez de abrir meu presente, Luanna errou e eu tive que lhe dar uma prenda.

— Vista a roupa de volta!

Achei que estava sendo esperta, porém, as amigas dela não aceitaram minha tentativa de melhorar a situação de minha irmã. Acabei sugerindo que Luanna vestisse a lingerie que lhe dei por cima das que já usava. A mulherada aprovou minha ideia, ajudando-a a cumprir a prenda. Por ser um corpete, ao menos ficou mais tampada. Mesmo que estivéssemos entre mulheres, não vi necessidade de ficar nua.

Até meu diadema entrou na brincadeira. Quando os presentes terminaram, Luanna estava seminua, maquiada como uma palhaça, bêbada, com o cabelo azul parecendo um ninho de passarinho e decorado pela joia. Tirou fotos sem a venda com as amigas, segurando os artigos de *sex shop* perto do rosto, como o pênis de silicone, com a boca aberta. Desnecessário!

Desviei a atenção daquela bagunça e acabei percebendo que Úrsula se ausentou da sala. Voltou pouco depois, trocando cochichos com minha mãe que, por sua vez, foi falar com a melhor amiga de Luanna. Será que tinham preparado uma surpresa para ela? Fiquei na expectativa enquanto minha irmã continuava alheia aos bastidores da festa.

A amiga de Luanna falou com a DJ (sim, era uma mulher), que trocou o som *pop* por um *rap*. Se eu já estava desconfiada, a sensação apenas se acentuou. O que eu não precisava era da confirmação. E, em uma explosão de fumaça branca, tudo se esclareceu. Assim que a fumaça se dispersou, chamando a atenção da mulherada presente, o Mago surgiu com os olhos cobertos pela máscara e a capa ocultando todo o resto de seu corpo, em uma atitude misteriosa e completamente teatral.

— Foi daqui que chamaram um bombeiro? — sua voz saiu abafada pelo tecido.

Acompanhando a batida da música, o *stripper* abriu os braços, revelando que usava sob a capa de mágico uma fantasia de bombeiro: calça cáqui com suspensório vermelho. Não acreditei! Aquilo era o clichê dos *gogoboys*! Luanna deu um grito, que quase me deixou surda, largando tudo e todas para se jogar na frente do Mago, enquanto ele se livrava da capa e trocava a cartola por um capacete.

— Ah! Graças a Deus você veio! Minhas amigas colocaram fogo na casa!

Ela gargalhou, desavergonhadamente, escorando-se nele como a dama em perigo. As outras a acompanharam, formando um círculo em torno do Mago, e também tocaram nele. Que decepção! Fiquei tão abalada por não conseguir cumprir minha própria promessa de me manter quilômetros distante do *stripper*. Eu não queria fazer desfeita em uma festa da minha irmã.

— Que estranho! — Clarissa falou ao meu lado, me sobressaltando. Havia me esquecido de que ela estava ali. — Tem alguma coisa de familiar nesse cara.

Ri, nervosa, com seu centésimo comentário nada a ver.

— Você conhece *strippers*, Clarissa? — debochei.

— Não! — Ficou espantada com o rumo de meus pensamentos e corou, com força. Opa! Acho que encontrei alguém tão tímida quanto eu. — É a primeira vez que eu vejo um *stripper* ao vivo. Nunca fui a festas como essa. — *Bem-vinda a uma reunião rotineira de minha família,* pensei, ironicamente. — Estava me referindo às características físicas dele. Parece alguém que eu conheço.

Eu a ignorei, por mais que me simpatizasse com ela.

— Como você mesma constatou, minha família é bastante moderna. Não que eu compactue com essas coisas, mas não posso responder por elas.

Lancei minha cabeça na direção do tumulto, dando de ombros.

— Sempre tive curiosidade, mas morro de vergonha. Ainda bem que ele está entretido com as mais avançadinhas.

Continuamos conversando sobre nossos gostos e fui percebendo, para minha surpresa, que éramos bastante semelhantes na maneira de pensar sobre o mundo. Clarissa também não gostava de chamar atenção e tinha o péssimo hábito de rir quando ficava nervosa. Eu me identifiquei e percebi, pela primeira vez na noite, que podíamos nos tornar grandes amigas.

As batidas coloridas voltaram a passar e, já que eu tinha arranjado uma boa companhia, achei que poderíamos permanecer na festa mais um tempo. Bebemos e rimos conforme o papo foi enveredando por temas mais íntimos. A algazarra aumentou no grupo maior e olhamos a tempo de ver o Mago vestido somente com uma tanguinha infame.

— Meu Deus do Céu! — invocou Clarissa.

Alguma coisa dentro de mim se remexeu junto com o corpo másculo e cheio de músculo do *stripper* dançando. *Senhor!* Ele era tão viril, bonito e atraente. Como das outras vezes, foi impossível desgrudar meus olhos, já que ele não dançava somente com minha irmã, reorganizando as garotas para que todas tivessem sua vez com ele. Engoli em seco, a boca sedenta e a língua áspera do mais puro desejo.

Eu também queria dançar com o Mago, sentir sua pele lisa e firme sob minhas palmas, e o roçar erótico de seu corpo nu junto ao meu. Assim como aconteceu quando bebi com Miguel no bar de rodízios, perdi o pudor, o filtro e o freio. Sob o efeito da bebida alcoólica da ousadia, deixei uma Clarissa estupefata para trás e caminhei, decidida, até onde o *stripper* rebolava. Cutuquei seu ombro e ele me olhou.

— Não aceito ser ignorada dessa vez!

Percebi que minhas palavras causaram um leve tremor em suas pálpebras. Ele passou a língua pelos lábios e sorriu um sorriso sedutor e lindo que me arrepiou inteira. Eu não estava pensando, apenas sentindo a ansiedade me corroer como um veneno. Largando Luanna, o Mago se aproximou em dois passos precisos, o olhar tão fixo em mim que me fazia temê-lo tanto quanto o desejava. Ergui o queixo, mantendo meu atrevimento firme. Laçando minha cintura, ele segurou minha cabeça e se aproximou como se fosse me beijar. No entanto, seu queixo deslizou pelo meu rosto, o atrito e a aspereza provocando choques elétricos, até alcançar minha orelha.

— Nem se quisesse eu conseguiria ignorá-la — sussurrou com rouquidão.

De repente, ele me pegou no colo, com uma agilidade e destreza que me tiraram o fôlego. Seu corpo se mexeu sob o meu como se estivéssemos em pleno ato sexual. Eu só pude abrir a boca e não consegui fazer nada sair dela além de ar. Fui junto, por falta de opção, rebolando com ele. Joguei a cabeça para trás e mantive os olhos abertos, vendo a euforia de todos enquanto eu contracenava com o Mago.

Aquilo não me constrangeu. Eu estava gostando. Meu corpo estava amando o contato e minha mente adorou a ousadia. Definitivamente, quando eu bebia, tinha coragem de fazer tudo o que desejava. No instante seguinte, o *stripper* me virou de ponta-cabeça, segurando-me firmemente. Daquela vez, seu quadril se moveu em direção à minha cabeça e a mim só restou me agarrar onde dava: seu traseiro.

A histeria das mulheres aumentou, apesar de eu ouvir tudo meio abafado pelo pulsar alto na minha têmpora. Meus batimentos estavam na estratosfera! Em seguida, o Mago me inclinou, deitando-me de barriga para cima sobre o tapete, e veio junto, ainda dançando no meu rosto. Ele se mexeu sobre mim, como se provocasse meu sexo, meu umbigo e meus seios.

O *stripper* até deixou seu nariz roçar na minha barriga, exposta pela blusa erguida, causando-me furor por dentro. Ele engatinhou, indo e voltando, enquanto eu babava naquele exemplar único de homem, tão perto de mim.

Quando achei que tinha encerrado, em um movimento rápido, o Mago me virou de bruços, e veio por cima, enganchando os dedos no me cabelo e puxando os fios para trás.

Fui arrebatada ao sétimo céu! Sentindo meu corpo inteiro formigar.

A verdade, que só naquele momento admiti para mim mesma, era que eu desejava muito transar, mas só se fosse com o Mago.

12

Happy Hour de domingo

Assim que abri os olhos na manhã seguinte, desejei despertar com a mesma amnésia da segunda-feira, mas, infelizmente, minha memória estava mais vívida do que nunca. Minha pele, inclusive, guardava a lembrança do toque e do cheiro do Mago, como se ele se recusasse a me abandonar mesmo estando distante. A vergonha pelo que fiz no chá de lingerie de Luanna, finalmente, me abateu, e apertei os olhos.

Maldita hora em que decidi fazer aquilo! Fui transportada do conforto da minha cama de volta para o tapete felpudo da sala de estar da casa da minha mãe. Minha respiração errática tão alta no meu ouvido, que eu mal escutava o que acontecia ao redor. Eu me senti bem simplesmente por satisfazer parte dos meus desejos mais íntimos: ter a atenção total do *stripper*. O que foi um erro.

Por dez minutos, o Mago tinha sido totalmente meu.

Suas palavras ousadas me arrepiaram inteira novamente. *Nem se quisesse eu conseguiria ignorar você. Nem se eu quisesse*, ele tinha ressaltado. O *stripper* também me queria, eu ocupava seus pensamentos, e seus olhos provavelmente me observavam quando eu não estava notando. *Senhor!* Como aquela ilusão era doce!

Eu tinha ficado lá, deitada no chão, com um sorriso idiota no rosto, tentando prolongar a sensação maravilhosa que me entorpecia o corpo inteiro. O gosto era tão bom, que o arrependimento não tinha nem dado as caras. Até tentei convencer a pobre Clarissa a entrar na brincadeira. Ela recusou educadamente, corada até o último fio de cabelo castanho e encaracolado. Minha funcionária era uma garota de bom senso.

Já eu, fui perdendo o senso conforme me reencontrei com o Mago. Estava no limite de ceder ao desejo da carne e me oferecer integralmente às suas mãos habilidosas. Meu corpo ansiava tanto por aquilo que minha mente chegou a cogitar uma abordagem direta. *Ei, Mago, quanto é o programa?* Que humilhação! Tudo bem que eu estava desanimada com os embustes (que também eram ruins de cama), mas, para mim, seria o fundo do poço pagar alguém fazer melhor.

E eu tinha certeza de que o Mago faria *muito* melhor!

Meu estômago se revirou, me fazendo lembrar de que foram aquelas malditas batidas coloridas que me tiraram o freio. (Claro que era muito mais maduro e adulto culpar o álcool do que admitir minha fraqueza!) Levantei da cama de uma vez, saindo do marasmo de culpa e remorso, mas me agarrei à cabeceira em seguida, sentindo uma breve vertigem. Um pulsar doloroso nasceu bem na minha fronte.

Droga! Eu estava de ressaca de novo. Mas a ressaca moral era bem pior daquela vez e eu ainda teria que enfrentar um almoço em família na casa dos meus avós. Pelo menos eu tinha certeza de que o Mago não estaria lá. Quis muito levar alguém comigo para amenizar meu desconforto, mas quem aceitaria um convite tão pessoal em cima da hora?

Eu me obriguei a tomar um banho e lavar todo o suor (e safadeza) da noite anterior (até meu cabelo estava cheirando a perfume barato masculino!). Tomei bastante água e me deparei com os comprimidos que Miguel havia comprado para mim quando dormiu no meu sofá. Corei de vergonha, mas também de uma sensação besta de alegria.

Eu não estava acostumada a ser cuidada. Aquilo era novo, mas não errado.

A ideia reconfortante de que eu poderia ter alguém que cuidasse de mim, que se importasse a ponto de dormir no sofá pequeno para o seu tamanho a fim de garantir meu bem-estar, ou correr até uma farmácia vinte e quatro horas só para aliviar meu mal-estar (ainda que eu não merecesse, por ter causado aquilo a mim mesma), me acompanhou por todo o trajeto até a mansão dos meus avós.

O almoço foi mais tranquilo do que eu esperava, sem sobressaltos, a não ser uma gripe que estava perturbando vovô. Ele já estava se medicando, então, não nos preocupamos mais do que o necessário. Luanna parecia alegre, porém distraída e suspirante, coisa rara. Acontecia sempre quando algo não estava nos conformes. Depois da festa da noite anterior, não achei que a veria naquele estado. Meu maior temor eram os comentários, que não aconteceram.

— O que você tem, Luanna? — cochichei.

— Eu? — Espantou-se, como se estivesse em Nárnia e não na cozinha da nossa avó. — Nada!

Dei uma ombrada nela.

— Eu te conheço — insisti.

Ela soltou o ar com um pesar tão grande que fiquei triste junto.

— Não sei bem, Alanna. Acho que é TPC.

— TP... o quê?

— Tensão pré-casamento.

— Ah! Mas aconteceu alguma coisa? Seu noivo implicou com a festa de ontem?

— Não! — Ela se apressou em retrucar, também falando baixo. — Não é nada específico, só uma sensação sufocante que não passa.

Eu podia imaginar a pressão que ela estava sentindo para realizar o casamento perfeito.

— Olha, Luanna, é normal ter dúvidas sobre essa decisão. Acho que nunca estaremos certos de nada nessa vida.

Minha irmã arregalou os olhos e seu rosto ficou bem cômico.

— A sempre certa e segura falando de incertezas? Quem

é você e o que fez com a minha irmã?

Ri, sem graça, sacudindo meu corpo de leve.

— A gente não tem escolha além de escolher. — Joguei com as palavras e ela balançou a cabeça, compreendendo e concordando. — Você tomou uma decisão importante para a sua vida, mas, se te faz bem, confie. Luanna, você sempre terá várias opções a seguir. Não existem só dois caminhos: certo e errado, bom e mal, feliz e triste. — Repousei minha mão sobre a dela. — O importante é que você escolha seu próprio caminho.

Minha irmã sorriu e me devolveu a ombrada.

— Você também deveria ouvir a si mesma — brincou, rindo mais um pouco, para ficar séria em seguida. — Obrigada pelas palavras de incentivo.

— Não tem de quê.

Aquela conversa me fez um pouco mais reflexiva do que eu já era. Ao final da tarde, estava inquieta por dentro, sentindo uma comichão insistente, que me mandava seguir meu próprio conselho, como Luanna tinha sugerido. Saí da casa dos meus avós dirigindo sem rumo certo, com os pensamentos desencontrados, e fui parar nas imediações da Alanna Góes Design.

Mas não havia nada lá para aquietar meu coração. Eu não queria trabalhar.

Continuei circulando, sem saber o que procurava. O dia estava sem vento, mas ainda frio. Talvez o clima esquentasse um pouco para o casamento da Luanna. Eu não tinha ido atrás de um vestido adequado para a cerimônia por causa da instabilidade do tempo. Às vezes, eu me sentia uma péssima irmã, uma filha horrível e uma neta ingrata. Mas não naquela tarde. Naquela tarde, eu cumpri meu papel de irmã mais velha.

— Alanna? — Ouvi alguém chamar meu nome, mas não dei importância. — Alanna! — Daquela vez, o chamado foi repetido em forma de grito, então, reduzi a velocidade e olhei na direção do som.

Engoli em seco e tive um segundo para decidir se estacionava ou não. Manobrei o carro até a sarjeta e abaixei o vidro.

— Oi — falei meio tímida e ousada. Não soube definir.

— Oi. Fazendo hora extra de novo?

Balancei a cabeça, confirmando, mesmo que fosse uma mentira. Eu não tinha outra explicação de qualquer forma.

— E você estava dançando.

— Sim.

Miguel estava vestido como na semana anterior: camiseta regata sob uma camisa de flanela aberta com o acréscimo de uma jaqueta, boné para trás e calça larga, arrematando com tênis esportivo. Sexy, bonito e despojado, me tirou o ar. Olhei em volta para ver se reconhecia o estabelecimento onde ele ensaiava e vi sua moto logo atrás. Não fazia ideia de que lugar era aquele, mas não parecia um salão de dança.

— É... você gostaria de tomar aquele chope comigo agora? — convidei, sentindo-me corar. Que vexame! Eu era moderna, mas nunca tinha chamado um cara para sair.

Miguel abriu um sorriso descontraído, olhou para os lados como se não acreditasse na proposta, e depois me encarou de novo, escorado na porta do carro.

— Claro, com certeza.

Ele me olhava com intensidade, como se soubesse um segredo sobre mim que eu desconhecia. Demorei uma eternidade para entender que devíamos sair dali e ir para algum lugar. Miguel esperava, sorrindo, me observando, como se assistisse a algo muito interessante.

— É... — Eu não sabia que local sugerir, mas tive medo de passar a responsabilidade para ele e perder novamente as estribeiras. — Vamos ver se tem um lugar tranquilo para conversar por aqui mesmo, o que acha?

Miguel concordou com a cabeça e disse que me seguiria em sua moto. Esperei que estivesse pronto para partir. Em algumas quadras, achei um bar com aparência bastante intimista. Quem diria, eu, Alanna Góes, escolhendo um bar! Fazia algumas semanas que eu agia como se fosse outra pessoa. Mais um item para a lista de mudanças não faria nenhuma diferença.

Desci do carro depois de estacionar, e esperei em frente ao lugar que Miguel se juntasse a mim. Ele passou direto, deixando-me estupefata e pronta para briga. Então, parou diante da entrada, abrindo a porta com um sorriso no rosto e acenando para que eu passasse. Revirei os olhos e, quando estava bem na sua frente, ele se inclinou para cochichar:

— Meu cavalheirismo ainda não a agrada, senhorita?

Virei o rosto em sua direção e só não ficamos mais próximos porque eu era uns bons vinte centímetros mais baixa. Dei de ombros.

— Não se iniba por minha causa, Miguel. Faça o que quiser.

Seu sorriso se ampliou e sua cabeça se projetou um pouco mais para baixo.

— Então, vou continuar te tratando assim até que você se acostume.

— Como preferir. — Tentei falar com firmeza, mas ofeguei com a nossa perigosa proximidade.

Voltei a caminhar quando me dei conta de que estávamos nos encarando há mais tempo do que deveríamos, obstruindo a entrada do bar. O ambiente climatizado e aconchegante me abraçou, garantindo que eu havia escolhido o lugar certo. A música ao vivo era deliciosa, até romântica, eu diria, e a luz fraca deixava os rostos das pessoas na penumbra, em um ar de mistério e paquera.

Senti um calafrio por estar em um local tão propenso ao flerte. Há anos eu não frequentava um bar tão intimidador. Agradeci por estar acompanhada de Miguel. Não queria ser atormentada por desconhecidos a fim de sexo fácil. Não desejava que pensassem que eu era uma mulher desesperada por um parceiro. Bem, eu nem sabia o que queria direito, só precisava desligar minha mente um pouco.

Rumei para um canto vazio do bar, e Miguel me ajudou

a sentar, adiantando-se com suas pernas longas. Não reagi daquela vez, prometendo a mim mesma ser mais educada com ele. Pedimos dois chopes, que meu companheiro tratou de bebericar logo (devia estar morrendo de vontade, coitado!), enquanto eu ignorava o meu copo.

Miguel se esforçou para puxar um assunto do meu interesse, mas permaneci monossilábica, com o queixo escorado em uma mão e o cotovelo fincado na mesa. A culpa não era dele, era a minha atenção que estava prejudicada. Eu mal ouvia o que ele dizia, focada no seu jeito: a maneira jovial como seus olhos piscavam, o modo como seu sorriso brilhava e o desenho do seu peitoral na camiseta.

No fim, eu não passava de uma mulher sem sexo, babando, descaradamente, em um belo exemplar masculino.

Naquele instante, eu estava alheia a tudo e a todos em minha volta, e a presença máscula e viril de Miguel era a única coisa em que eu me concentrava. Mal percebi que o espaço entre nós ficava cada vez menor, sentindo nossas coxas roçando embaixo da mesa pequena. Fiquei com calor e falta de ar. Entreabri os lábios e, mesmo que estivesse sedenta, não era de bebida que eu precisava. Quando percebi, meus lábios estavam encostados nos de Miguel, em um beijo tímido.

Em seguida, me afastei, arfando. Meus olhos não conseguiam desviar de sua boca. Miguel não reagiu e eu voltei a tocá-lo, com boca e mãos, puxando sua cabeça contra a minha com ânsia. Suas palmas quentes cobriram as minhas e ele gentilmente me afastou o bastante para que pudéssemos nos encarar novamente. Eu havia perdido todo meu fôlego com aquele beijo afoito.

— O que significa isso, Alanna?

Franzi o cenho com a pergunta, corando de vergonha.

— Você... eu... — comecei a gaguejar uma resposta, por mais que eu sentisse que não tinha obrigação nenhuma de dizer alguma coisa. Não estava claro que aquela minha atitude patética significava que eu o desejava?

Levantei da mesa em um movimento brusco e me agarrei com força à minha bolsa, com medo de despencar. Saí do bar sem olhar para trás, a cabeça baixa, tentando entender que merda eu estava pensando quando me permiti ousar, como minha avó sempre me pediu para fazer. Era claro que aquilo não ia dar certo. Eu já tinha cansado de ouvir o discurso machista de que homem gostava de conquistar.

— Alanna, espera, por favor! — O grito de Miguel me alcançou no instante em que eu chegava ao meu carro.

Parei, me mantendo de costas, esperando que ele abusasse da sorte e tentasse me forçar a encará-lo com uma mão atrevida no meu braço.

— Sinto muito pela minha reação nada gentil. — Ele estava bem perto, percebi pelo tom suave da sua voz atrás de mim. Mas não me tocou. — Você me pegou de surpresa.

— Tudo bem, não vai voltar a acontecer. Eu que peço desculpas pelo meu descontrole dessa vez.

Miguel riu, desanuviando o clima tenebroso que se

abateu sobre mim.

— Olha pra mim... — pediu ele em um sussurro quase inaudível.

Eu me virei, obrigando-me a erguer a cabeça para encará-lo. Assumir as consequências da minha atitude era o mínimo que eu devia fazer como adulta. Miguel se aproximou, praticamente anulando a distância entre nós. Com a respiração ainda descompassada, meu peito subia e descia contra sua barriga chapada. Ele espalmou meu rosto, inclinando-se sobre ele e quase roçando nossos lábios.

— Você me confunde, Alanna...

Fiz uma careta, repousando minhas mãos sobre as dele.

— Não dá para você ficar confuso enquanto me beija?

O risinho que emitiu soprou seu hálito na minha face. Tinha cheiro de hortelã.

— Com todo o prazer, senhorita.

Abri a boca a fim de reclamar daquele modo formal de me chamar, mas não tive tempo. O beijo foi incrível, muito diferente do primeiro, mesmo que também tivesse acontecido numa calçada em frente a um estabelecimento comercial. Nossas bocas se encaixaram com perfeição e as línguas se acariciaram em um movimento para lá de sensual.

Naquele momento, tive fome. Por isso, me agarrei mais a ele, gemendo despudoradamente, e mordi seus lábios com malícia. Miguel pareceu gostar da minha vontade, imitando-a ao apertar meu corpo, fincando os dedos nas minhas carnes. Eu me perdi em sua pele, seu cabelo; seu calor colocava fogo em mim por onde me tocava.

Desesperada, tentei continuar beijando-o enquanto apertava o alarme do carro cegamente. Miguel percebeu minhas tentativas frustradas e reduziu o ritmo do beijo até descolar nossas bocas gentilmente. Colou nossas testas e manteve contato visual, enquanto eu piscava, atordoada. Fechei os olhos, tentando acalmar os batimentos cardíacos fora de ritmo.

— Eu quero *muito* fazer isso, Alanna, mas preciso saber uma coisa antes de seguirmos em frente. — Balancei a cabeça concordando, ainda que não soubesse do que se tratava. Naquele instante, eu concordaria com qualquer coisa para tê-lo onde eu mais precisava: na minha cama. — Amanhã, na loja, você vai me ignorar outra vez?

Eu o empurrei um pouco, desencaixando nossos corpos.

— Ambiente de trabalho não é lugar para namoro!

— Não estou falando sobre *namorarmos* escondidos em seu escritório, Alanna. Estou perguntando se amanhã você não vai se arrepender de ter ficado comigo e vai passar a me evitar durante a semana. — Um pouco irritada, cruzei os braços, pronta para armar uma cena, mas Miguel não deixou. — Porque eu não vou aguentar ver você fingindo que nada aconteceu entre nós de novo, se esquivando de ficar no mesmo ambiente que eu e me mantendo longe.

— O que você está propondo, Miguel? Assumir?

— Não, não tão cedo. A gente ainda está se conhecendo. A única coisa que *não* quero é a sua indiferença quando só a sua presença faz meu dia melhor.

Minha boca formou um "O" bem aberto. Não senti vergonha das suas palavras, apesar de serem inéditas e me deixarem tímida. Em vez disso, senti um soco no estômago. Se eu fosse mais honesta com meus sentimentos, aquele homem jamais teria que me implorar para não fugir dele no dia seguinte. Eu me conhecia o bastante para saber que isso não aconteceria, nem que eu quisesse. Depois daquela noite, eu não pensaria em ninguém além de Miguel.

— Mais tarde a gente conversa a respeito do que faremos amanhã. — Agarrei o colarinho de sua camisa e juntei nossos corpos novamente. — Agora você precisa terminar o que começou.

Rindo, Miguel me abraçou pela cintura e salpicou minha boca, meu rosto e meu cabelo de beijos doces. Que meigo!

— Para onde quer que você queira me levar, estou disposto a ir.

Nunca tinha feito aquilo em toda a minha vida, mas eu estava totalmente decidida a levar Miguel direto para a minha casa.

13

Como me senti com Miguel

Eu ainda não acreditava que estava mesmo fazendo aquilo, e, enquanto dirigia, olhava de cinco em cinco segundos pelo retrovisor e confirmava que Miguel me seguia em sua moto. Pior de tudo era que eu esperava que a coragem se fosse durante o trajeto, o que não aconteceu. Uma euforia sem medida tomou conta de mim e só me deixou mais motivada a seguir em frente.

Que loucura! Eu só podia ter perdido o juízo de vez!

Estar determinada não significava que eu sabia o que estava fazendo. Eu não tinha ideia de como ser direta. Seria impossível pronunciar as palavras em voz alta. Eu não sabia como tinha ousado lhe pedir um beijo. Aquela insegurança me deixava mais nervosa do que eu já estava, mas era tarde demais para voltar atrás. Eu não iria agir como uma adolescente virgem, que queria experimentar, mas tinha medo de ir até o fim.

Naquele momento, eu estava com muito mais desejo do que medo, e essa constatação me chocou.

Chegando à minha casa, deixei o portão aberto para que Miguel estacionasse sua moto na garagem ao lado do meu carro. Havia muito espaço e eu não estava me preocupando com o que os vizinhos iriam pensar daquela moto, claramente pertencente a um homem, na garagem de uma mulher solteira. Eu não devia nada a eles e aquela não era a primeira vez, de qualquer forma.

Entramos e deixei Miguel à vontade enquanto lhe oferecia algo para beber. Ele não quis nada, então, fui até a cozinha para beber um grande copo de água gelada. Apesar do frio, minha pele estava um pouco pegajosa de suor. Puro nervosismo. Eu tomaria uma ducha, mas, caramba, também não queria ser tão óbvia e fresca. *Senhor!* Estava difícil saber como seduzi-lo.

Decidi ser natural. Não cometeria erros se simplesmente fosse eu mesma, sem máscaras ou inibições. Eu podia fazer aquilo, por mais que me abrir não fosse uma tarefa fácil. Também não queria que ele ficasse com uma versão irreal de mim e depois se sentisse enganado quando me conhecesse melhor. Se ele gostou de mim até aquele instante, mesmo cheia de neuras, deveria gostar do resto também.

Estava dando a Miguel a minha versão verdadeira, e esperava que ele me desse a dele também.

Voltei à sala sem o casaco, o aquecedor funcionando a todo vapor. Miguel havia tirado sua camisa de flanela e a jaqueta, e revelava seus braços fortes e desenhados, completamente nus na regata. Quis tocá-los, analisá-los, apertá-los até descobrir todas as suas curvas, uma possível pinta, quem sabe, ou a marca de alguma travessura de infância. A história me faria rir e eu saberia que tipo de menino ele fora.

Calma, Alanna, um passo de cada vez. Você já está criando expectativas demais!

Antes que eu soubesse o que dizer, Miguel se adiantou até o som e perguntou se podia conectar seu telefone ao aparelho. Eu disse que sim com um aceno e uma música deliciosa começou a soar. Ele dançou até mim, sorrindo, e estendeu a mão na minha direção. Aceitei sem conseguir retribuir ao sorriso. Em um puxão curto e firme, fui enlaçada pelos braços que quis tocar pouco antes.

Eu era patética tentando acompanhá-lo, mas Miguel dava um show particular ao meu redor. Deslizava pelo tapete como se fosse uma pista de dança. Com um sorriso infinito no rosto de menino, se divertia comigo, sem se importar com a minha falta de desenvoltura. Também não me forçava a ser perfeita em uma performance em que ele sempre se sairia melhor do que eu.

Achei aquilo lindo, mas não tão bonito quanto a letra da canção, que seu corpo sexy fazia questão de encenar como um jogo de conquista.

Menina, é tudo sobre você,
Faça o seu caminho.

E se você quiser, pode decidir,
E se você me aceitar
Posso dar tudo o que você deseja.[1]

O trecho inicial me pareceu uma promessa, tão doce quanto perversa. Miguel se movimentava insinuante, como se me tentasse a cair na armadilha de seus braços.

Se você tiver uma sensação,
Sentir o que estou sentindo, querida.
Você não vai se aproximar, mais perto de mim?
Hm, agora você já me tem
Exatamente onde quer, querida.

Nesse trecho, perdi o fôlego. Miguel fez de seus movimentos uma reprodução física da letra. Nossos corpos estavam tão colados e os rostos, tão perto, que eu podia respirar seu ar. O desejo de beijá-lo até esquecer meu próprio nome cresceu em mim. A trilha sonora se transformou de romântica a sensual em questão de segundos. Eu o queria na minha pele, tornando-se parte de mim.

— E eu só quero ser seu homem. — Ele disse aquela frase da música um pouco antes de nos beijarmos.

O beijo aconteceu com mais fome do que das outras vezes, repleto de sons. A química entre nós era inegável. Eu

[1] Tradução livre da música Untitled (How Does it Feel) – D'Angelo

sucumbia facilmente ao poder de sua língua saboreando a minha. E me senti como se tivesse encontrado exatamente aquilo que tinha perdido. Um oásis no deserto, uma ilha no oceano, um porto seguro em meio ao caos. Miguel parecia alguém em que eu pudesse me achar.

Claro que aquela sensação poderia ser motivada pela bomba de hormônios sendo injetada em meu sangue naquele exato instante, conforme ele acariciava meu corpo, mesmo sobre a roupa, e deixava suas mãos desvendarem partes de mim que não conhecia. Ainda. Eu estava receptiva às suas carícias sedutoras, mole em seus braços. Fiquei aliviada por um de nós saber exatamente o que fazer.

A música continuava embalando nosso beijo erótico e dando ideias de como Miguel poderia me fazer sentir. E, enquanto ele me acariciava lentamente, parecia que a música perguntava se eu estava gostando, e se podia responder àquilo de alguma forma. Involuntariamente, minha respiração ofegante mais pareceu um gemido.

(Como é) Como se sente, querida?
(Como é) Quer saber como se sente?
(Como é) Ohhhhh!
(Como é) Quer saber como se sente, querida?
(Como é) Deixe-me tirar suas roupas e agora.

Molhando meu pescoço com sua saliva, Miguel puxou minha blusa para cima, fazendo eu me livrar dela. Sua respiração errática soprava em meu rosto, mas continuei de olhos fechados, sentindo suas palmas quentes subirem da minha cintura até o sutiã que cobria meus seios, seguindo a costura para abrir o fecho, deixando a lingerie cair.

(Como é) Como está isso?
Deixe-me mostrar o que estou falando, querida.
Como se sente, querida?
Como se sente, querida, ah, sim, querida...
Eu quero saber como... Como se sente.

Miguel apertou minhas mamas e se inclinou sobre elas, umedecendo os mamilos com a boca. Sua respiração quente soprou nos bicos, eriçando-os e fazendo-me dobrar os dedos dos pés, reagindo ao arrepio que me atingiu. Ele dedicou um longo tempo a explorar meus seios, fazendo-me arquejar de prazer. Naquele momento, eu me senti muito atraente.

A canção acabou e recomeçou, mas parei de escutar quando sua língua desceu entre o vale dos meus seios até o umbigo e lá permaneceu por muitos minutos. Suas mãos estavam firmes no meu quadril e quis olhar aquela cena. Desejei ver como Miguel fazia eu me sentir desejável apenas me tocando de forma tão dedicada. Era daquilo que eu mais sentia falta: preliminares, esforço e cuidado.

Com Miguel, eu me sentia cuidada até mesmo quando não esperava que ele fosse cuidadoso. Aquela espécie de homem já estava extinta, se é que um dia existiu. No entanto, aquele belo exemplar, de joelhos diante de mim, me provava que ainda havia caras dispostos a fazer diferente da grande maioria de embustes, egoístas e falocêntricos, que povoam nosso planeta.

Parei de pensar em qualquer outra coisa quando Miguel avançou para a cintura da minha calça. Minha expectativa alcançou níveis perigosos. Acompanhei, atenta, a maneira como seus dedos me despiam, como se eu fosse a coisa mais preciosa que ele teve o prazer de tocar. Seus olhos, em algum momento, repararam que eu o vigiava de perto e se fixaram nos meus enquanto a peça escorregava pelas minhas pernas.

Desviando o olhar, Miguel mergulhou o nariz no triângulo entre as minhas pernas, aspirando ruidosamente meu cheiro, e alisando meu púbis, como o Mago havia me acariciado. O gesto acendeu uma fornalha dentro de mim e foi inevitável pulsar e gemer. Não ligava se estava sendo precipitada, despudorada ou caindo em uma armadilha sexual. Eu só precisava dele em mim.

Miguel tirou minha calcinha, deixando-me completamente nua e ansiosa. Ele me pegou no colo e me carregou até o sofá. Gentilmente, fez com que eu me sentasse no braço do móvel e deitou meu tronco no estofado. Meu quadril ficou ligeiramente mais alto que meu dorso. Então, ele passou minhas pernas sobre seus ombros e cruzei os tornozelos atrás de sua nuca.

— Quero beber de você, rainha formosa. — E se inclinou em direção à minha vagina, cumprindo sua palavra.

No instante em que sua boca acariciou meu clitóris, apertei os olhos e seu cabelo, puxando-os contra minha pélvis. Eu silvava entre os dentes conforme sua língua se revezava com os lábios para me atiçar. Sua cabeça se movia junto e eu rebolava em outra direção, provocando um estímulo diferente e simultâneo. Coisinhas que aprendi me masturbando e que me ajudavam a chegar ao clímax.

Não demorou muito para eu entrar em êxtase, tamanha sincronia alcançamos. Foi uma surpresa, pois achei que seria mais trabalhoso pela simples falta de prática a dois, ou pela falta de experiências anteriores entre nós. Realmente funcionávamos bem juntos. Mal me recuperei do primeiro orgasmo e Miguel continuou me chupando, introduzindo um dedo no meu canal vaginal.

— Ah! — gemi, surpresa e enlevada diante da sensação duplamente prazerosa.

Meu corpo voltou ao estado pré-clímax com facilidade, agora de maneira diferente. Gozar com penetração não era meu forte, mas eu ainda sentia prazer ao ser preenchida por um pênis. Por isso, os movimentos dos seus dedos (Miguel não demorou a introduzir outro na minha vagina) me levaram à beira do colapso orgástico.

Meu ventre convulsionava, minha respiração ficou entrecortada e a pressão era tanta que eu achei que minha cabeça explodiria. Foi com um grito descontrolado que cheguei ao segundo orgasmo, maravilhada por conseguir gozar duas vezes com o mesmo cara, e em uma única transa que mal tinha começado.

Senhor! Realmente eu não tinha saído com um cara decente em toda a minha vida. Até agora. Miguel era um achado, raro e precioso. Claro que eu deveria ser mais racional e colocar na balança as vezes em que os homens se esforçaram na primeira vez e, depois que me conquistaram, perderam o interesse em manter o nível elevado. Passaram, rapidamente, de bons de cama para ruins de cama em apenas duas transas.

Eu estava mole feito uma boneca de pano quando Miguel se ergueu e me ajudou a sentar para tomar minha boca para si. O gosto de sexo nos seus lábios foi a coisa mais erótica que provei. Senti sua ereção pressionando entre minhas pernas, como se tentasse rasgar o tecido de sua calça para se afundar bem ali. Aquilo me deixou ansiosa por vê-lo, senti-lo, prová-lo e tê-lo dentro de mim.

Agarrei a barra de sua regata e puxei a camiseta para cima, enquanto mantinha o beijo insano e molhado ativo. Miguel me ajudou a tirá-la pela cabeça, voltando a me beijar em seguida, enquanto nossas mãos se encontravam no cós da calça, que ele puxou para baixo. Abandonei o tecido grosso da calça e comecei a passear com o indicador pelo elástico da cueca, que ele removeu sozinho.

Espalmei seu abdômen, sentindo os gomos se moverem ao ritmo errático de sua respiração. Miguel estava excitado e pronto, mas não demonstrou pressa, respeitando meu momento de análise. Subi as mãos até seu peitoral, que era definido, mas magro. Talvez por causa da dança ele fosse tão sequinho e nada parecido com aqueles caras marombeiros, cheios de hormônios para inchar os músculos.

Miguel era de tirar o fôlego e, quando olhei para baixo, achei que era mais lindo ainda.

— Uau! — Foi a única expressão que saiu pela minha boca diante daquele belo modelo de pênis.

Era tão simétrico e imponente, que se parecia com um daqueles vibradores realistas que minha avó comprou para suas amigas viúvas. Miguel riu, me deixando sem graça. E, de repente, fiquei consciente de que eu não podia fazer sexo sem proteção por vários motivos, inclusive porque não tinha camisinha (com validade em dia) e porque havia abdicado da pílula anticoncepcional há tempos.

— Você tem camisinha?

— Sim, está na minha carteira. — Ele se abaixou para pegar e um filme começou a se passar na minha cabeça.

Tentei ignorar, mas não deu.

— Que bom que você é prevenido. Eu costumava ter algumas em casa.

Miguel estava colocando o preservativo enquanto falávamos.

— É uma falta de responsabilidade um homem não ter camisinhas.

— Claro, porque nunca se sabe quando vai ter alguém disponível para transar.

Pronto! Perdi as estribeiras, a razão e a compostura ao

dar vazão às minhas neuroses. Bem, eu havia prometido a mim mesma ser autêntica. Ali estava outra amostra da versão "chata para burro" de Alanna Góes.

— Está tudo bem, Alanna? — Miguel sentiu minha tensão nas palavras e na postura, porque eu já queria me afastar dele e dar a noite por encerrada.

Que porcaria eu estava fazendo?

— Não sei, me diga você!

— Se você quiser, a gente pode conversar sobre o que estiver te incomodando e deixar *isso* para lá. — Ele salientou o que dizia, apontando para o pênis ereto e encapado.

Esfreguei meu rosto, transtornada, com vergonha e raiva. O que deu em mim?

— Desculpe, eu... — Suspirei longamente, jogando os ombros para frente, envergonhada. — Estou acostumada a me decepcionar com os homens e, por mais que você seja legal, existe um sistema de defesa ultramegasofisticado no meu cérebro, que detecta qualquer palavra ou ação suspeita, de acordo com as minhas experiências anteriores.

Miguel caiu na gargalhada por alguns instantes, antes de voltar à seriedade e se curvar para ficarmos da mesma altura, olho no olho.

— Não tem do que se desculpar. — Ele balançou a cabeça e acariciou meu rosto com o polegar. — E peço perdão em nome de todos os babacas que te decepcionaram.

Ai, gente, ele tinha que ser tão fofo? Tinha que fazer exatamente o que eu não esperava? Tinha que agir de forma tão diferente dos outros? Dane-se! Eu poderia estar me iludindo, mas aquele homem estava se esforçando para proporcionar bons momentos para assim, quem sabe, encobrir as intermináveis lembranças de decepções que eu tive.

Eu me atirei em seus braços, comprimindo nossos lábios e me agarrando a ele como se não houvesse onde mais me segurar. Com agilidade, seu beijo foi capaz de me fazer esquecer meus temores, aquele vexame e até meu nome. Eu só conseguia pensar: *Miguel, faça amor comigo*. E foi assim, em um beijo solene, que ele me reclinou no sofá de novo, me acompanhando e se encaixando em mim, fácil.

Eu estava escorregadia como nunca e a penetração foi singela, suave e profunda, facilitada pela posição. Miguel se apoiava no estofado para não pesar sobre mim e para facilitar seu vai e vem. O quadril rebolava e esfregava, estimulando também meu clitóris. A boca não deixava a minha, arfando, e me fazia gemer junto. Que gostoso! Era como uma dança sensual, sexy, erótica...

Parecia a forma como o Mago dançava, simulando o ato libidinoso. Minha imaginação foi longe e concluí que, se eu transasse com o Mago, seria daquele jeito: devagar, saboreando o movimento, sentindo por dentro e por fora, tocando, beijando, rebolando, metendo, afundando meus dedos em seu cabelo, metendo, rebolando, apertando meus pés em sua bunda, acompanhando seu ritmo, rebolando, metendo... Ah!

Eu gostava do fato de Miguel não falar durante o sexo.

Particularmente, eu achava constrangedor. Se um dos dois estivesse falando, pareceria que não estava realmente envolvido na transa. Eu divagava muito quando a coisa era ruim e ficava torcendo para terminar logo. Então, me controlava para não falar e ficava desconfiada quando homens usavam artifícios toscos para manter o tesão, como palavrões, apelidos chulos e tapas. *Senhor!* Aquilo era broxante!

Quando eu me entregava para um homem, queria ser arrebatada em todos os sentidos, mas foram raras as vezes em que aconteceu. O Mago conseguiu um feito inédito ao fazer eu me perder sem me tocar de fato. E Miguel tinha feito muito mais. Ele chegou de mansinho, totalmente oposto ao *stripper*, e conquistou a oportunidade que eu estava lhe dando, e que aproveitava muito bem.

Meu corpo se regozijava com o tratamento maravilhoso. Estava chegando ao pré-clímax de novo. Como eu nunca tinha gozado só com penetração, sabia que não chegaria lá. Mas estava tudo bem. O prazer era bom o bastante e eu já havia tido dois orgasmos, o que era um recorde! Eu me deixei relaxar, incitando minhas mãos a desbravarem mais aquele exemplar másculo.

Toquei seus ombros e fui descendo pelas costas, as omoplatas se movendo conforme ele mantinha o ritmo provocante da penetração. Alisei a cintura estreita e preenchi minhas mãos com as carnes duras e cheias de sua bunda. *Senhor!* Que delícia! Miguel entendeu aquilo como um incentivo e começou a bombar mais forte e mais firme, criando um novo ritmo.

As batidas contra o meu quadril faziam um som alto na sala, que se somava aos nossos gemidos. A pele de Miguel estava muito suada e ele parou de me beijar, segurando com uma mão minha cintura e metendo de forma mais cadenciada e forte, fazendo-me revirar os olhos. Comecei a chacoalhar e me apertei mais ao seu quadril para não ser lançada contra o outro braço do sofá.

Aquilo havia ficado insano e Miguel mostrou bastante resistência. Fiquei com dó quando percebi que ele estava se segurando para que eu gozasse novamente. Só podia ser por isso que estava demorando tanto para alcançar o clímax. Foi uma surpresa muito fofa, porque a maioria nem se preocupava se eu havia gozado sequer uma vez antes de encontrar seu próprio orgasmo e roncar ao meu lado.

Eu me agarrei ao estofado com uma mão e com a outra estimulei meu clitóris, a fim de lhe dar o que tanto queria. Quando percebeu o que eu estava fazendo, Miguel tocou o dorso e grunhiu, urrando e pingando de suor:

— Deixa que eu faço isso por você. Apenas relaxe e goze, bela rainha.

Era a segunda vez que ele me chamava assim e ignorei de novo, principalmente porque seus dedos eram ágeis e habilidosos sobre meu ponto. Rapidamente ele encontrou o movimento e a pressão certos para me envolver em uma bolha de erotismo e prazer sem medida. O orgasmo que apontava prometia ser o mais intenso da noite e, poucos minutos depois, veio: poderoso e longo.

Soltei um berro, tamanho foi meu descontrole, e me deixei ofegar, de olhos fechados. Miguel voltou a se segurar em mim e meteu com tanta rapidez, que minha respiração pesada soou entrecortada e estranha. Parecia que eu tinha levado um soco no estômago por causa da falta de ar que me acometeu. Eu me contorci, consciente demais da presença rítmica daquele pênis dentro de mim.

Foi naquela transa alucinante que senti meu ventre queimar e contrair, contrair e queimar, e me perdi dentro de uma sensação nova e tão violenta quanto a anterior. Meu peito se curvou para frente e Miguel urrou, como se me acompanhasse na loucura. Ele mergulhou uma última vez na minha vagina até o fundo, deixando seu corpo cansado e suado pender sobre o meu.

As respirações estavam parecidas, erráticas, mas o mais extraordinário era que eu achava, de alguma forma que não sabia, que havia tido um orgasmo vaginal. Eu o abracei, grata, feliz, satisfeita, e Miguel repousou sua testa na minha, soltando o ar pela boca com força até se acalmar. Ele estava de olhos fechados quando abri os meus.

Acariciei seu rosto, com um sorriso nos lábios impossível de conter. Miguel me encarou lentamente, como se acabasse de acordar, e ele nunca me pareceu mais lindo: suado, vermelho e descabelado. Seus olhos eram vivazes, alertas e de uma profundidade impactante. Lá no fundinho, encontrei algo doce, gentil e carinhoso. Era sempre daquele jeito que ele me olhava, mesmo depois *daquilo*.

— Você sentiu *isso*, Alanna?

Balancei a cabeça, concordando que eu sentia todo ele, por toda a parte, de uma forma única e especial. Mesmo que fosse só aquela noite, Miguel não passaria pela minha cama como os outros. Ele deixaria sua marca, que me faria acreditar que um homem bom existe, que eu não precisava desistir de encontrá-lo e que, um dia, seria meu.

14

Como eu o fazia se sentir

A música ainda tocava, mas era o som da respiração de Miguel que embalava meus suspiros. Ele beijou meus lábios devagar, como se fossem doces irresistíveis. Escorregou pelo meu corpo, beijando a pele sensível e molhada que encontrava: queixo, clavícula, cada uma das mamas, abdômen e pélvis. Ficou de pé e me contemplou por um minuto inteiro em total silêncio.

— Você faz eu me sentir vivo. — E repousou a mão sobre o peito.

Seu sorriso foi tão encantador que eu me ergui, trôpega de deleite, satisfeita como há muito não ficava, e beijei seus dedos, bem devagar, como um carinho. Miguel se inclinou com os olhos fechados e depositou um beijo longo na minha testa. Eu o recebi como uma bênção, também de pálpebras fechadas. Em seguida, nos afastamos devagar, suspirando. Ele removeu a camisinha e foi ao lavabo.

Eu estava mole, cansada e preguiçosa, e me deixei ficar deitada no sofá, ajeitando-me de lado no estofado, lânguida e sorridente, monitorando-o com os olhos atentos. Não consegui deixar de reparar na bunda bem desenhada e malhada que ele exibiu ao se virar de costas para mim, nos ombros largos se afunilando na cintura, e em como as coxas grossas completavam seu *shape*, que era estupidamente sensual.

Foi impossível não pensar no Mago e em suas apresentações despudoradas. Era a segunda vez, em tão pouco tempo, que eu tinha o privilégio (ou o descaramento) de ver e tocar dois corpos masculinos tão bem cuidados. Estranho... Não sei se por causa da brancura da pele ou a altura, mas os dois pareciam ter o mesmo porte físico. Afastei o pensamento quando Miguel voltou, ainda sorrindo, inocentemente. Devia ser só impressão da minha cabeça confusa e perdida, como sempre.

O dançarino se jogou no tapete ao lado do sofá, deitando-se de barriga para cima, e pegou minha mão que estava pendurada para fora do sofá. Ele acariciou os dedos de forma lenta e deliciosa, como se quisesse conhecer minha identidade através das linhas traçadas na minha pele. Eu me deixei acarinhar, fechando os olhos e curtindo o momento em silêncio.

— Alanna — chamou ele, fazendo-me abrir os olhos rapidamente, tomada de surpresa ao ouvir meu nome, mesmo que dito suavemente. — Percebi que você se sentiu desconfortável quando eu disse que tinha camisinha na carteira. — Miguel me encarou, apertando meus dedos entre os seus. — Gostaria que você soubesse que...

— Não precisa se explicar novamente. Eu acho importante e essencial que homens carreguem preservativos consigo e não deixem a proteção somente a cargo das mulheres. Como você mesmo falou, você estava sendo responsável. Ponto para você!

Abri um sorriso meio constrangido com a minha própria neurose.

— De qualquer forma, gostaria que você soubesse que estou cansado de relacionamentos superficiais, embasados apenas em sexo e aparência. Já te falei uma vez que a fase de aproveitar a minha juventude e solteirice se foi e, por mais que você seja uma mulher bem diferente daquelas com quem me relacionei, não quero que pense que é só por isso que me interessei por você. — Seus olhos claros estavam escuros, não sei se pelo horário ou pelo sexo, mas as pupilas enormes me impediam de ver a cor deles. — Você é forte, autêntica, me surpreende sempre e não aceita menos do que deseja. Estou feliz por ter me permitido ver sua essência incrível.

Nem menos do que mereço, acrescentei mentalmente, sorrindo tímida para ele.

— E, sem pressão ou pressa, estou disposto a ficar com você hoje, amanhã e até quando nós dois quisermos, se você também tiver vontade.

Engoli em seco diante de um pedido de namoro como aquele: inesperado, diferente, insano e fofo. *Senhor!* Eu poderia me apaixonar por aquele rapaz! O pensamento me fez recuar, instintivamente. *Vá com calma, Alanna. Sem criar expectativas!*

— Podemos ir... — comecei a falar, mas parei. Eu não sabia bem como dizer para irmos devagar sem parecer uma esquiva. — ... nos conhecendo, curtindo, de boa...

Nossa! Onde estava toda a eloquência da mulher estudada e vivida que eu era? Ultimamente, estava agindo, e até falando, como se tivesse 15 anos! Miguel abriu um sorriso imenso. Pensei que fosse caçoar da minha escolha infeliz de palavras, mas, como sempre, ele também me surpreendia. Fiquei feliz por termos isso em comum.

— Para mim, está perfeito!

Naquele momento, piscando para ele sem acreditar que aquele homem lindo e nu na minha sala era meu novo peguete, eu me lembrei do que ele tinha me perguntado antes de aceitar ir à minha casa, para protagonizar a melhor transa que eu já tivera (claro que eu não iria admitir isso em voz alta!).

— Ah! Quanto à nossa relação na loja, acredito que somos maduros para saber separar o que estamos construindo como casal do que já temos como profissionais.

— Concordo. — Miguel não conseguia disfarçar o sorriso e balançava a cabeça freneticamente para salientar sua posição.

— Agora vamos tomar um banho antes que eu durma assim mesmo.

Meu corpo começava a esfriar e calafrios ameaçavam tirar o meu sossego, mesmo que o aquecedor continuasse a toda. Miguel me acompanhou rindo, enlaçando minha cintura e depositando um beijo cálido no meu cabelo bagunçado. Eu me sentia cuidada por aquele homem, que respeitou o meu cansaço sem forçar uma nova rodada de sexo no chuveiro, e me lavou da cabeça aos pés. Outra vez, lá estava eu achando sua atitude muito fofa.

Não retribuí, não tive coragem. Estava me sentindo uma adolescente virgem, sem iniciativa alguma. Eu o deixei terminar o banho sozinho com a desculpa de que precisava pegar toalhas limpas para ele no armário. Também separei meu maior roupão para Miguel não desfilar nu pela casa, ou com as roupas sujas. Fiquei no quarto, de camisola, sentada na ponta da cama, tensa. Será que ele usaria algum pretexto para ir embora?

Meus medos se dissolveram quando ele ignorou o roupão (ou talvez não servisse nele) e veio até o quarto somente de toalha. Ao me ver, seu sorriso se abriu como o sol ressurgindo atrás de nuvens espessas. Ele me fez levantar, puxou a colcha e me acomodou sobre o colchão, cobrindo-me com o edredom. Em seguida, deu a volta na cama, retirou a toalha, apagou a luz e se enfiou embaixo do cobertor. Miguel se aconchegou em mim, abraçando-me pela cintura e aspirando meu cheiro, ruidosamente.

— Boa noite, minha rainha.

Engoli em seco o pronome possessivo e dei uma resposta mecânica, mantendo os olhos arregalados no escuro. Ia ser difícil dormir com aquele braço pesado em cima da minha barriga e aquela pele quente e firme e maravilhosa encostada na minha. Eu não estava acostumada a dormir abraçada ou de conchinha, e me senti desconfortável por um tempo.

No entanto, o ressonar suave que denunciava que Miguel havia caído no sono me contagiou, como música de ninar. E, embalada pela sua respiração, adormeci.

Não foi uma noite tranquila. Tive um sonho muito estranho. Nele, eu acordava de madrugada e encontrava o Mago, caracterizado, parado na porta do meu quarto. Os lábios sedutores em uma linha rígida e as mãos na cintura como a asa de uma xícara denunciavam seu humor.

"Como teve coragem de me trocar por um mero entregador de caixas?!" Sua voz sexy sibilou no aposento, fazendo-me estremecer.

Puta merda! Quem ele pensava que era para me fazer cobranças?

"Miguel é muito melhor que você, que vende seu corpo para qualquer uma!"

Não me incomodei se minha resposta irritada iria acordar meu companheiro, que nem se mexeu diante da discussão armada no quarto. Só em sonho mesmo!

"Você não sabe nada sobre mim!"

Não sabia mesmo e nem queria saber!

"Por que você não desaparece da minha vida, da minha memória, do meu inconsciente, e me deixa em paz?!"

Seu olhar suavizou por trás da máscara e ele deu alguns passos a frente, parando aos pés da cama.

"Nunca vou sair dos seus pensamentos, Alanna. Estamos conectados."

Joguei meu travesseiro com toda a minha raiva.

"Suma daqui!", gritei, histérica e enfurecida.

Quando o travesseiro o atingiu, sua imagem simplesmente esvaneceu.

Despertei com o barulho de pratos e copos na cozinha, e abri os olhos sem entender nada. Demorei dois segundos para deixar o Mago no mundo dos sonhos, lembrando que havia um homem muito mais interessante na minha casa. Levantei com a preguiça matinal de sempre e, quando passei pelo espelho, tomei um susto com minha aparência. Resolvi ir ao banheiro antes. Ao sair de lá, Miguel me esperava na cama com uma bandeja de café da manhã completo. Que lindinho e esforçado!

— Bom dia, rainha! Preparei uma refeição bastante balanceada para a senhorita. — Eu me aproximei e me sentei do outro lado da bandeja. Miguel se inclinou sobre ela com um biquinho, me pedindo um beijo, que eu lhe dei. — O bom é que não tem como eu errar. É claro que na sua geladeira só tem coisa que você gosta!

Ri da sua alegria ao constatar algo tão óbvio e o achei ainda mais bonito, vestido somente de cueca, descabelado e com a cara amarrotada de quem havia despertado pouco tempo atrás. E ele estava certo. Havia tudo o que eu gostava servido de maneira simples, mas com aparência apetitosa. Fazia tempo que eu não tomava um café da manhã tão generoso. Quase sempre, eu estava com preguiça de fazer mais do que o café. Às vezes, nem isso eu fazia. Passava em uma cafeteria no caminho da loja e comprava um para viagem. Preferia dormir mais dez minutos a comer direito.

Depois da refeição saborosa em uma companhia animada, Miguel se despediu carinhosamente. Ele me deu um abraço apertado e um longo beijo (com gosto de café preto passado na hora, hmmm).

— Te encontro na loja logo mais, *moça*. — Disse isso de uma forma provocante, que gerou uma descarga de adrenalina e tesão no meu organismo.

Eu me vesti com um sorriso no rosto, querendo ficar tão bonita quanto o meu humor. No caminho para o trabalho, eu me lembrei da conversa que tivemos e tentei controlar minha empolgação. Eu poderia ficar bem com o que estávamos começando juntos, até feliz, mas não deixaria que nossa relação profissional fosse afetada por uma noite de sexo maravilhoso, seguido de uma manhã incrível. Não, eu não podia me deixar envolver tão depressa. Aquilo talvez acabasse mal.

Claro que isso não passou de mera expectativa. A realidade, ao longo do dia, foi bem mais íntima e quente. Quando nossos olhares se cruzavam, pareciam conversar em um tipo de diálogo só deles. Eu me arrepiava inteira ao sentir seus olhos passearem pela minha pele, como uma brisa quente repentina em uma noite fria de inverno.

Meu corpo estava fora de controle, como se apenas a presença de Miguel o fizesse recordar de todas as sensações poderosas que ele tinha despertado em nossa primeira noite juntos. Foi difícil me concentrar no trabalho, que executei lentamente, entre suspiros e pensamentos bobos, como: *será que ele também está pensando em mim?*

E ele estava! Antes de sair para o almoço, recebi uma mensagem de texto:

Não consigo parar de pensar em você.

Como a covarde que eu era, não tive coragem de responder. Mas uma ideia audaciosa tomou minha mente com tanta força, que não pude deixar de lhe dar ouvidos. Peguei minha bolsa, desci as escadas com um sorriso de orelha e orelha, e encontrei Miguel sentado na cadeira de Clarissa, conferindo algo no computador, enquanto minha fiel funcionária atendia a uma cliente, que me reconheceu assim que me avistou.

— Alanna, há quanto tempo não nos vemos!

Caminhei até ela e lhe ofereci três beijinhos de cortesia. O sorriso ainda estava no meu rosto, mesmo que a conhecida não fosse o catalisador. Momentaneamente, tive que ignorar a presença de Miguel, tão intensa no primeiro andar que meus pelos podiam sentir, como se seus olhos, com certeza apontados para mim, os acariciassem.

— Olá, Francesca. Encontrou algo que lhe agrade?

— Sempre! — Soltou uma risada espalhafatosa. — Você cria coisinhas brilhantes tão lindas que minha vontade era levar tudo para casa.

Sorte a minha e azar do marido dela que banca os caprichos da perua. Francesca me pediu ajuda para escolher entre duas peças, que realmente ficaram fabulosas contra a sua pele. Incerta demais para decidir, mesmo com nosso auxílio, acabou levando as duas, para minha total alegria. Eu estava ansiosa para que ela fosse embora e liberasse meus funcionários para o almoço.

— Clarissa e Miguel — chamei assim que Francesca saiu da loja com dois pacotes, depois de apreciar descaradamente meu sorridente entregador. — Gostariam de me fazer companhia no almoço?

— Dona Alanna! — Minha funcionária mostrou seu espanto voltando a falar comigo de maneira formal. Eu lhe respondi com um olhar condescendente, que ela compreendeu de imediato. — Desculpe, Alanna, mas fui pega desprevenida. É claro que adoraríamos, não é mesmo, Miguel?

Clarissa também jogou seus olhos, com cílios batendo freneticamente, para ele. A cena foi tão cômica que nem consegui sentir ciúmes. Na verdade, a sensação de saber que todos o queriam, mas somente eu o tinha, era libertadora.

Ciúme era para jovens que não confiavam em si mesmas. Jamais duvidaria de minha capacidade de atrair homens interessantes.

Eu questionava a capacidade de homens interessantes me ignorarem! Estava cansada de tipos escrotos e interesseiros me rodeando. Parecia que os melhores já estavam comprometidos ou do outro lado do planeta! Eu quase ri com essa ideia. Miguel estava bem na minha frente para me provar que bastava estar aberta para me deparar com exemplares decentes do sexo masculino. Eu ouvi um amém? AMÉM!

Tudo bem, eu confesso! Estava animada em um nível perigoso, mas dane-se!

— Claro, Clarissa. Seria uma honra. — Miguel sorria.

E eu me derretia sob seu olhar quente. Insisti que, como estava convidando, eu os levaria no meu carro e pagaria a conta, em um restaurante ali perto. Miguel riu, pegando a referência. Não adiantava ele querer dar um de cavalheiro de novo, eu era a patroa e mandava. Nossa! Estava adorando a sensação de estar por cima. Provocá-lo era meu novo divertimento.

Andei na frente, rebolando levemente meu quadril, enquanto jogava uma perna na frente da outra sobre saltos altos e barulhentos. Eu vi (juro que vi!) cabeças se virando na calçada para me encarar. Pela primeira vez em anos, eu não queria me esconder e foi uma grande surpresa a forma natural e descontraída como recebi os olhares de admiração.

Aquela Alanna era nova e eu estava gostando dela, de sua postura, atitude e beleza. Ela era incrível e eu queria ser assim o tempo inteiro!

Miguel abriu a porta para Clarissa se sentar assim que chegamos ao estacionamento e eu desativei o alarme do carro. Enquanto ela se acomodava no banco da frente, ele balbuciou sobre o capô, tão baixinho, que tive que ler seus lábios:

— Eu sei o que você está fazendo e gosto muito!

Fiz uma careta, fingindo que não tinha entendido a que ele se referia e entrei logo no automóvel. Miguel se sentou atrás depois de fechar a porta do passageiro, bem na direção do meu retrovisor central, por onde me vigiou o tempo todo, com um sorriso bem sacana. Foi impossível não retribuir. Aquilo foi minha admissão de que ele estava certo. Cheguei a dar de ombros, discretamente, ao mesmo tempo em que não prestava atenção em uma palavra da tagarelice de Clarissa ao meu lado.

Meu bom humor se refletiu até mesmo no tratamento à minha única funcionária e braço direito. Aquela menina fazia a loja andar junto comigo. Merecia mais consideração e até a minha amizade. Ela havia demonstrado ser uma boa companhia no chá de lingerie de Luanna. Ah! Nem pensei em usá-la como desculpa para almoçar com Miguel! Não mesmo!

A refeição foi descontraída, repleta dos melhores pratos do bistrô e com bom papo. Como Clarissa não conseguia manter a boca fechada um só instante, acabou contando a Miguel sobre nossa festinha no sábado e revirei meus olhos quando ela admitiu na frente dele que o *stripper* parecia alguém que ela conhecia. Então, estreitou os olhos como se pensasse a respeito antes de soltar uma bomba.

— Ele me lembra você, Miguel!

Meu ficante (ai, quando é que eu encontraria uma palavra adequada para nossa situação? Aquela parecia errada também!) ergueu as sobrancelhas como se estivesse surpreendido e ficou nitidamente desconfortável. Eu gostava de Clarissa, mas ela precisava aprender a ter noção e saber quando devia ou não falar o que estava pensando.

— Eu discordo. — Parti em defesa da honra de Miguel. Me senti uma verdadeira dama ao argumentar, por mais que o assunto me constrangesse. — Os dois não têm nada a ver um com o outro. Acredite, sei bem o que estou falando — mastiguei um pedaço de carne e percebi que havia dito bobagem, já que os dois estavam me olhando incrédulos. Engoli a comida. — É... quis dizer que conheço o Mago há mais tempo que você, Clarissa. — *Senhor!* Eu só estava piorando as coisas! Revirei os olhos. — Aliás, acho uma comparação injusta. O que um cara que vende o próprio corpo e prefere uma vida fácil tem a ver com um homem honesto, trabalhador e empenhado como Miguel? — fiz uma breve pausa: — NADA!

— É... Olhando por esse lado, você tem razão, Alanna — Clarissa concordou.

E ficou meio cabisbaixa, como se eu a tivesse humilhado. Eu me senti mal por ter sido conduzida àquele assunto desagradável. Falar no Mago sempre me tiraria do eixo. Miguel olhou de uma para a outra e, em seguida, voltou ao próprio prato, em silêncio. Não me agradeceu pelo elogio, nem exigiu as desculpas que a moça tagarela lhe devia.

Quebrei o gelo ao propor uma sobremesa para encerrar o almoço.

Paguei a conta e Miguel nem discutiu a respeito. Era bom mesmo! Depois que o mal-estar geral passou, voltamos a conversar animadamente, falando sobre as delícias que experimentamos no bistrô. Era a primeira vez que Clarissa comia em um e me senti péssima por não ter lhe proporcionado aquele prazer antes. Algo tão bom não pode ser guardado somente para si.

No carro, Miguel continuou me observando com densidade, arrancando-me risinhos nervosos, que Clarissa traduzia como incentivo para que continuasse falando sem parar. De volta à loja, minha funcionária se encarregou de me mostrar o quanto era eficiente em abri-la e voltou imediatamente ao seu posto, a fim de conferir os pedidos on-line antes que eu chegasse à minha mesa.

Para minha surpresa, os passos pesados de Miguel me acompanharam escada acima. Os pelos da minha nuca se arrepiaram com sua presença tão próxima, mas distante o bastante para que me fizesse carente de seu calor. Abri a porta e não fechei, ouvindo-a ser trancada suavemente depois que ele passou. Levei um susto quando sua mão laçou meu pulso e com um único puxão, me levou aos seus braços.

— Eu estava me esforçando tanto para ser profissional, como combinamos na sua casa... — sussurrou, girando nossos corpos ainda juntos e apoiando minhas costas contra a madeira. Envolveu minha nuca, ainda arrepiada, com seus dedos longos. — Mas você tinha que ter a audácia de me torturar daquele jeito durante o almoço. Toda vez que você me olhava, eu ficava louco de vontade... de fazer isso.

Sem esperar sequer um pedido de desculpas meu, Miguel grudou nossas bocas com uma fome impossível de ser saciada com apenas uma porção. O beijo teve línguas, dedos se emaranhando no cabelo, suspiros e gemidos ensandecidos, e até mordidinhas excitantes nos lábios. Aquilo foi um senhor beijo, do tamanho da loucura que eu o provocara.

E quer saber? Eu estava A-DO-RAN-DO aquela reação apaixonada.

Foi de repente que Miguel desgrudou nossos lábios e respirou ruidosamente, esfregando nossas testas entre risos e suspiros. Suas mãos estavam no meu cabelo, minha pele se regozijava com seu toque longo e quente.

Eu enlaçava seu pescoço depois de bagunçar sua camisa, tirando-a de dentro da calça, e deixava seu cabelo fora de ordem. Parecia que tínhamos acabado de fazer amor. Ri também.

— Você faz eu me sentir vivo, Alanna, muito vivo, como há muito tempo não me sinto.

O beijo recomeçou exatamente de onde parou e eu soube que a ideia de manter uma postura profissional com aquele homem maravilhoso durante o expediente seria impossível. Ainda mais com os olhos curiosos de Clarissa a uma porta de distância, todo santo dia.

15

Um jogo sedutor e perigoso

Eu estava me sentindo ousada. Tudo em mim era um desafio que Miguel deveria enfrentar. Que mulher não gosta do jogo da sedução? E ele estava fazendo tudo como deveria. Aquele beijo roubado no meu escritório quase me levou à loucura! Claro que eu pensei em ir até o fim, mas fomos responsáveis e nos separamos antes que as mãos agissem por conta própria.

Olhando-me com um sorriso enigmático e perigosamente sedutor, Miguel retirou uma folha dobrada do bolso.

— O que é isso?

Sem dizer nada, ele apenas desdobrou o papel diante de mim. Era a lista de entregas do dia. Algumas estavam assinaladas e assinadas pelas clientes que haviam recebido sua encomenda com sucesso. Outras ainda estavam em branco. Miguel balançou a folha na altura dos meus olhos.

— É a minha desculpa para seguir você até aqui.

— Mas Clarissa imprime, você não precisa de mim. Não vai colar, Miguel.

Corei até o couro cabeludo de tanta vergonha que me deu. O descarado havia planejado o ataque enquanto eu o provocava achando que passaria ilesa.

— Claro que vai! Vim lhe dar retorno sobre o que suas clientes estão dizendo.

— É mesmo, e o que elas estão falando?

Revirei os olhos.

— Que você foi muito inteligente de me contratar como entregador.

Soquei seu peito, fingindo despeito. Sua expressão não negava a provocação.

— Convencido!

Miguel segurou meus pulsos, me pressionou de volta à porta, e me deu um longo beijo, capaz de aplacar minha fúria. Tomou minha cintura e me girou em meu próprio eixo para trocar de lugar comigo. Gostei daquilo, dava a ele mais acesso a partes de mim que adorariam sentir suas mãos. No entanto, o que ele fez a seguir me deixou passada. Interrompeu o beijo do mesmo modo que começou, soltou meu corpo, fazendo-me girar novamente, e me deu um tapa no traseiro, me empurrando para frente.

— Agora vai trabalhar antes que eu transforme sua bancada em cama.

Hmmm... Aquilo me soou como uma promessa. Olhei para ele sobre o ombro, sorrindo despudorada, e o vi arregalar os olhos diante do meu descaramento. Balançou a cabeça, como se me censurasse, mas riu um pouco. Destrancou a porta e saiu, deixando-me sozinha e sem fôlego. *Senhor!* Como eu estava excitada! Será que eu seria obrigada a carregar um vibrador na bolsa?

Miguel ficou atarefado a tarde toda e eu também. Chegaram mais pedidos, de clientes antigas e novas, e todas queriam peças exclusivas com entrega especial. Revirei meus olhos, mas sorri satisfeita com minhas últimas decisões. Úrsula ficaria orgulhosa de mim. Estava tudo indo bem na minha vida (bem demais!) e graças à chegada do moço das orelhas de abano mais sexy do mundo.

Descartei o Mago e o sonho bizarro do pensamento, que só serviram para me desestabilizar e ninguém gosta de se sentir fora de foco. Muito menos eu!

Fui agraciada com outra mensagem de Miguel no finalzinho da tarde.

> *Não sabia que você era boa em provocar daquele jeito, minha rainha.*
> *Saiba que você tem em mim um súdito sempre disposto a realizar todas as suas vontades.*

No fim do expediente, lá estavam meus dois funcionários, batendo papo graças ao baixo fluxo de clientes. Sorri para os dois, anunciando que estava indo embora. Desejei uma boa noite e fui saindo, confiando que Clarissa fecharia a loja antes de pegar a condução para casa. Ouvi Miguel se despedir rapidamente dela e vir atrás de mim, alcançando-me na calçada.

— Vai ficar me seguindo para todo lado agora? — brinquei.

Ele riu, enfiando as mãos nos bolsos da calça risca de giz.

— Não, senhorita, por mais que essa ideia me agrade. — Seu sorriso foi malicioso. — Minha moto também está no estacionamento.

Revirei os olhos, como se aquilo fosse apenas uma desculpa. Estava gostando demais do jogo.

— O que você vai fazer hoje à noite?

Ponderei sobre a pergunta, enumerando possíveis objetivos por trás dela:

1. Miguel queria terminar o que começamos depois do almoço;

2. Talvez quisesse apenas saber quais eram meus planos, com segundas intenções;

3. Queria apreciar minha companhia em algum lugar aconchegante.

— Por quê? — joguei, a fim de saber se eu havia acertado.

— Se você não tiver nenhum compromisso, gostaria de te convidar para jantar.

BINGO! A segunda opção, que levou à terceira e, provavelmente, terminaria na primeira. Eu não podia correr o risco, por mais desejo que eu tivesse, de repetir a dose da noite anterior. Também não queria desgastar a relação, que mal havia começado, ficando com Miguel todos os dias. Já bastava sermos obrigados a nos ver ao longo do expediente. Eu estava gostando demais de estar com ele para que acabasse depressa. Não faria mal algum se ele sentisse um pouco de saudade e ansiedade para nossa próxima transa, sem data certa para acontecer.

— Eu adoraria, mas estou um pouco cansada — paramos ao lado do meu carro no estacionamento. — Podemos deixar para outro dia?

Desculpa fraca, eu sei, mas não era de todo mentira. Nas segundas-feiras, eu sempre estava cansada. Acho que tinha a ver com o ócio de domingo. Por isso eu, às vezes, trabalhava no único dia em que eu deveria descansar. A pausa me tirava do ritmo criativo e meus prazos não podiam se acumular.

— Tudo bem — percebi que os ombros de Miguel caíram um pouco.

Tadinho, ficou decepcionado. Quase vacilei na decisão... Quase! Mas me mantive firme. Desejei boa noite antes de me virar, mas Miguel puxou minha mão para me fazer encará-lo novamente. Assisti à briga interna que ele travou consigo mesmo. Não ousaria me beijar em um local público, ousaria? Esperei o que pareceu uma eternidade até que ele se rendeu e apenas beijou minha mão.

— Tenha bons sonhos, minha rainha... — Seu murmúrio doce fez meu corpo estremecer.

Nunca gostei de pronomes possessivos até ouvi-los, repetidamente, dos lábios de Miguel. Foi com aquele gosto doce na boca que fui para casa. Parecia que o beijo havia subido pelo meu braço até morrer nos meus lábios e saborear minha língua à exaustão. Eu ainda guardava o sabor do beijo que havíamos trocado na minha sala. Proibido e excitante. Impossível resistir.

Me joguei no sofá de pijama, assistindo TV e comendo uma pizza que pedi (não estava com vontade de cozinhar). A comida me distraiu completamente. Mordia pedaços generosos, faminta, e sorrindo sozinha, lembrando do nosso primeiro jantar juntos. Nossa! Parecia que havia se passado uma eternidade desde aquele dia!

Fui para cama quando o programa a que não assisti acabou, tentando me entreter com um livro. Minha falta de concentração não me deixou passar da primeira linha. Eu lia e relia, mas não estava entendendo nenhuma palavra. Desisti e fechei o livro com um baque e apaguei a luz. Talvez dormir mais cedo me fizesse bem. Eu realmente estava cansada.

Tive um sonho ainda mais bizarro do que o da noite anterior. Nele, Miguel aparecia para trabalhar na loja vestido de mago, com a ideia descabida de que queria me fazer uma surpresa. Levei mesmo foi um susto e acordei sobressaltada no meio da madrugada. Meu coração parecia que iriaa saltar pela boca, de tão assombrada que fiquei. Aquilo não foi um sonho, e sim um pesadelo!

Toquei a tela do celular para ver as horas e notei que havia uma mensagem não lida.

Era de Miguel. Revirei os olhos e a abri.

Sonhei com você. Acordei na melhor parte. Ainda bem!
É muito mais gostoso realizar do que viver de imaginação.
Cansei de me iludir! Ao seu lado, sinto que volto a viver.
Obrigado, rainha, por me mostrar que a vida tem sentido...

Senhor! Que linda! Fiquei emocionada e cheguei a sentir remorso por tê-lo deixado sozinho. Cada qual sonhando um com o outro quando podíamos estar juntos. Suspirei. A verdade é que eu tinha medo. Já tinha visto relacionamentos irem de bom a péssimo em questão de dias e não queria dar chance de estragar aquele, que estava acima das minhas expectativas.

Estar nos braços de Miguel era como ser o paraíso de alguém. Era exatamente assim que ele me tratava. E eu esperei tanto para um cara me tratar daquele modo, que tinha medo de perder. Talvez eu estivesse errada em não corresponder à altura ou em mantê-lo a certa distância por precaução, mas, se soubesse de todos os detalhes horripilantes dos meus relacionamentos anteriores, até ele compreenderia minha relutância.

Foi difícil voltar a dormir ou me manter dormindo, o que me fez despertar antes do toque do celular. Eu me vesti a jato, pensando em mil maneiras de responder à mensagem de Miguel, mas nada parecia natural. Tomei um café da manhã decente em vez de só engolir uma xícara de café preto. Do jeito que tinha acordado agitada, forrar o estômago somente com cafeína iria me transformar em uma louca homicida.

Consegui me obrigar a sair no horário em vez de chegar mais cedo. Clarissa estava falante, como sempre, enquanto abria a loja. Ela seguiu na frente e desativou o alarme, enquanto Miguel e eu trocávamos olhares e sorrisos discretos antes de entrarmos. Procurei por uma desculpa, cheguei a abrir a boca enquanto o encarava, mas nada inteligente surgiu. Porcaria! Eu era péssima em fazer aquilo escondido.

Miguel deu um sorriso e tornou a ficar sério no instante em que Clarissa se virou para ele, ainda falando. Sem saída, optei por subir logo as escadas e acabar com o embaraço. Eu estava quase na minha sala quando o percebi subindo atrás de mim. Parei no último degrau e encostei à parede, em um silêncio cheio de expectativas. Ele parou bem na minha frente, a um braço de distância.

No momento seguinte, ambos nos inclinamos um para o outro, acabando com o espaço e nos atracando em um beijo cheio de mãos. Era muita saudade represada no meu corpo. Tentei não gemer, nem ofegar, mas era difícil com os dedos de Miguel se enfiando por baixo da minha blusa e apertando meus seios com força comedida.

— Meu Deus! Eu não sei como vou aguentar te ver todo dia sem poder tocá-la.

Nem eu, nem eu! Calei sua boca maravilhosa com mais um beijo, respondendo às suas palavras da noite e daquele momento com gestos. Minhas mãos acariciaram o volume na frente de sua calça e foi impossível Miguel conter um grunhido. Abri o zíper e procurei pela pele rugosa e repleta de veias de seu pênis. Eu o acariciei com firmeza e vontade, deixando-o saber que seu desejo era igualzinho ao meu.

Seus dedos também tentaram alcançar minha vulva, enquanto eu tremia de tesão. Foi mais difícil para ele porque eu estava de calça e o corte caía perfeitamente ao longo do meu corpo, não sobrando espaço. Miguel não desistiu. Esfregou mão e braço entre minhas pernas em busca de meu gemido. Eu cedi ao prazer daquele toque e, voraz, ele enfiou a língua na minha garganta.

Eu sentia que estava prestes a gozar e nada me impediria de gritar para que toda a vizinhança soubesse o furor que Miguel me causava.

— Bom dia, dona Mara! — A voz de Clarissa recepcionando uma cliente nos fez despertar da loucura que estávamos cometendo.

— Merda! — exclamei, ligeiramente alto para o espanto de Miguel.

Foi ele quem abriu a porta e me empurrou para dentro do meu próprio escritório, fechando-a atrás de nós. Nossa respiração estava muito acelerada e cadenciada, e nos mantivemos a metros de distância um do outro, a fim de nos acalmarmos.

Miguel começou a rir discretamente para não chamar atenção das pessoas no primeiro andar. Ri com ele, me sentindo mais tranquila por não termos sido pegos.

— É melhor você descer e começar a trabalhar. Não vai atrasar as entregas, hein?

— Sim, senhora, minha rainha.

Em poucos passos, ele estava parado diante de mim, sorrindo e envolvendo meu rosto em suas mãos. Seu olhar cheio de promessas quentes me fez acreditar que ele não me atenderia. No entanto, seu beijo foi repentino e rápido, não me dando a chance de me excitar novamente. Ele passou pelo banheiro e se arrumou antes de parar na porta, me olhar de cima a baixo (eu ainda estava toda desalinhada), me oferecer uma piscadela travessa e descer as escadas.

Eu estava carimbando a presença de Miguel em cada recôncavo da minha vida.

Se aquilo não desse certo, eu estaria cavando minha própria cova.

O dia transcorreu em uma normalidade produtiva. Uma rotina que se estabeleceu desde que Miguel entrou para a equipe e aumentou consideravelmente nosso fluxo de trabalho. Mal tivemos tempo para um lanche quando a fome bateu, então seria impossível sair para almoçar. Também não conseguimos fechar a loja no horário certo, no início da noite.

Eu estava morrendo de fome e um jantar a dois cairia muito bem. Esperei que Miguel repetisse o pedido, mas ele apenas se despediu de mim e foi embora em sua moto enorme e barulhenta. Fiquei meio irritada com sua incapacidade de ler meus pensamentos e mais ainda por eu ter perdido a oportunidade de tomar a iniciativa. Ri de mim mesma e entrei no carro, pronta para ir embora.

Minha avó ligou e disse que estava preparando seu ensopado especial. Como sabia que eu nunca a perdoaria se não me avisasse, ela estava me convidando para apreciar meu prato preferido, feito por suas mãos habilidosas. Claro que aceitei! Não existe nada mais saboroso do que comida de vó! Nem comida de mãe! Para salientar minha preferência por Úrsula, a mamãe era um zero à esquerda na cozinha.

Comi como uma rainha (sem trocadilho)! Minha barriga estava imensa quando fui para casa, pronta para cair na cama e adormecer pesadamente.

Tive o sono dos justos, sem sonhos, sem interrupções. O carinho da vovó ajudou. Solidão era uma coisa chata, que se embrenhava nas minhas entranhas e não queria sair mais. Mas Úrsula estava sempre atenta e não deixava muito tempo passar sem que nos víssemos. Nós podíamos passar horas conversando sobre assuntos infinitos, sem nunca cansarmos.

As coisas no trabalho continuaram em ritmo frenético na quarta-feira e não tive oportunidade de me atracar com Miguel ao longo do dia. Eu ainda estava na bancada de trabalho, mesmo que já tivesse escurecido, perdida em um croqui, quando o senti invadir meu espaço e inundar o ar quente com seu perfume masculino. Aquilo foi o suficiente para me fazer perder o controle e sucumbir à saudade.

— Alanna, eu queria ver se voc... — começou a falar assim que me levantei. Mas eu não o deixei terminar.

A louca que habitava em mim o agarrou e não o soltou por nada nesse mundo. Miguel se deixou levar ao encontro do meu corpo, aceitando o beijo faminto e desesperado que eu lhe dei. Seu peso me empurrou contra a bancada de madeira, imprensando a ereção contra minha barriga. Sua língua dançava enlouquecida em busca da minha, em um beijo para lá de erótico.

Como eu era hipócrita! Estava louca para transar com Miguel de novo e fazia doce. No fim, quem não aguentou fui eu!

Arranquei sua camisa de dentro da calça com um puxão, dando a ele alguma ideia de aonde eu queria chegar. O expediente já devia ter terminado e eu não pararia até satisfazer o insano desejo que eu sentia. Enquanto eu abria seu cinto e descia o zíper da calça, fazendo-a cair no chão, Miguel avançava seus dedos ferozes entre as minhas pernas. Eu havia jogado sujo. Estava de saia.

Sem paciência, Miguel puxou minha meia-calça de qualquer jeito, rasgando-a. Não liguei, sinceramente. Ele poderia me rasgar todinha que eu não me importaria. Meu homem delicioso arrancou minha calcinha, me pegou pela cintura e me depositou sentada sobre a bancada, passando minhas pernas ao redor de seu quadril. Demos início a um movimento bastante sensual, no qual seu pênis ia e vinha na entrada da minha vagina úmida.

Sua boca continuou na minha e suas mãos abriram os botões da minha camisa para que pudessem alcançar meus seios. Ele puxou as alças do sutiã para baixo e abocanhou um mamilo no mesmo segundo em que sua ereção encontrava passagem para dentro de mim por conta própria. Miguel meteu até o fundo e lá ficou por alguns instantes, deixando eu me acostumar com sua presença abrupta em meu interior.

Joguei a cabeça para trás e me escorei na bancada com a intenção de recebê-lo mais profundamente. Ele estimulou o outro bico e retrocedeu o quadril, revezando metidas com reboladas. Aquilo era mais do que delicioso. Seus dedos encontraram meu clitóris e iniciaram um estímulo triplo. Eu não faço ideia de como ele conseguia ter coordenação para fazer tanta coisa certa e gostosa ao mesmo tempo.

Sua cadência foi crescendo gradativamente, me atiçando e me levando para mais perto do clímax. Meu corpo cedeu fácil, fácil demais, tamanha vontade habitava nele. Com força e precisão, Miguel bombeou para dentro de mim mais e mais rápido, fazendo-me apertar sua bunda com os calcanhares. Ele entendeu o recado do meu corpo e transformou o compasso em algo fora do normal.

Gozei ruidosamente, uivando como uma loba.

Miguel diminuiu o ritmo até que eu voltasse a respirar, me puxou para o chão e cobriu minha boca com a sua. O beijo me acalmou, então, me dei conta de que sua ereção continuava firme e forte. Puta merda! Ele não havia gozado! Eu me afastei devagar, olhando para aquele exemplar de pênis magnífico e soberano, que me exigia um agrado.

— Desculpe, foi tudo muito rápido e não coloquei camisinha — explicou, constrangido.

Sim, foi irresponsabilidade da nossa parte, mas não podia culpá-lo pela minha fúria. Por isso, me ajoelhei e comecei a acariciar suas bolas e sua ereção, mantendo a boca aberta à espera de seu sêmen. Miguel arregalou os olhos e me ajudou com a pressão e o ritmo certos, e ele não demorou quase nada para gozar. Não sei se minha atitude submissa colaborou com sua excitação.

O jato branco espirrou, fazendo uma curva no ar e pousando no meio da minha testa. Fechei os olhos, mas mantive a boca aberta. Vários pingos caíram no meu rosto e poucos na minha boca. Eu nunca tinha feito aquilo sem me sentir suja e usada. Era a primeira vez que eu realmente queria e não tive receio algum. Também fiquei satisfeita que Miguel não tivesse forçado seu pênis na minha boca.

Ele gemeu e parou de agitar a ereção, ficando quieto e em silêncio.

Abri os olhos devagar para conferir o estado daquele homem que havia quebrado uma barreira em mim sem nem mesmo perceber. Miguel estava com a cabeça para trás e o corpo trêmulo, e eu sorri. Era bom saber que tinha sido tão intenso para ele quanto para mim. Nós, de certa forma, estávamos descobrindo que combinávamos. Era a sensação boa que eu tinha.

Com Miguel, eu podia ser eu mesma e algo mais, sem medo de ser julgada ou diminuída.

Para ratificar meu pensamento, ele me encarou com um sorriso pleno no rosto bonito. Miguel me ofereceu as mãos e me ajudou a levantar. Gentilmente, beijou minha boca, ignorando seu gozo como se não tivesse nada no meu rosto. Em seguida, me guiou até o banheiro, onde pude me lavar. Ele me observava sorrindo e só falou alguma coisa quando eu me enxuguei.

— Eu pretendia te chamar para um passeio inocente e veja só o que aconteceu. — Miguel tocou minha face e apoiei meu rosto na sua palma quente, rindo de seu comentário. — Dessa vez, não vou te deixar escapar, dona Alanna Góes.

E quem disse que eu queria escapar? Era difícil admitir, por isso mesmo evitei por um tempo, mas eu estava cada vez mais envolvida por aquele rapaz gentil, doce e extremamente sedutor. Tão atraente, que eu havia tentado jogar com ele e saíra perdedora. E o mais interessante era sentir que Miguel estava apagando, devagar, a lembrança do Mago gravada na minha pele e na minha memória.

16

O CALOR EM UMA NOITE FRIA

Permiti que Miguel me levasse para patinar. Fazia muito tempo que eu não patinava, muito menos sobre o gelo. Combinamos de nos encontrar depois do expediente porque precisávamos colocar uma roupa mais apropriada. Radicalizando um pouco mais, aceitei que ele me buscasse em sua moto superpotente.

Miguel apareceu pouco tempo depois, me recebendo com um beijo na boca digno dos apaixonados. Ele me ajudou a subir na moto e acelerou pela noite da cidade, enquanto eu me segurava em sua cintura e apoiava minha cabeça em suas costas. O vento gelado zunia ao meu redor e fazia meu corpo retesar de frio, mas nada superava o calor que emanava do corpo de Miguel e a sensação da adrenalina correndo em meu sangue.

Sempre fugi dos riscos, menos dos financeiros. Eu não era de motos nem de esportes radicais (que incluíam patins), e, definitivamente, não me envolvia tão depressa com um homem. Mas Miguel Timberg não era qualquer homem. A cada momento ao seu lado, eu descobria que podia confiar um pouco mais nele. E nem de longe eu me senti tão bem e protegida com alguém como me sentia com ele.

Chegamos ao lago congelado e desci da moto observando que havia poucos aventureiros àquela hora. Ainda bem! Não queria uma plateia para assistir à tragédia que eu era patinando. Mas havia uma excitação estranha e pulsante que me deixava ansiosa para começar a tentar. E sabia que a culpa era de Miguel, por me dar a certeza de que ele estaria ali para me proteger caso eu escorregasse.

Alugamos patins com uma pessoa que estava toda agasalhada na única barraquinha do lugar e, na primeira pisada, senti meu pé virar para o lado. Eu me agarrei à primeira coisa que encontrei e, graças a Deus, havia uma balaustrada de segurança para principiantes (e idosos e crianças e Alannas) que eu não pretendia soltar. Eu não conseguia sequer erguer o pé, e fiquei escorregando na pista de gelo sobre as finas lâminas.

Por que foi mesmo que aceitei aquele passeio apavorante?

Como um profissional, Miguel deslizou para o meu lado, parando graciosamente, freando com a ponta da lâmina. Olhei incrédula para o movimento perfeito.

— Você nunca patinou antes? — Ele perguntou o óbvio.

— Só com o de rodinhas — admiti, apesar de não ser boa em patinação.

Miguel riu, patinou até parar atrás de mim e segurou a minha cintura.

— Tudo bem, é um pouquinho diferente por causa da fricção no gelo, mas não há grande dificuldade. O primeiro ponto é conseguir se equilibrar sobre as lâminas dos patins. — Ele era paciente, até parecia um instrutor nas explicações. — Quero que você fique ereta e abra os braços na horizontal para ajudar a se equilibrar. — Como vacilei em soltar a barra protetora, Miguel riu. — Estou te segurando. Não vou te deixar cair.

Em câmera lenta, fiz como me pediu, descobrindo que não era impossível.

— Muito bem, Alanna. Agora foque um ponto adiante e deixe que seu corpo encontre o equilíbrio certo. Assim mesmo... — Nossa, era possível ficar de pé sem me segurar em nada! Vitória! — Relaxe e mantenha as pernas firmes, mas soltas. — Relaxar era a parte difícil. — Comece a patinar devagar e com fluência, até ganhar confiança. — Dei um longo suspiro e movi o primeiro pé, porém, como o outro ficou para trás, quase caí de cara no gelo. Se não fosse Miguel... — Calma, rainha! Se mova naturalmente. Estou bem aqui com você.

Os primeiros "passos" foram estranhos, travados e nada naturais, ao contrário do que Miguel me pedia. Mas, em algum momento, meus pés deslizaram com fluidez, como se as lâminas tivessem encontrado um caminho secreto no gelo, onde eu podia deslizar com mais firmeza. Consegui sorrir, sentindo-me como um pássaro cortando o céu com suas asas.

— Perfeita! Já pode tentar seguir sozinha...

— Não, por favor! — berrei, apavorada.

— Não se desespere. Vou te ensinar a manter o equilíbrio antes. Flexione levemente os joelhos e incline seu tronco um pouco para frente. — Imito os gestos que sua voz orienta. — Assim mesmo. Continue patinando, Alanna. Quando se sentir segura, baixe os braços e estique os joelhos. Só volte para essa postura novamente se sentir que vai cair. Ok?

— Ok — respondi automaticamente.

— Vou te soltar, mantenha a postura para sustentar o equilíbrio. E, Alanna — cochichou no meu ouvido, apertando a carne da minha cintura. — Lembre-se de relaxar.

Um arrepio de excitação perpassou pelo meu corpo. No instante seguinte, eu estava sozinha, deslizando pelo lago congelado. No entanto, no segundo passo, meus pés foram mais rápidos que o corpo e eu me estatelei de bunda no gelo. *Ai! Isso dói*. Em dois segundos, Miguel estava me estendendo a mão, com uma expressão preocupada nos olhos, mas um riso inconveniente nos lábios.

— Cair é normal, mas você vai pegar o jeito.

Levantei com bastante dificuldade, praticamente fazendo com que o braço de Miguel içasse, sozinho, o peso morto que eu era. Ele não soltou a minha mão, já que eu não queria largá-la de forma alguma. Ele riu mais um pouco e eu fiquei irritada.

— Você está se divertindo às minhas custas!

— Desculpe, Alanna, mas estou surpreso. Como você aceitou meu convite sem titubear, achei que você soubesse patinar. — Corei de vergonha, parada no meio do lago e me segurando em Miguel como se ele fosse meu bote salva-vidas no oceano. — Sinto muito, não pretendia constranger você. Estou me divertindo te ensinando.

— Percebi. — Olhei as pontas dos meus patins.

Ele ergueu meu rosto com um toque suave no meu queixo.

— Ei, posso te perguntar uma coisa?

— Sim.

— Que tipo de infância você teve?

— Nunca coloquei minha segurança em risco. — Revirei os olhos.

Miguel soltou uma gargalhada. Abriu os braços, levando o meu junto.

— Olha só para mim! Estou completamente inteiro e cresci nesse lago.

Olhei bem para ele. Miguel era lindo. E vestido com luvas, cachecol e gorro, ficava mais lindo ainda, porque o excesso de roupa direcionava todo o foco para o seu rosto.

— Hmmm... — resmunguei, distraída.

— Quer continuar ou prefere desistir?

O último verbo me fez despertar do transe. Desistir? Aquela palavra era proibida na minha vida. Eu era Alanna Góes e não desistia de nada sem tentar.

— É claro que quero continuar! — respondi com firmeza. — Só saímos daqui hoje quando eu conseguir dar uma volta inteira sem cair.

— O lago é grande, Alanna... — lembrou ele, mas dei de ombros.

Miguel continuou segurando meus braços, estendendo-os para o lado a fim de que eu mantivesse o equilíbrio. Ele foi me guiando pelo lago, com um sorriso maravilhoso e olhos sinceramente orgulhosos. Cumpri minha palavra, ainda que tenha levado vários tombos no processo. No fim, eu estava cansada, mas reconfortada com a lição. Não importa quantas vezes você caia, o importante é quantas vezes você é capaz de levantar.

Minha perseverança rendeu frutos. Tudo bem que eu não "dançava" sobre o gelo como Miguel, mas já podia tentar aumentar a velocidade da próxima vez. Era muita injustiça, viu? Ele até mesmo rodopiava sobre os patins, como se estivesse em um palco se apresentando. Incrível! Foi divertido, tive que admitir. E, para fechar a noite com chave de ouro, sentamos em uma barraquinha de cachorro-quente ali mesmo e nos empanturramos.

Eu o convidei para dormir comigo, porque não queria ser hipócrita a ponto de afastá-lo por puro capricho depois de uma noite tão perfeita. Seria como destruir um sonho bom com uma escolha idiota. Eu não agiria assim, mesmo que um anjo surgisse na minha frente e me dissesse para mandá-lo embora. Nós fizemos amor de novo; gostoso, lento, cheio de beijos e afagos, e adormecemos nos braços um do outro.

Despertei sentindo cada músculo do meu corpo dolorido. Ainda deitada de bruços, nua e descabelada, gemi longamente, sem coragem alguma de abrir os olhos. Concluí, naquele instante, que eu precisava urgentemente deixar de ser sedentária. Um latejar na minha bunda me lembrava dos tombos que levei no lago congelado, e gemi novamente.

— Aiii... Tô com dor em toda a parte...

— Você precisa tomar um relaxante muscular, minha rainha. — Enquanto falava, Miguel rolava para cima de mim, esfregando seu corpo rídigo no meu. Eu ia reclamar, mas ele foi mais rápido: — Antes... deixe eu fazer algo para amenizar o seu sofrimento.

Miguel montou em minhas pernas e massageou meus ombros, omoplatas, lombar, glúteos, coxas e panturrilhas. *Senhor!* Meus gemidos soaram estranhos, do mais puro deleite. Não foi erótico, mas que mãos! Ele sabia exatamente o que fazer. Parecia um profissional! Eu queria descobrir no que o dançarino, entregador, deus do sexo e professor de patinação no gelo não era bom.

Quinta-feira foi um dia como outro qualquer daquela semana tumultuada e um pouco mais corrida por conta de todos os pedidos que não queríamos acumular para não atrapalhar nossa merecida folga.

Eu estava ansiosa pelo final de semana para aproveitar cada pedacinho daquele homem que era o meu mais novo vício. Eu estava viciada em ser bem cuidada por Miguel. E queria descobrir mais sobre ele.

Foi no estacionamento onde deixávamos nossos veículos que fui informada de que aquela noite não seria tão divertida quanto a anterior.

— Tenho turno hoje no outro emprego... — Sua boca disse as palavras, mas seus olhos gritavam o que ele não acrescentou: *mas não quero ir*. Parecia que Miguel tinha lutado o dia todo para escolher aquelas palavras, como se carregasse um fardo pesado. Seus ombros estavam ligeiramente caídos. Eu desejava que ele fosse? Lógico que não! Mas seria injusto pedir ao dançarino que abrisse mão de três dias de renda extra só para ficar comigo. Como boa empreendedora, seria insano e tirano propor uma coisa dessas. Miguel tinha uma vida e planos além de mim, assim como eu também tinha antes de ele chegar, me conquistar devagarzinho e me fazer um pouco mais feliz.

— Ah! É mesmo! — Tentei sorrir naturalmente, não sei se saiu no tom certo.

Miguel se aproximou, ignorando os olhares curiosos em nossa direção, e espalmou minha face. Ele se inclinou e parou bem pertinho, como se fosse me beijar.

— Não se preocupe. Arranjarei um jeito de compensar minha ausência. — Seus lábios selaram os meus em um beijo intenso e breve demais para minha saudade. Ele encostou sua testa na minha, respirando ruidosamente. — Deus! Como vai ser difícil ficar longe de você!

Eu não disse nada, mas, bem fundo, senti a certeza de que eu sentiria muita falta dele se espalhando em cada fibra de meu ser. Miguel tinha o outro trabalho e eu tinha me esquecido completamente disso. Então, caiu a ficha de que nos finais de semana ele raramente poderia ficar comigo. Não à noite, pelo menos; somente aos domingos. Deveria tê-lo aproveitado mais durante a semana. Eu era uma tonta mesmo!

Claro que aquela noite foi uma droga sem Miguel. Dormir se tornou uma missão impossível. A única coisa que me consolava era que o veria na loja.

Tentei ser racional e controlar minhas emoções, mas levantei da cama na sexta-feira na maior *bad*. Não consegui evitar ser evasiva, silenciosa e até um pouco distante. Era um tipo de defesa. E também havia os pensamentos negativos. Tá *vendo, Alanna. É só ficar feliz que algo acontece para te colocar de volta para baixo.* Eu sei, dramática demais até para mim. Eu parecia uma adolescente!

Miguel, por outro lado, era só atenção, mandando mensagens na madrugada e no meio do expediente, e me roubando beijos rápidos e singelos em qualquer oportunidade do dia. Só cuidamos para que Clarissa e as clientes não nos vissem. Ele se despediu de mim no estacionamento de novo, com um beijo incapaz de satisfazer minha vontade dele, e se foi em sua moto potente.

Aquela noite pareceu mais fria sem o calor de Miguel na minha cama.

Sábado, depois que fechei a loja, ele me convidou para almoçar e propus uma sessão de cinema para mais tarde. Olha, eu sabia tomar iniciativa! Miguel estava todo atencioso comigo, me dando tudo o que podia de si mesmo. A refeição somada à conversa fácil desanuviou um pouco meu humor instável e exagerado.

Era só saudade, eu me convenci enquanto me embebia dele. Sua voz, seu jeito, seu sorriso, seus olhos, as charmosas orelhas de abano, o queixo acentuado, o cabelo arrepiado, o peitoral marcado na camisa social, seu porte elegante, sua mão na minha, sua boca salpicando beijos na minha pele, suas brincadeiras de menino... Enfim, ele todo!

No cinema, escolhemos uma comédia, um filme neutro, para nos distrair da loucura da semana e nos permitir divagações, como beijos e amassos, e mesmo assim compreender o enredo. Miguel comprou um balde imenso de pipoca e refrigerantes para satisfazer sua fome que nunca era aplacada. Foi uma tarde muito agradável, que cedo demais se tornou noite.

Como estávamos cada qual em seu próprio veículo (ele tinha me seguido, como um batedor), paramos um em frente ao outro, ao lado do meu carro, de mãos dadas.

— Amanhã serei somente seu, se você quiser.

O que eu mais gostava em Miguel era seu respeito por mim. Ele nunca se impunha, o que me deixava mais confortável para fazer minhas escolhas. Mas eu só me recusaria a vê-lo se estivesse muito louca!

— Eu quero.

Ele abriu um sorriso sedutor e me beijou calidamente, roubando meu ar para si. Achei que o beijo nunca teria fim quando Miguel, finalmente, fez o ritual de todas as despedidas: encostou sua testa na minha, ainda de olhos fechados, e murmurou palavras doces, que ouvi atentamente para ajudar a aplacar a falta que me faria.

— Domingo se tornou meu dia preferido da semana.

E eu, como a boba que era, sorri diante daquela frase tão significativa. Com poucas palavras, ele conseguiu enumerar nossos domingos: o primeiro jantar juntos, o primeiro beijo sob a neve, a primeira farra em um bar decadente e a esperança de que todos os domingos dali para frente fossem tão marcantes quanto os anteriores. Eu o vi partir com o coração mais leve.

No entanto, foi naquele domingo que tudo desandou.

Já fazia três dias que Miguel tinha dormido na minha cama pela última vez e eu estava morrendo de saudade de seu corpo, do calor sob as cobertas e do seu cuidado ao acordar. Naquele momento, eu estava muito mal para me achar exagerada. Meu celular tocou bem cedo e atendi sonolenta, mas ansiosa pela voz dele do outro lado da linha. No entanto, era minha irmã... Chorando. Imediatamente fiquei em alerta.

— Alanna, a vovó caiu e fraturou a bacia — explicou, aos prantos.

Saí de casa em cinco minutos, quase me esquecendo de pelo menos ajeitar o cabelo com as mãos, e fui encontrar minha família no hospital, onde Úrsula estava sendo atendida. Luanna não conseguiu me explicar nada pelo telefone e achei melhor conferir com meus próprios olhos. Nossa avó era forte, mas já tinha oitenta anos e não podíamos negligenciar sua saúde nem por um segundo.

Minha mãe era a voz da razão quando encontrei minha família na sala de espera; diferentemente de Luanna, que só chorava. Meu pai estava com a cabeça baixa e uma mão nas costas do vovô, que de tempos em tempos soltava um espirro estrondoso e assoava o nariz ruidosamente. O resfriado havia evoluído para uma gripe, mas ele jurou que estava bem.

— Sua avó caiu no chuveiro quando foi tomar banho de madrugada — ela contou. Eu sabia que devíamos ter instalado barras de proteção! — E já está em cirurgia.

— Por que vovó foi tomar banho de madrugada? — Eu quis saber.

Minha mãe lançou um olhar direto para meu avô e eu a segui. Vovô deu de ombros e espirrou novamente. Revirei os olhos. Úrsula tinha que ser tão moderna?! Me sentei e esperei. Era o que restava. Depois do que pareceu uma eternidade, um médico (bem jovem) veio informar à família que a cirurgia havia acabado e que minha avó já estava no quarto. Poderíamos visitá-la aos pares.

Quase comi todas as minhas unhas esperando a minha vez de entrar. Precisava olhar para o rosto sereno de Úrsula para ter certeza de que ela ficaria bem, como o ortopedista garantiu. Ela não ia gostar nadinha de não poder sair da cama por um mês. Reclamaria cada segundo e tentaria subornar o doutor com o casamento de Luanna, que aconteceria antes do seu tempo adequado de recuperação.

Entrei com minha irmã, que tentou secar as lágrimas antes de ficar na presença de nossa avó, mas ainda parecia uma menininha assustada e chorona. Eu estava tentando ser forte, me apegando ao temperamento nada comum de Úrsula para não entrar em desespero. Até pensei em algumas piadinhas que eu poderia fazer para amenizar sua frustração por estar acamada.

Meu mundo veio abaixo quando encontramos vovó. Ela não se parecia em nada com a nossa avó, ativa, guerreira e brincalhona, impossível de controlar. Úrsula até parecia mais velha, por mais que sua idade fosse bastante avançada. Seu espírito jovem nunca me permitiu que a olhasse como uma idosa, uma velhinha que perdeu sua independência para alguma doença.

Deitada naquele leito, vestida com roupa de hospital e drogada por causa da anestesia e dos analgésicos, vovó parecia velha, doente e no fim da vida. Odiei olhar para ela naquele estado. Os olhos sombreados, com uma nova cortina de catarata, me impedindo de ver sua cor. O corpo parado, muito quieto, mal mexia as pálpebras. E uma expressão completamente vazia no rosto enrugado a deixava plácida.

Senti vontade de chorar, como Luanna estava fazendo.

— Vó? — chamei, como se ela não estivesse no quarto e segurei sua mão para ganhar sua atenção. Seu olhar se moveu muito rápido em minha direção e depois voltou para o teto. Ela não mexeu a cabeça. — Luanna e eu viemos te dizer que estamos torcendo para que você melhore logo.

Beijei a mão fria e pequena, colocando-a de volta na cama, como se meu toque pudesse feri-la. Úrsula parecia tão frágil. Sua pele estava fina como papel ou era impressão minha? Tudo parecia ruim, muito ruim só por uma queda boba no chuveiro? Eu sentia que não: aquela queda não tinha sido nada boba e o ortopedista, que tinha prometido exames e nos manter informados sobre o estado da nossa avô, estava apenas nos acalmando.

Saí do hospital um tempo depois, me sentindo a pior e mais egoísta das netas. Chorei no meu travesseiro por bastante tempo, sem entender muito o porquê, até cair em um sono profundo e reconfortante.

17

Vergonha de mim mesma

Despertei desorientada com o toque insistente da campainha. Percebi que ainda estava vestida com a roupa do hospital e pensei em não abrir a porta. Eu não queria ver ninguém. Agora eu entendia por que me sentia tão estranha.

Enquanto eu estava pensando em beijos, sexo e, claro, em Miguel, Úrsula estava precisando de mim, ela precisava de todos nós. Não havia nada mais importante do que a família. Nada!

Continuei deitada na cama, ouvindo a campainha tocar até parar. Então, meu celular começou a vibrar. Olhei o visor só para ver se eram meus pais ou irmã ou do hospital. Sei lá. Vai que o quadro da vovó tivesse se agravado, mas não. Era só Miguel. Não atendi, mas vi que tinha outras ligações e mensagens de texto. Não consegui fingir que não tinha visto e decidir ler.

2:06

Alanna, Estou escrevendo só para dizer que você não sai da minha cabeça.

Não tive tempo de ficar contente com a mensagem da madrugada.

12:32

Estou na porta da sua casa, por que vc não atende o celular?

Bufei. Quem ele pensava que era para me fazer cobranças naquele nível? Eu não queria ver ninguém, nem mesmo alguém que me fazia bem. Só queria remoer a minha culpa por criticar tanto Úrsula, por ter vergonha da sua autenticidade, por querer que ela parasse de falar e fazer sexo (mesmo que o tombo tivesse sido consequência da vida sexual dos meus avós, eu não conseguia culpá-la por se manter ativa, saudável e satisfeita em seu casamento; seria no mínimo egoísmo de minha parte!), e por se preocupar tanto com a minha solidão.

Eu conhecia apenas um jeito de fazer aquilo: sozinha. Então, ignorei Miguel.

Mas ele não desistiu e eu não sabia se ficava feliz ou irritada com a sua insistência.

12:59

Talvez você esteja dormindo... Então, pode me ligar quando acordar.

Sim, me deixa! E voltei ao meu chororô solitário.

14:14

Passando para dizer que estou ensaiando, mas posso te encontrar quando você quiser.

Tá bem, só para de me importunar! Talvez eu estivesse um pouco irritada.

16:10

Criei uma coreografia nova pensando em você...

Fiquei em dúvida sobre o que sentir quanto àquilo. Escolhi a indiferença.

18:25

Estou faminto, quer comer?

Eu não estava com fome, não havia comido nada até àquela hora e estava bem.

20:01

Aconteceu alguma coisa, Alanna? Estou preocupado...

Sim, aconteceu! Meu alicerce literalmente se partiu e meu mundo desabou!

23:48

Não sei o que houve para você não querer falar comigo.

Espero que esteja bem.

Te vejo amanhã.

Boa noite, rainha.

Quando li a última mensagem, experimentei um misto de sensações. A primeira era que eu não iria ficar bem e a culpa não era de Miguel, só minha mesmo. A segunda era que eu estava afastando a única pessoa que tinha demonstrado me entender, me aceitar e querer ficar perto de mim, ainda que eu fosse louca o bastante para me isolar. Por fim, também soube que podia perdê-lo porque antes da palavra "rainha" não havia mais o pronome possessivo "minha". Aquela seria uma noite insone, pois um frio glacial tomou conta de mim e não havia aquecedor suficiente no mundo para me esquentar.

Acordei mais racional e determinada na manhã de segunda-feira. Não pretendia sentir vergonha de mim mesma para sempre. Também teria que encarar Miguel e explicar o meu sumiço. Sabia que me afastar dele não era a solução, eu só precisava de um tempo para organizar a minha bagunça emocional. Tudo ficaria bem. Eu faria o que era certo, sempre prezava por isso.

Tomei meu café da manhã com calma, sem pressa de

chegar à loja. Clarissa poderia abri-la sem mim e me dei um instante para me preparar psicologicamente antes de dar a notícia sobre vovó Úrsula para ela e Miguel. Pode até parecer exagero de minha parte, mas ver minha avó apática daquele jeito me assustava mais do que sua mania de ser inconveniente.

Naquele leito de hospital, eu realmente a vi como uma mulher no fim da vida, frágil e debilitada, e me dei conta de que um dia ela não estaria mais entre nós. E esse dia poderia estar mais perto do que eu esperava. Fui pega desprevenida pelo acidente e pela consciência de que Úrsula não era eterna. Uma lágrima escorreu pelo meu rosto e a enxuguei com raiva, me sentindo uma criança encarando a morte pela primeira vez. Mas era mesmo a primeira vez que alguém muito próximo a mim, alguém da família, corria risco de morte.

O ortopedista estava otimista, mas minha mãe e irmã deixaram claro que uma fratura na idade de vovó poderia ser fatal por causa da possibilidade de complicações. A intervenção cirúrgica foi a melhor opção para acelerar sua recuperação, mas Úrsula precisaria ficar em observação pelos próximos trinta dias. Vovô e papai concordaram em contratar uma enfermeira para cuidar dela em casa quando recebesse alta.

Dirigi devagar, o trânsito estava truncado pelo horário de pico. Normalmente, eu chegava ao centro antes, mas, naquele dia, não me importei com a demora. A vida parecia rodar em câmera lenta. Quando cheguei à Alanna Góes Design, encontrei Clarissa sozinha e contei o que tinha acontecido. Ela me abraçou, e percebi o quanto precisava daquele gesto.

— Você deveria tirar o dia de folga, Alanna. — Ela não me chamava mais de dona e eu estava bem confortável com aquilo.

Suspirei.

— Talvez. Vou dar uma olhada nos pedidos. — Não estava com cabeça para criar nada. — Peça para Miguel subir quando voltar das entregas, por favor.

Seu rosto era uma máscara de pesar que me deixava nervosa, por mais que fosse gentil da parte dela se solidarizar com a minha dor. Eu me escondi no alto da minha torre de ouro, como se as dores do mundo não pudessem me tocar ali. Respondi e-mails mecanicamente e anotei as últimas encomendas, antes de simplesmente ir à janela e olhar o mundo girando lá fora.

Não era justo sermos felizes, trabalharmos, estudarmos e apreciarmos a vida livremente enquanto a mulher mais incrível que eu conhecia estava presa a uma cama. Fechei a janela com força e, quando me voltei para a mesa, Miguel estava parado à porta, encostado nela como no primeiro dia, contemplando minha imagem com doçura.

— Clarissa me contou o que houve com a sua avó. Sinto muito, Alanna.

Ele não se aproximou e eu senti cada centímetro da

distância entre nós como um mau presságio. Comecei a chorar. A Alanna determinada e racional dentro de mim deu vazão à toda torrente de sentimentos que a sufocaram uma vida inteira. Todos aqueles malditos anos sendo forte, responsável e correta não serviram de nada para me fazer feliz. Eu era um fracasso como pessoa!

Em alguns passos, Miguel estava ao meu redor, envolvendo-me com o calor inexorável de seu corpo. Eu me senti amada, protegida e cuidada como nunca permiti que ninguém o fizesse, nem meus pais ou avós. Saí de casa cedo em busca da minha independência, mas paguei um preço alto demais. Perdi minha juventude e o direito de cometer erros que me dessem lições.

Ergui o rosto em sua direção e procurei seus lábios. Miguel acariciou minha face antes de fulminar minha boca com um olhar 43 e beijá-la até eu me esquecer da razão da choradeira. Aquele foi o maior conforto que eu poderia ter. Naquele beijo, eu soube que suas promessas estavam de pé e que ele só me deixaria se eu o afastasse, como no dia anterior. Que estúpida!

— Acho que vou para casa, não estou com cabeça para trabalhar.

— Está tão ruim assim? — Ele me olhava intensamente e mantinha um carinho constante no meu cabelo.

Continuamos colados em um abraço enquanto conversávamos. Eu me dei conta de que ainda lhe devia uma explicação, então, contei como tinha recebido a notícia, como tinha sido a espera na recepção do hospital e sobre como me senti quando vi minha avó em recuperação no leito, depois da cirurgia.

— Calma, minha rainha, ela devia estar aérea por causa da medicação. Se o médico falou que a cirurgia foi um sucesso, você não tem o que temer.

— Pode ser, mas só vou ficar sossegada quando ela voltar a me constranger.

Miguel riu, suavemente.

— Quer que eu a acompanhe até o hospital?

Não era uma má ideia. Na verdade, era uma ideia excelente! Úrsula pegaria no ar que estávamos juntos e nem precisaríamos assumir. Eu tinha certeza de que ela ficaria muito feliz em me ver junto com um rapaz como Miguel. Ela também saberia que eu sempre ponderava seus conselhos, por mais constrangida que eu ficasse. Aquilo poderia animá-la e aniquilar minha culpa por renegar sangue do meu sangue por pura vergonha.

— Seria ótimo — até consegui sorrir. — Como estão as entregas hoje?

— Praticamente todas feitas. Deixei algumas para o período da tarde.

Miguel era extremamente eficiente em sua função, por mais que os pedidos tivessem aumentado de volume.

— Então, vamos!

Eu o peguei pela mão e comecei a puxá-lo escada abaixo.

— Não seria melhor almoçar antes, Alanna? — perguntou

ele, enquanto pegava a bolsa que esqueci na mesa. — Você pode passar mal de fraqueza.

Eu não era uma donzela frágil e doente, mas aceitei a sugestão porque era uma preocupação com meu bem-estar. Miguel talvez tenha me achado pálida demais, apesar de eu ter tomado um café da manhã razoável. Eu poderia me acostumar a ser cuidada daquela forma. Só não queria que ele exagerasse. Pelo menos até aquele instante, meu namorado (nossa, como foi bom pensar nele dessa forma!) me dava espaço com cortesia.

Durante o almoço, Miguel contou histórias divertidas sobre seus avós. Eles não estavam mais vivos, mas ele havia guardado recordações felizes. Ele se lembra de como uma de suas avós o incentivara a fazer aulas de dança quando demonstrou interesse por isso, ainda na infância. Mas aquilo não tinha soado bem para seu pai.

— Ele não achava que era uma atividade para menino e, por isso, tive que esperar a adolescência para ganhar meu próprio dinheiro e poder me matricular em uma escola de dança, com a ajuda de minha mãe. Já faz muito tempo e não consegui me profissionalizar, fazer carreira como dançarino. Ainda bem que minha avó não viveu para ver meu fracasso.

Eu também me solidarizei com Miguel. Diferente do que aconteceu com outros caras com quem me relacionei, foi bom ver que ambos carregávamos as consequências das nossas escolhas. Ele fez eu me sentir melhor apenas compartilhando sobre o incentivo da avó, o preconceito do pai e a falta de apoio da mãe, que só assinou a autorização para que ele frequentasse as aulas escondido.

— Quando meu pai descobriu, me expulsou de casa e impediu minha mãe de me ajudar. Desde então, eu cuido de mim mesmo.

Dois solitários finalmente encontrando alguém em quem confiar. Era exatamente daquele jeito que eu me senti sentada com Miguel no restaurante, enquanto ele dividia comigo os percalços da vida, como se, implicitamente, me dissesse: *viu, só? A vida é difícil para todo mundo. Você não é a única que está na pior.* Não era mesmo! Nosso planeta tinha sete bilhões de seres humanos completamente ferrados! Foi libertador pensar nisso de uma forma tão direta. Eu precisava extravasar mais minhas angústias e pensamentos, independentemente do que pensariam a meu respeito.

Terminamos o almoço rindo horrores, já que Miguel fez o maior suspense sobre a coreografia nova. Eu o desafiei a me mostrar ali mesmo e ele me enrolou dizendo que ainda precisava de alguns ajustes. Estreitando bem os olhos, ele disse:

— Você sabe que eu tenho coragem de dançar aqui, né?

— Não sei! Você está se negando a aceitar o desafio!

Ele ameaçou se levantar inúmeras vezes, fazendo meu coração saltar forte no peito e me arrancando gargalhadas.

Foi de mãos dadas que entramos no hospital, horas depois, já que Luanna me informou que não seria autorizada a entrada de nenhum familiar fora do horário de visita.

Ainda bem que liguei antes para perguntar se havia notícias. Estava tudo na mesma, mas o ortopedista garantiu que, passado o tempo de observação, vovó receberia alta e terminaria de se recuperar em casa.

Apresentei Miguel para a família sem explicar muito, mas todos notaram a intimidade que estávamos construindo e deixando transparecer. Fiquei feliz por não ter que dizer nada. Saul entrou com meu avô, Luanna com minha mãe e, por fim, foi nossa vez. Eu estava nervosa, principalmente pela reação de Úrsula. No quarto, notei que sua aparência estava um pouco melhor, mas não como antes.

— Oi, vovó, como a senhora está se sentindo hoje?

Minha avó virou o rosto para mim e não sorriu. Pareceu procurar algo em meu rosto antes de se pronunciar.

— Seu cabelo está mais curto.

Fazia uns dois meses que eu havia feito aquele corte, portanto, estava mais comprido. Ignorei sua observação e apontei para meu acompanhante.

— Você se lembra do Miguel? — perguntei, acariciando o braço dele com a mão livre, enquanto apertava sua mão.

— Claro que me lembro, está achando que fiquei caduca, Alanna?

Miguel e eu rimos. Tomando as rédeas da situação, ele, galante, pegou e beijou a mão de Úrsula. Ela ficou ruborizada.

— Muito prazer em rever a senhora. Espero que se recupere depressa.

Franzi o cenho para o fato de minha avó se constranger

com o gesto de Miguel. O que estava acontecendo? Minha avó suspirou, enlevada, e balançou a cabeça como se estivesse envergonhada, me causando mais dúvidas. Busquei algo em minha mente para manter o clima ameno e mudei de assunto. Perguntei se ela estava com dor, confortável ou se queria alguma coisa. Talvez um livro? Ela recusou a tudo e disse que estava com sono. Então, saímos.

Minha família estava tão chocada quanto eu, pois todos presenciaram uma sutil mudança em Úrsula. Sabatinamos o médico, que garantiu que a pequena confusão não tinha relação alguma com a cirurgia e que, talvez, fosse efeito colateral dos remédios. Para nos tranquilizar, disse que faria exames para verificar possíveis causas e descobrir se seria necessário mudar a medicação para que aquilo não piorasse. Eu queria muito a vovó de volta, exatamente como ela sempre foi.

Sobre a recuperação, o inchaço da cirurgia já tinha diminuído, a incisão estava cicatrizando e ele esperava dar alta até o próximo final de semana. O médico reforçou que ela estava sendo uma paciente excelente e que aquilo ajudava muito no quadro geral. O que me surpreendeu outra vez! Úrsula sempre foi agitada, ativa e independente, não gostava de hospitais e, às vezes, achava que sabia mais que os médicos. Em suma, era uma péssima paciente!

— Acho melhor adiar o casamento até vovó ficar boa — sugeriu minha irmã.

Luanna estava inconsolável e eu não queria dizer a ela

que não tivesse esperanças, mas tentei confortá-la, como a irmã mais velha e sábia.

— Vovó jamais iria se perdoar se você abandonasse seu conto de fadas por causa dela.

Minhas palavras pareceram acalmá-la, então, nos separamos. Dali, Miguel assumiu a direção do meu carro, me ouvindo falar sem parar sobre como a atitude de Úrsula tinha sido estranha, que só podia ser erro médico, e que eu processaria o hospital se alguma coisa acontecesse com a minha avó. Eu estava nervosa e apavorada como uma menina com medo de olhar embaixo da cama e encontrar o bicho-papão.

Naquela noite, Miguel dormiu comigo. Eu não queria ficar sozinha outra vez.

18

Miguel e o que eu precisava

Não houve beijos, amassos ou sexo entre nós. Eu só precisava que alguém me abraçasse e me dissesse que iria ficar tudo bem. Ser forte diante da minha irmã sensível era muito difícil quando minha vontade também era desabar, me deixar chorar e parar minha vida até que Úrsula estivesse restabelecida da queda. Mas eu não podia desistir. Não era mulher disso. Minha avó ficaria decepcionada se o fizesse.

Por isso, me permiti ficar nos braços fortes dele, chorando e soluçando, até adormecer. Não me importei que meu rosto fosse ficar inchado ou que Miguel poderia me achar menos bonita por causa disso. Se ele estivesse comigo somente pela beleza, estaria agindo igual aos outros, portanto, não mereceria mais minha companhia.

Mas Miguel fez exatamente o que eu esperava dele sem que fosse preciso pedir, sem comentários ou críticas. Ele até colocou para tocar uma seleção de músicas clássicas que encontrou no aplicativo de celular porque sabia que aquilo me acalmava. Na hora, não consegui reagir como deveria, mas sua atitude foi bem fofa e prestativa.

Seu jeito calmo e presente me garantiu que Miguel prestava atenção ao que eu dizia e se importava com o meu bem-estar. Não porque ele não sabia lidar ou não suportava meu chororô, mas porque se preocupava comigo. E também não me forçou a uma recuperação rápida para que eu voltasse a ser uma ótima companhia de novo. Miguel realmente estava falando sério quando disse que estava pronto para um relacionamento duradouro. Eu queria me sentir do mesmo modo, mas ainda não conseguia.

As incertezas pareciam insetos rastejantes e insistentes, que me atormentavam. Ainda assim, achei por bem manter Miguel por perto. Não seria certo afastá-lo. O melhor era tê-lo ao meu lado para que eu também aprendesse a lidar com sua presença constante e consoladora, sem sentir aquela gana de me esconder e enfrentar tudo sozinha. Mas como foi difícil lutar contra o meu instinto de autopreservação!

Fazia um grande esforço para confiar em Miguel, apesar de ter ficado arredia por causa de seu outro trabalho, cujos detalhes eu não conhecia (e nem sabia se queria). Mesmo depois do sermão de Úrsula, ainda sentia que tinha sido um erro me envolver com um funcionário. Na nova semana que se iniciava, eu estava mais preparada para a situação, mas isso não significava exatamente que eu havia aceitado.

Na manhã seguinte, senti urgência em viver. Havia uma sede na boca, uma querença no corpo e uma falta nas mãos que não consegui traduzir de outra maneira. Eu precisava de Miguel dentro de mim. Ele não estava na cama quando acordei, talvez por isso eu tenha sentido aquele desespero todo. Mas sabia que ainda estava em casa, preparando o café da manhã, pelos sons vindos da cozinha.

Me livrei das roupas pelo caminho, sentindo o corpo arder. Meu andar era sensual. Tive vontade de gemer ao sentir a carícia das peças finas de lingerie escorregando pela minha pele. O roçar das minhas coxas uma na outra era incapaz de conter a excitação que umedecia minha vagina. Eu era pura expectativa e desejo. Como eu estava descalça, Miguel não ouviu minha aproximação.

Ele vestia somente a cueca, segurando a espátula e o cabo da frigideira no fogo, e parei na porta da cozinha apenas para contemplá-lo por um instante. Miguel se virou para a bancada de mármore para despejar a comida em um dos pratos vazios, mas, quando seus olhos encontraram os meus, ele paralisou o movimento. Seu olhar correu pelo meu corpo nu como se fosse a ponta de sua língua.

— Alanna... — sussurrou, com a voz rouca e mais grave que o normal.

Aquele era um dos sons da luxúria e meus ouvidos gostaram de escutá-lo.

Caminhei até Miguel e desocupei suas mãos. Cobri seus ombros com as minhas e esperei que reagisse ao meu toque.

Não demorou dois segundos para que ele me acercasse e sua boca saboreasse a minha, esquecido da tarefa culinária. Ele me beijou como se fosse a primeira vez e suas palmas se preencheram com a carne da minha bunda, apertando-a com paixão e me levando para mais perto e para cima.

Fiquei nas pontas dos pés, segurando-me em seus ombros, ao mesmo tempo em que puxava seu rosto para baixo e sugava seus lábios. Nem acreditava que aquela mulher ousada e autoconfiante era eu. Às vezes, eu tinha uns rompantes de coragem que nada parecia capaz de abalar. Até que eu questionasse minha atitude e pusesse tudo a perder. Eu estagnava. A cada passo que eu dava para frente, recuava dois.

Naquele momento, eu só quis aproveitar o homem mais incrível que tive o privilégio de conhecer enquanto ele ainda fosse meu. Aprofundei o beijo, gemendo, pulsando e exigindo com minha língua que Miguel acatasse a minha loucura e nos consumisse em um clímax maravilhoso. Ele correspondeu por um tempo curto demais, antes de se afastar com certa força, mas não sem gentileza.

— Espere, Alanna. Se vamos fazer isso, preciso pegar duas coisas.

Tentei não me frustrar com a interrupção, já que Miguel me oferecia um sorriso tranquilizador. Balancei a cabeça, liberando-o de minhas mãos ansiosas.

— Eu garanto que você vai gostar. — O sorriso se transformou em malicioso. — Não saia daqui.

Depositou um beijo na minha testa e saiu correndo da cozinha. Observei aquela bunda bonita marcada na cueca clara. Não acreditava que ele ainda estivesse vestido, mesmo que fosse apenas com uma peça, enquanto eu estava completamente nua. Entretanto, para meu deleite, Miguel voltou sem ela, a ereção apontando para o sorriso safado de quando me deixou, carregando algo nas mãos. Como se não fossem nada, deixou dois objetos sobre o balcão e voltou a me agarrar.

Um deles eu reconheci de imediato, era uma camisinha (muito responsável!). O segundo, não soube identificar e não deu tempo de ler a tampa redonda.

A boca de Miguel me beijou de um jeito tão efervescente que me esqueci em um instante que houve uma breve pausa. Suas mãos voltaram para a minha bunda com a mesma posse e força, e a mim restou me esticar e enlaçar sua nuca, trazendo-o mais próximo, a fim de saciar a vontade insana do meu corpo.

Suas mãos subiram pelas minhas costas, esquentando minha pele com a fricção intensa, e se emaranharam em meu cabelo, com leves puxões para baixo. Minha cabeça curvou-se mais para trás e sua língua afundou na minha garganta, roubando meu ar. Ele parecia tão louco quanto eu queria deixá-lo quando surgi completamente nua na cozinha.

Eu desejava ser seu café da manhã.

Mas fui eu quem gemi com sua brutalidade inesperada, sentindo-me enrubescer e desfalecer sob suas mãos e boca sedutoras. Elas voltaram a me acariciar, separando nossos troncos o suficiente para que as palmas escorregassem até meus seios, onde ficaram. Os dedos avançaram nas mamas e Miguel atiçou os mamilos entre os indicadores e os polegares, simultaneamente.

Seus lábios faziam carícias nada pudicas nos meus, lambuzando-me com sua saliva e levando-me a um estado cada vez mais maluco de excitação.

Alongando o bico dos meus peitos, Miguel largou minha boca e os engoliu, um de cada vez, rodeando-os com a língua e os lábios, antes de mordiscá-los de leve e sugá-los até escaparem de sua boca com um ruído que aumentou meu tesão. Eu me inclinei para trás, recostando-me sobre a bancada de mármore fria, e minha pele se arrepiou com o contraste de temperatura.

— Especialmente hoje... — sussurrou, lambendo e beijando o espaço entre as mamas e apertando-me com força pela cintura — ...você está muito comestível, minha rainha.

Miguel nunca me disse que me achava linda ou gostosa, mas não precisava. O jeito como ele me olhava quando nossas carícias evoluíam naturalmente para o sexo me mostravam o que ele achava de mim. Eu gostava mais de saber que ele notava minha inteligência e que gostava da minha companhia, e isso ele me dizia muitas vezes e de diversas maneiras. Então, quando ele usou um termo safado para se referir à minha ousadia, eu me senti bem, poderosa e tremendamente sedutora.

Fechei os olhos para apreciar sua boca mordiscando minha pele.

Em um movimento que mal pude acompanhar, Miguel me fez ficar ereta, me girou em meu próprio eixo, colocando-me de costas para ele, e me curvou novamente sobre a bancada fria, fazendo-me agarrar a outra borda. Seus dedos deslizaram, sensibilizando minha pele, mãos, braços e ombros, contornando a curva da cintura e do quadril, onde permaneceram. Miguel puxou minha bunda para cima, posicionando meu corpo em noventa graus (sim, tive que ficar nas pontas dos pés) e me deu um tapa. O som ecoou pela cozinha vazia junto com o meu gemido.

Ele se encostou em meu quadril, esfregando seu pênis na minha entrada molhada, para frente e para trás, e se curvou sobre mim, cobrindo minha pele com a sua. Afastou meu cabelo do pescoço e o salpicou de beijos úmidos e deliciosos. Continuou distribuindo beijinhos pelos ombros e omoplatas, desencaixando-se a fim de correr a língua pela linha da minha coluna.

Eu quis curvar as costas, mas a bancada e eu éramos uma única forma. Apertei a borda de mármore ao máximo e as juntas dos meus dedos esbranquiçaram.

Miguel separou minhas nádegas e assoprou seu hálito quente na minha intimidade antes de lamber e chupar uma área do meu corpo totalmente intocada até então. Contraí todos os músculos, sentindo espasmos no baixo ventre. Ele se ateve a provocar meu ânus por um bom tempo, causando-me arrepios por toda a pele. Eu estava a ponto de lhe implorar que me penetrasse logo... onde quisesse.

Não tive tempo de me espantar com meu próprio pensamento.

Aquele homem ousado continuou trabalhando com a língua enquanto suas mãos deixaram minha pele. Ouvi o barulho de algo sendo rosqueado e deixado sobre o balcão. Em seguida, outro também foi abandonado, assim como minha saída virgem foi abandonada por sua boca. Miguel alisou o pequeno orifício com dois dedos escorregadios de algum creme, em um movimento reto, por toda a extensão. Depois que estava bem lambuzado, moveu-os em círculos.

Não demorou nada para uma sensação dúbia me tomar. A área coberta só pelo creme resfriou e o local onde os dedos de Miguel pressionavam esquentou. Involuntariamente, comecei a rebolar pedindo mais. Eu me senti enlouquecer sob aquela provocação química e excitante. Se antes eu já estava a ponto de implorar, naquele instante eu quase caí de joelhos no chão e comecei a lamúria.

— Mi-mi-guel — Minha voz estava entrecortada pela falta de oxigenação adequada. Não consegui dizer mais nada além do seu nome.

— Eu sei, Alanna. Está gostoso, muito gostoso.

Queria que ele continuasse, mas, ao mesmo tempo, não. *Termina logo!*

No entanto, Miguel parou, vestiu a camisinha e forçou seu pênis pela entrada da minha vagina, fazendo-o entrar com facilidade pela fenda úmida. Eu estava a ponto de explodir quando, abastecidos com mais creme, seus dedos tomaram conta do meu clitóris, revelando seu mais novo poder. A fricção quente, pelando, combinada com o vai e vem dentro de mim, me levou rapidamente para perto de um orgasmo.

Quanto mais seus dedos pressionavam, mais quente ficava e mais rápido eu precisava que ele se movesse.

— Ah! *Senhor!* Não para! — Praticamente, gritei.

Ao mesmo tempo em que aumentou o ritmo da mão, Miguel penetrou com mais força, batendo seu quadril contra o meu, e eu urrei, segurando-me à beira do precipício que se tornara a bancada da minha cozinha. Apertei os olhos e prendi a respiração, e dois segundos depois eu explodia e escorria em deleite. Como ele não se apressou em parar o estímulo, o clímax poderoso se prolongou por mais alguns segundos, me provocando espasmos incontroláveis.

Tive que tirar sua mão do meu clitóris para acalmar os tremeliques.

Segurando meu quadril, Miguel meteu em uma velocidade alucinante, encontrando o próprio gozo no meu corpo. Então, ele se inclinou sobre mim, suado e ofegante, e eu podia o sentir pulsar no interior de minha vagina.

Eu ficava cada vez mais impressionada com a capacidade que ele tinha de inovar de uma transa para a outra, fazendo-me chegar ao orgasmo cada vez mais depressa e com maior intensidade.

Qualquer outro pensaria somente em si mesmo e me deixaria na mão.

Miguel era diferente. Além de me tratar com respeito, carinho e atenção, ele ainda se empenhava para que eu gozasse todas as vezes, não importava se fosse uma rapidinha no escritório, ou um sexo completo com produtos de *sex shop* na privacidade de meu lar. Não tinha como me sentir mais importante para alguém. Só faltava oficializarmos a relação com algum termo tradicionalista.

Que pensamento estranho! Era muito cedo para pensar naquilo.

Miguel me ajudou a levantar, me beijou e me acariciou, arrumando meu cabelo, e tomamos o café da manhã já frio que ele havia preparado. Usamos a bancada e ficamos conversando sobre amenidades, enquanto um sorriso ou um olhar denunciavam que nossos pensamentos davam voltas em torno do que tínhamos acabado de fazer sobre o mármore. Antes de comer, apenas lavamos as mãos e continuamos nus pela casa aquecida.

No trabalho não houve novidades, mas, no fim do expediente, eu estava de volta ao hospital, pressionando o médico sobre o estado da minha avó. O doutor ainda não tinha diagnóstico para sua confusão (além de não ser sua especialidade) e tentou, mais uma vez, tranquilizar toda a família com um discurso pronto e raso. Ao entrar no quarto, no entanto, Úrsula parecia bastante sonolenta, talvez por ter passado das seis da tarde, e precisou ser lembrada da data do acidente.

— Não se lembra que viemos ontem visitá-la, vovó?

Eu tremia, tentando canalizar meu nervoso para algum lugar que não fosse a minha voz nem meu olhar, a mão de Miguel apertando a minha em cumplicidade, enquanto eu assistia à hesitação e uma leve confusão no semblante de Úrsula.

— Ah! — exclamou, de repente, depois de certo esforço para se lembrar. — Sim, sim, claro! Miguel até veio com você.

Por um segundo, minha avó pareceu a antiga senhora de oitenta anos, esperta e pronta para me atormentar. Seus olhos miraram nossas mãos por um segundo e ela até abriu um sorriso. Esperei o comentário impertinente, mas uma enfermeira entrou no quarto naquele instante e nos avisou que a visita precisaria ser encerrada para o banho antes de a vovó dormir. Ela precisava descansar.

Beijei sua testa e prometi vê-la todos os dias. Úrsula voltou à apatia e até piscou os olhos, como se estivesse exausta demais para sequer sorrir para mim.

Vê-la enferma estava acabando comigo.

Do hospital, fomos direto para a casa dos meus pais, onde minha mãe terminava de preparar o jantar. Meu avô estava lá, assim como Luanna e seu noivo. Ninguém estranhou que Miguel estivesse comigo. A refeição mais se pareceu com uma reunião empresarial, na qual decidíamos o destino de Úrsula enquanto uma enfermeira particular passava a noite com ela como acompanhante.

Era nossa obrigação nos revezarmos para cuidar dela e eu estava me sentindo mal por não ter forças nem espírito para lidar com a doença da vovó. A queda de Úrsula, inevitavelmente, me reaproximou da minha família. Por mais que estivesse perturbada com a possibilidade de perder minha avó, cumpri meu papel de irmã mais velha e consolei Luanna, com uma paciência beatificada. Encaixei encontros com os familiares em minha rotina ao longo da semana, sem me esquecer de Miguel, que se tornou uma extensão de mim. Aonde eu ia, ele me acompanhava.

No sábado à tarde, depois de encerrar o expediente, tive que dispensar Miguel. Ele tinha ido para o outro emprego somente na quinta à noite, reservando a sexta para ficar comigo, o que achei ótimo. Mas, naquela noite, ele não poderia faltar. Luanna tinha me implorado para que eu fosse com ela à sessão de fotos pré-casamento, já que vovó não podia mais. Ainda não tínhamos notícias sobre os resultados dos exames de Úrsula e ela ainda não tinha recebido alta. Eu a tinha convencido a não desistir, e agora não poderia dizer não a ela. Também seria ótimo ter uma distração para não pensar no que meu namorado estava fazendo longe de mim.

Para aumentar nosso nível de preocupação, o clima havia esfriado novamente. Na noite anterior, haviam caído flocos de neve, que cobriram de branco o manto verde do parque florestal da cidade, cenário da sessão de fotos. Luanna estava linda, vestida com um casaco caro e felpudo. A maquiadora havia realizado um trabalho perfeito em seu rosto, dourando as bochechas empalidecidas pela baixa temperatura.

Lembrei que precisava, com urgência, comprar minha roupa para a cerimônia.

Sentei em um banco do parque para assistir aos bastidores do *book* do casamento, e me emocionei com a direção do fotógrafo. Ele era bom e o casal fotogênico facilitava seu trabalho. Minha irmã parecia genuinamente feliz, sorridente e apaixonada quando olhava para o noivo, como se através dos olhos dele ela pudesse esquecer nosso drama familiar.

Talvez o amor funcionasse daquela forma para ela. Para mim, era um desastre atrás do outro. Amor sempre era seguido por decepção, mentiras e superficialidade. Não da minha parte, que fique claro. Eu tinha me tornado vítima daquele sentimento. Era só eu me apaixonar para o relacionamento tomar um novo rumo, totalmente oposto ao que eu desejava.

Foi bonito perceber o amor da Luanna revelado em gestos e olhares. Naquele cenário incrivelmente lindo e nada aconchegante, os corpos do casal pareciam se reconhecer e se encaixar, como se a necessidade de estar junto fosse tão básica quanto respirar. Eles buscavam o calor um do outro como o girassol procura os raios solares.

Um bolo entalou na minha garganta e tive que me esforçar para não chorar.

Eu nunca tinha tido aquilo. Mesmo com Miguel ainda não tinha. Eu não sabia onde estava errando. Talvez não estivesse destinada a ser feliz com um companheiro, apenas sozinha. O entregador era bom e eu gostava de estar com ele, mas alguma coisa estava se remoendo em mim desde que passamos o primeiro final de semana afastados por causa do outro trabalho dele.

E, foi ali, naquele parque, em meio à sessão de fotos do conto de fadas da minha irmã, que entendi qual era o meu problema com Miguel. Eu tinha me aberto para ele apesar das circunstâncias, e ele também tinha me contado algumas coisas, mas muitos mistérios ainda me incomodavam. Eu não era o tipo de mulher que cobrava um cara com um monte de perguntas. Eu acreditava que as coisas tinham que ser compartilhadas espontaneamente.

Eu não veria Miguel naquela noite e não sabia muita coisa sobre ele, só conhecia seu endereço por causa do currículo enviado para se candidatar à vaga de entregador. Minha ficha literalmente caiu, ruidosamente, causando certa falta de ar. *Senhor!* Ele nunca tinha me levado à sua casa! Fiquei desesperada e me ergui do banco, querendo correr daquele cenário perfeito, consciente da minha situação.

Eu tinha me envolvido novamente com um homem de muitos segredos. E eu tinha certeza de que não iria gostar nem um pouco ao descobrir a verdade.

19

A VERDADE SOBRE MIM MESMA

Já era madrugada alta e eu não conseguia dormir. Andava de um lado para o outro da casa, procurando uma razão lógica para tanta angústia. Mesmo havendo bastante espaço entre um cômodo e outro (a residência era exageradamente grande para uma pessoa viver sozinha), nada era capaz de traduzir aquele sufocamento no meu peito desde a epifania que tive à tarde.

Era uma sensação bastante parecida com a que senti ao ver minha avó deitada naquele leito, tão diferente dela mesma.

Medo... Perda... Solidão.

Os sentimentos que me atormentavam há anos estavam de volta com força total e a culpa era minha, porque decidi dar uma chance para um homem que me desestabilizou completamente. E, naquele momento, eu não sabia o que fazer. Não conseguia ser racional. Senão, eu cortaria o mal pela raiz, mas também arrancaria um pedaço de mim. Talvez a melhor parte.

Eu gostava da Alanna leve que brincava quando estava ao lado de Miguel. Só que eu tinha medo, muito medo de me magoar outra vez; de ter criado uma ilusão sobre um cara que na verdade não valia nada; de estar sendo enganada naquele exato instante, enquanto caminhava sem rumo, como se fosse prisioneira. E eu era prisioneira da minha própria neurose. Foi duro constatar, mas eu era exatamente como a maioria das outras mulheres: ciumenta e insegura.

A Alanna bem-resolvida, bem-sucedida e independente nada mais era do que uma fachada para esconder a menina sensível, fraca e chorona que eu realmente era. E a verdadeira eu era responsável por afastar as pessoas antes que elas descobrissem como eu era uma fraude e um fracasso. Fui derrotada pelas minhas próprias fraquezas.

Eu trabalhava para não pensar, não sofrer e não sonhar com nada além do que podia conquistar com minhas próprias mãos. Suspirei. Eu gostava de quem eu estava me tornando ao lado de Miguel, sendo condescendente com Úrsula e participativa na família. Mas também temia que eu estivesse mudando para agradar aos outros e não a mim mesma. E que essa mudança me transformasse em uma mulher cega, que não percebia o quanto estava sendo usada por interesseiros, e até por familiares que utilizam parentes como muletas.

Eu não queria ser a muleta de ninguém. Só queria andar com minhas próprias pernas. Mas eu não sabia como andar lado a lado com alguém porque nunca me permiti a essa experiência. Sempre que os passos começavam a dessincronizar, eu me afastava e preferia continuar só. Foi assim em cada relação e até mesmo na hora de transformar a loja em realidade. Eu tinha o dom perverso de ouvir qualquer conselho da minha avó, ou do meu pai, e simplesmente absorver apenas o que me interessava. No fim, eu sempre fazia do meu jeito e, por isso, me sentia tão sozinha.

Meu celular apitou insistentemente na sala. Qualquer coisa era uma distração bem-vinda para me tirar daquela tortura psicológica. Nem deu para conferir a hora. No centro da tela, uma caixa com o nome de Miguel tremia. Relutei em abrir a mensagem. Tudo o que eu não precisava naquele momento era a presença, mesmo que virtual, de um dos meus problemas.

Não consigo esperar até amanhã para te ver, desculpe.
Se estiver acordada, deixa eu dormir com você essa noite?

Pensei em não responder, como em outras vezes. Eu tinha sérios problemas em demonstrar sentimentos, acho que ele percebeu. O que eu tinha de distante e fria, Miguel tinha de próximo e quente. Ele se fazia presente até com uma palavra apenas, como uma garantia de que não desistiria tão facilmente.

Respirei fundo, quase um suspiro tolo. Seria mentira se eu dissesse que não gostava da sua atitude. Se fosse verdade,

Miguel jamais teria chegado a ponto de entrar na minha vida. Eu gostava dele. Gostava da sua conversa, do seu sorriso, do seu toque, da maneira como olhava para mim e do modo como seu corpo desvendava facilmente o meu. Eu gostava demais dele, do que ele era por dentro e por fora, e isso me atormentava mais do que me consolava.

Eu estava tão envolvida, que a simples ideia de que aquilo tudo fosse só ilusão matava uma pequena parte de mim que ousou ter esperança.

Estou vendo a luz acesa rsrs
Sei que você está acordada :)

Miguel está aqui?, quase gritei, me apressando até a janela e espiando a calçada. Lá estava ele, com um gorro na cabeça, luvas nas mãos e uma jaqueta de couro sobre um casaco de lã pesado. *Por que não ouvi o barulho estrondoso do motor da moto?* Eu não sabia como ele tinha coragem de pilotar uma motocicleta naquele frio. Não tive escolha a não ser deixá-lo entrar.

Acionei o controle do portão da garagem em vez de sair na varanda com a roupa leve que eu usava. Miguel estacionou a moto ao lado do meu carro e deixei a porta da frente destrancada. Eu o esperei sentada no sofá. Assim que batesse os olhos em mim, ele saberia que não havia me acordado, como temia. Tentei relaxar e não ficar na defensiva. Ainda não tinha provas de que aquilo terminaria mal.

— Oi — disse ele , sorrindo, assim que cruzou a porta e a trancou atrás de si. — Ainda bem que não te acordei. — Marchou até o sofá, se jogando ao meu lado, e me cobriu com seu corpo apenas para me roubar um beijo estalado. — Estou exausto. Hoje foi um daqueles dias em que tive vontade de largar tudo.

Eu me espantei. Não sabia que Miguel se sentia assim de vez em quando, como qualquer mortal.

— Noite ruim no seu outro emprego? — perguntei, deixando que pegasse minha mão e entrelaçasse nossos dedos.

— Sim. Péssima. — Respirou fundo e soltou o ar com força. — Mas não quero estragar sua noite com os meus problemas. Teve insônia?

Como ele adivinhou? Miguel me surpreendia mais e mais.

— Estou preocupada com a minha avó. — Úrsula era uma desculpa plausível.

Miguel acariciou meu rosto com as pontas dos dedos, demonstrando pesar.

— Amanhã faz uma semana que ela caiu, não é? O médico não disse que daria alta?

— Disse.

— Então, confie. Vou estar lá com você.

Ele puxou minha cabeça para o seu peito, em um gesto consolador. Eu não entendia como Miguel conseguia lidar tão bem com uma crise daquelas em um relacionamento tão novo. Havia uma maturidade em sua atitude que eu não podia questionar. Tínhamos a mesma idade, mas, provavelmente por ter uma vida mais difícil, Miguel era muito mais preparado que eu. Era preciso admitir: eu não passava de uma dondoca que não sabia o que fazer com as próprias emoções.

— É normal ter medo diante do desconhecido, mas é preciso coragem para enfrentá-lo — murmurou ele, brandamente. — E você é uma lutadora, Alanna. Sua bravura foi uma das qualidades que me atrairam.

Fiquei sem saber o que dizer diante de tanta dedicação e cuidado. Miguel puxou meu queixo para cima e me beijou delicadamente. Suspirei em sua boca e o deixei me amar. Não havia outra definição além dessa. Miguel me amou com seus lábios, dedos e corpo. Cada carinho, beijo e gemido eram um cântico de louvor ao bendito amor, que senti se infiltrar na minha pele, correr pelo meu sangue e pulsar no meu coração. Aquela sensação foi tão sublime quanto alarmante. Era tarde demais para mim.

Eu não podia ter me apaixonado por Miguel tão rapidamente. A segunda-feira marcaria um mês que eu o conhecia. *Senhor!* Como o tempo havia voado! Parecia que uma vida inteira tinha se passado desde a entrevista de emprego, logo depois de conhecer o infame Mago. O *stripper* tinha sumido em parte do meu inconsciente, mas isso não significava que eu o havia esquecido completamente.

Volta e meia sua performance pecaminosa tomava conta das minhas lembranças, me deixando envergonhada de ter esses pensamentos estando em uma relação com Miguel. O fato é que tentei me perdoar, ignorar aquelas fantasias, ou tratá-las como naturais, mas pesavam em mim como pecados capitais. *Você está errada em aceitar com naturalidade a atração forte que seu corpo sente por outro homem, Alanna.*

Eu estava tão confusa com os fortes sentimentos por Miguel, cansada de lutar contra a sedução do Mago e com tanta culpa pelo estado de Úrsula, que só restava espaço para arrependimento, remorso e pesar em mim. Meu corpo podia provocar sensações contrárias, como paixão, tesão e censuras. Mas minha mente era muito mais eloquente.

Enquanto eu dormia nos braços de Miguel outra vez, sonhei com o *stripper*.

"Entendo porque você se apaixonou por ele."

Parecia continuar a conversa que havíamos tido antes. Como no outro sonho, o Mago estava parado aos pés da cama, mas seu olhar não era de raiva. Ele estava triste, o que me fez abrandar a resposta.

"Então, me explica, por favor."

"Eu sou o oposto de segurança para você, Alanna. Miguel está trabalhando duro para deixá-la segura emocionalmente. Mas eu nunca quis amor."

"Você só queria o meu corpo?"

"Não, eu queria sentir você, pelo menos uma vez."

Ele caminhou pela lateral da cama até parar bem ao meu lado. Meus olhos não conseguiam se desviar dele. O *stripper* se inclinou e tocou meus lábios suavemente.

"Por quê?", balbuciei, incrédula com sua ousadia.

"Você tem alguma noção do quanto é atraente?"

Eu me achava muito comum no dia a dia. Quando tirei fotos para o site com as minhas criações, tive um vislumbre do quanto eu poderia ser atraente. Havia três imagens rotativas em destaque na página da internet, com fotografias minhas produzidas para divulgação da loja. Realmente fiquei bem nelas, mas eram profissionais, produzidas em estúdio, e com maquiadora. Nada como a luz e o ângulo certos para qualquer um ficar bem na foto.

"Não", respondi à pergunta retórica e me encolhi, fugindo de seu toque.

O Mago suspirou e se empertigou.

"Essa sua teimosia também te torna ainda mais sexy." Ele colocou as mãos na cintura e sorriu. "Não estou acostumado a implorar."

"Imagino que não." Revirei os olhos diante da sua prepotência.

O sorriso sumiu dos seus lábios generosos e sedutores.

"Fica tranquila, Alanna. Vou deixá-la em paz. Para sempre. Eu desisto."

Dito isso, sua imagem se desvaneceu feito fumaça.

E um vazio ficou em seu lugar.

A sensação permaneceu comigo quando acordei. Não consegui curtir a fossa sozinha, porque Miguel acordou tão logo sentiu minha ausência na cama. Que radar! Ele me acompanhou no banho e eu permiti. Era melhor não ficar sozinha alimentando aquela maluquice. O Mago que ficasse com a ralé que era sua por direito. Eu era uma empresária de sucesso, merecia alguém de valor, como Miguel.

Depois do café, fomos no meu carro para o hospital, onde recebemos duas notícias: Úrsula poderia ir para casa e o resultado do exame detectou Alzheimer em estágio avançado. Segundo o médico, os sinais brandos de deterioração cerebral haviam começado há um tempo e, provavelmente, com a parada brusca das atividades, os sintomas reveladores da doença passaram a aparecer mais fortemente.

Eu teria caído se não fossem os braços de Miguel me segurando.

— Não há como tratá-la para retardar o progresso da doença? — perguntou minha mãe, a única sã na sala.

Vovô tremia, Saul segurava o choro e Luanna choramingava, como se fosse um anúncio de falecimento.

— Infelizmente, não há muito o que fazer além de redobrar os cuidados para que Úrsula passe pelos próximos estágios da doença em segurança.

— Quanto tempo?

— Não é minha especialidade, mas, de acordo com o estado do cérebro, não muito. Sugiro que vocês procurem um especialista.

Desejei tanto a honestidade do médico para depois me arrepender.

Vovô assinou a papelada de liberação e acompanhou a enfermeira, que empurrou a cadeira de rodas de Úrsula até o estacionamento. Contrariando as palavras do doutor e a careta de medo que mascarava nossos rostos, vovó estava sorridente e brincalhona. Olhou para nós (Miguel e eu) com aquele mesmo olhar perspicaz que tanto me incomodava, mas foi uma bênção vê-lo de volta ao seu rosto.

— Ei, Alanna — disse, apontando o queixo para meu acompanhante. — Até que enfim você deu uma chance para o Mago!

Empalideci e Miguel enrubesceu. Eu não sabia onde enfiar a minha cara.

— Não, vó. Esse é o Miguel, o rapaz que eu contratei para entregar as encomendas da loja, a senhora não se lembra?

— É claro que me lembro, menina tola! — Úrsula esnobou, em uma atitude birrenta e infantil.

Saul ajudou o vovô e a enfermeira a colocá-la no carro e não consegui falar mais com a minha avó. Eu estava espantada com sua reação. Ela nunca tinha me chamado de tola antes.

— Desculpe por isso — sussurrei, virando-me de frente para Miguel e de costas para o carro na tentativa de ocultar meu constrangimento dos outros.

— Não se preocupe. — Miguel entrelaçou nossas mãos e beijou os nós dos meus dedos. — O que você quer fazer agora?

Eu não sabia. Sumir era uma boa opção. Optei por voltar para casa e passar o restante do domingo no sofá, entre filmes, séries e chamegos. Eu era fraca demais para dispensar Miguel quando eu mais precisava dele, mesmo que minha avó o confundisse com o *stripper*. Minha sorte era que eu nunca havia comentado nada sobre o Mago com ele antes. Por isso, eu esperava que ele não se ofendesse com a confusão de Úrsula.

Pensei que a sós em um local fechado, sem outras pessoas para atrapalhar, Miguel e eu descobriríamos mais um sobre o outro e faríamos confissões. Esperei o restante do dia, entre atividades preguiçosas e refeições tardias, que ele se abrisse comigo, falasse sobre o outro emprego, sua casa e família. Queria que ele me contasse seus sonhos e objetivos, para que eu conhecesse suas vulnerabilidades e vitórias.

Mas Miguel jogou o foco do domingo em mim, como fazia desde que nos conhecemos. Ele me tratava como uma inválida sentimental, que precisava dele para não se sentir sozinha, para se alimentar direito ou para ser abraçada quando tinha vontade de chorar. Eu não era aquele tipo de garota e, por mais que ter esse consolo fosse bom, eu não queria ser a donzela em perigo salva pelo príncipe no cavalo branco.

Eu queria um homem que compartilhasse sua vida comigo, assim como eu compartilhava a minha com ele. Que fosse parceiro quando eu precisasse, mas que não tivesse receio de demonstrar que precisava de mim também. Eu era forte o bastante para mim mesma, podia ser forte o suficiente para dois, assim como Miguel tentava ser. Eu não queria ser tratada como uma menina mimada e autocentrada.

Suas atitudes protetoras e gentis se tornaram incômodas e irritantes. Mas somos o que somos e não podemos mudar pelos outros. Na verdade, eu não mudava ao lado de Miguel, eu florescia. Porque, não importava o que dissesse, ele era condescendente com tudo. Se eu pedia para me dar espaço, ele dava. Se eu ficava em silêncio, ele também não forçava uma conversa. Se eu pedia um beijo, ele estava pronto para me oferecer.

Senhor! Será que Miguel não tinha vontade própria? Uma pessoa não podia ser tão mecânica e controlada daquele jeito.

Eu queria vê-lo explodir, xingar, esbravejar... Precisava ver o seu pior para ter certeza de que não me surpreenderia depois. Ninguém era perfeito, eu sabia disso, portanto, Miguel não podia segurar aquela máscara de bonzinho para sempre. Ele tinha que ter um lado mal, perverso, egoísta... Sei lá! Todo mundo tem um podre e ele não seria diferente.

Fui dormir com aquela pulga atrás da orelha. Era aquilo que vinha me incomodando conforme nossa relação avançava. E eu tinha certeza que os segredos que Miguel me escondia revelariam exatamente essa outra face que eu sabia que existia. Não há como fugir de si mesmo. Eu era prova daquilo, por isso era tão autocrítica. Em algum momento, Miguel teria que se revelar.

Na manhã seguinte, à mesa do café, tentei investigar, mas eu nunca seria direta e não era boa com indiretas.

— Quer passar na sua casa antes de irmos para a loja?

— Não se preocupe comigo, chegarei no horário. Motos são mais rápidas que carros.

Não foi aquilo que perguntei. Miguel desviou completamente da pergunta.

— Tudo bem — concordei, como se tivesse recebido a resposta que queria.

Fiquei tentada a segui-lo, mas achei que seria me rebaixar demais. Eu não podia ficar tão paranoica assim. Mas fiquei. Enquanto dirigia para a loja, meus pensamentos apenas se fortaleciam em direção às dúvidas. E tinha o agravante da possibilidade de eu estar apaixonada por um embuste que me enganava.

Aquilo fez meu coração endurecer de uma forma dolorosa. Foi difícil formular a ideia, quem diria verbalizá-la. Ao longo do dia no escritório, entre pensamentos e suspiros (minha concentração estava longe do trabalho), abri o currículo de Miguel e reli a ficha. Solteiro, trinta e poucos anos, sem filhos, experiência em atendimento ao cliente e residente em um bairro de classe média, bem afastado do centro. Era tudo o que, tecnicamente, eu sabia sobre ele.

Fechei o arquivo e abri seu contrato de experiência, relendo linha por linha, até me deparar com a data. Aquele era o último dia de nosso acordo e eu não tinha certeza se deveria contratá-lo em definitivo. Havia muitas complicações, como nosso envolvimento emocional. E se eu o efetivasse e Miguel me magoasse como eu temia, como seria nossa relação de trabalho depois daquela situação?

Engoli em seco, afastei os sentimentos e deixei minha mente decidir.

Quando Miguel subiu à minha procura, no fim do expediente, já que eu tinha evitado descer, minha decisão estava tomada, baseada, inclusive, em uma fria análise dos pedidos do mês de promoção no site e uma longa conversa com a agência de marketing ao telefone.

— Sente-se, por favor. — Apoiei em uma cadeira próxima.

Eu não havia saído da frente do computador o dia todo.

— O que houve, Alanna?

Fui direto ao ponto, sem medo do que minhas palavras fariam com ele.

— Nosso contrato de experiência de um mês termina hoje e eu não gostaria de prorrogá-lo.

— Como?! — Uma reação emotiva, até que enfim!

Limpei a garganta, ajeitei a postura e juntei as mãos sobre a mesa.

— Estou te liberando dos seus serviços de entregador, Miguel.

Quem sabe assim ele teria tempo para descansar e se dedicar mais ao outro emprego, pensei, irônica.

— Você está me dispensando do trabalho? Mas e as entregas? Eu pensei que...

Esperei, mas Miguel não continou, balançando a cabeça como se negasse.

— Eu fiz algo de errado? Alguma cliente reclamou do meu trabalho?

— Não, eu... — vacilei por um instante e achei por bem ser honesta. — Você foi ótimo na função a que se propôs, sou muito grata pelo esforço, e vou pagar cada centavo que você merece.

— Eu não estou preocupado com o dinheiro, Alanna! — berrou, sacudindo tudo dentro de mim, e se levantou, postando-se de costas. Quando se virou de frente, estava mais calmo. — Você tem certeza de que quer me mandar embora da loja?

Também me levantei, tentando ficar da mesma altura que ele, mesmo que fosse impossível.

— Não, eu tenho certeza de que quero te tirar da minha vida.

A frase soou tão gélida, que foi difícil conter o tremor que percorreu minha coluna. Miguel ainda estava diante de mim, incrédulo e mudo. E o vazio já havia tomado conta do meu coração.

20

O frio causado pela perda

Não pensei que doeria tanto dispensar Miguel. Me arrependi de ter dito as palavras duras assim que seu rosto expressou a mais profunda agonia. Fui cruel conosco e não pude evitar ficar balançada. Meu desejo naquele instante foi que ele brigasse comigo, que me questionasse e lutasse bravamente pelo nosso romance, como se fosse algo essencial na sua vida. No entanto, Miguel apenas me encarou por um tempo, aguardando talvez que eu me explicasse ou voltasse atrás.

Emudeci. Eu não tinha mais nada a dizer que pudesse amenizar o dano causado. Eu deveria ter sido mais delicada e, principalmente, mais honesta. Deveria ter dito a Miguel que eu não queria que ele fosse minha muleta, assim como eu não desejava ser a muleta de ninguém. Que era fácil estar com ele enquanto meu mundo ruía. E que sua presença me fazia crer que ainda havia esperança no amanhã.

Mas eu não falei nada disso, então, Miguel se virou e foi embora, deixando seu pagamento em um envelope esquecido sobre a mesa.

Apertei os olhos e soltei o ar com força, me dando conta de que vinha prendendo a respiração enquanto aguardava suas acusações, que eu merecia. Mas como o homem gentil que era, Miguel engoliu as palavras perversas que decerto havia pensado. Bem diferente de mim. Definitivamente, eu não estava em um bom período para tomar decisões importantes. Mas aquela foi necessária. Assim como decidir estar com Miguel foi impulsivo, ou seja, nada a ver comigo, nossa separação se tornou inevitável.

Não estava pronta para me relacionar com outra pessoa. Havia muitas pendências emocionais para resolver, que me fariam questionar qualquer atitude dele a ponto de ter minhas incertezas como verdades absolutas. Então, não importaria se Miguel fosse o cara mais correto da galáxia. Ainda encontraria um jeito de transformá-lo em vilão. E isso, pode ter certeza, nos magoaria muito mais.

Eu era uma mulher estranha, que oscilava entre emoção e racionalidade, e falhava miseravelmente quando lidava com relacionamentos.

Talvez eu estivesse fadada a ficar sozinha para sempre, já que não suportava o menor risco de me decepcionar e vivia problematizando tudo e todos. Era mais fácil me negar a tentar do que continuar me iludindo, na esperança de que da próxima vez fosse diferente. Ao primeiro sinal de que

Miguel poderia ser mais um cara a me entristecer, simplesmente cortei relações com ele.

Eu era fraca, muito fraca, e estava morrendo de vontade de me enrolar em posição fetal e chorar até adormecer.

Mas eu ainda tinha uma família e a possibilidade de uma perda maior esmurrando meu coração. Senti raiva, e lágrimas caíram dos meus olhos sem autorização. Úrsula não poderia me deixar, não naquele momento em que eu precisava preencher o vazio que Miguel tinha deixado.

Quatro semanas... Como pude me apegar a ele em um tempo tão curto?

Enxuguei o rosto e fui visitar minha avó. Mamãe estava preparando o jantar, enquanto Úrsula dava trabalho para Saul e vovô, que se desdobravam em atenção a fim de agradá-la. Enquanto isso, ela pedia coisas que ninguém sabia onde estavam e ficava nervosa por não poder se levantar e pegar ela mesma. Quando Luanna chegou, tornou-se a salvadora da pátria. Ela havia trazido uma coleção de livros que vovó adorava e que a distrairiam durante todo o mês de repouso.

— Bem pensado, Lua — elogiei baixinho, assim que ela se sentou ao meu lado, lançando um sorriso terno em direção à nossa avó.

— Ela estava falando dessa série há meses. Não sei por que simplesmente não comprou.

Sério?, pensei, estupefata. Por que nunca ouvi Úrsula falar sobre aquilo? Corei de vergonha ao constatar que minha alienação atingia níveis altos de desatenção. Olhei para minha avó como se não a conhecesse. Sempre me prendi ao fato de que ela era liberal, falava o que pensava sem filtro, gostava de sexo e joias, e me esqueci totalmente de que ela também era uma intelectual, que gostava de ler, assistir a séries de TV e se mantinha antenada aos avanços ou retrocessos da humanidade por meio dos noticiários ou de leituras técnicas.

O problema estava na minha mente seletiva. Eu me concentrava tanto no pior (para os meus parâmetros) que deixava de enxergar o melhor das pessoas.

Aquele frio glacial que ardia no meu peito cresceu até me fazer estremecer. Eu tinha uma dívida altíssima com Úrsula e precisava pagá-la antes que ela se fosse. Enquanto o jantar não ficava pronto, sentei ao lado dela e puxei conversa. Vovó reclamou um pouquinho da falta de mobilidade e da dependência. Depois riu de maneira exagerada e acusou vovô de ser desleixado e não encontrar nada em casa.

— Onde está Miguel? — Seus olhos me encararam bastante lúcidos. — E a loja, como vai?

Ela se deu conta da ausência dele? Me encolhi por puro reflexo ao ouvir nome de Miguel, sentindo o vazio se expandir, inflando meu peito em uma respiração dolorosa e suspirante. Eu deveria ter previsto que a separação não me pouparia de ter que pensar ou falar nele.

— Está ocupado, vovó. A senhora sabia que ele tem outro emprego?

Atirei a frase em forma de desconfiança, involuntariamente.

— E isso a incomoda?

Sim, respondi, mentalmente.

— Não, claro que não. — Esnobei, tentando fingir leveza. — Não somos gêmeos siameses para andar grudados.

O olhar enrugado de Úrsula se estreitou.

— Eu te conheço, Alanna. Você está criando mil teorias sobre isso.

Ela me conhecia tão bem! Sentiria falta de ser encurralada daquele jeito.

— Não estou, não. Só não ligaria de saber mais a respeito. — Dei de ombros.

— Você conseguiria olhar para ele do mesmo modo se soubesse os detalhes?

Olhei para vovó espantadíssima.

— Como assim? A senhora sabe o que ele faz?

— Não sei de nada!

Muito parecida comigo, Úrsula também era péssima mentirosa.

— Vovó, se a senhora sabe...

— Você vai à despedida de solteira da sua irmã na quinta, não vai, Alanna?

Assim, sem mais nem menos, vovó mudou de assunto, atraindo de imediato a atenção de Luanna para nossa conversa. Ela se sentou do outro lado de Úrsula, segurando sua mão como uma menininha de oito anos, e falou sobre o camarote VIP reservado no mais badalado Clube das Mulheres da cidade. Suas amigas estavam em polvorosa, esperando o grande dia chegar.

Meu queixo caiu no chão e lá ficou.

Eu queria ser descolada como Luanna, que deixava o noivo fazer sua própria despedida de solteiro, enquanto ela mesma aproveitava sua última noite de farra. Mas eu não era, tanto que, sabendo qual seria minha reação, ambas mantiveram segredo até poucos dias antes do evento.

— Luanna, você vai se casar no sábado! Como pode pensar em uma coisa dessas?

— Não seja estraga-prazeres, irmã!

— Não seja puritana, Alanna!

Vovó e Lua me repreenderam ao mesmo tempo e, ao perceberem, caíram na gargalhada. Fiquei vermelha da cabeça aos pés, ofendidíssima.

— Eu não sou estraga-prazeres nem puritana! — retruquei com firmeza.

— Ah! Pode ser que não, mas você tenta! — salientou Úrsula e as duas riram novamente.

Fui salva pelo gongo. Nossa mãe surgiu na sala anunciando que o jantar estava pronto e o assunto foi encerrado.

Em casa, encolhida sob as cobertas, não pude deixar de pensar em tudo o que aquele dia havia me reservado. Surpresas, mágoas e revelações sobre mim mesma. Elas estavam certas. Eu tinha tendência a contrariar tudo e todos, a questionar decisões e atitudes, e a julgar pessoas e palavras com critérios rígidos. Mas como me libertar da mania irritante de pensar demais?

Aconteceu o que sempre acontecia quando eu não tinha escolha. Mantive a convivência forçada devido à saúde de Úrsula, que visitou um médico especialista para o tratamento de sua demência, mas passei a falar menos e a ouvir mais. Mas isso não me impedia de criar argumentações infalíveis em minha mente. Como eu não queria ser taxada de conservadora fanática, me calei.

Os dias seguintes passaram tão devagar que eu estava me sentindo uma prisioneira dentro da minha própria cabeça. Eu não aguentava mais pensar em Miguel e sentir a sua falta em cada fibra do meu ser. Me tornei uma pessoa que vivia estremecida, irritadiça e entristecida. Tudo era feito com grande esforço. Levantar da cama, comer, trabalhar, atender aos clientes (que reclamavam da ausência de Miguel) e visitar a vovó.

Tirei a promoção de entrega grátis do site e contratei uma empresa especializada em entregas para fazer o serviço, que seria pago daquele dia em diante. Sabia que ficar com um funcionário seria um erro. Agora, além de ter lembranças de Miguel em cada canto da loja (inclusive sobre a minha bancada de trabalho), minha casa guardava seu cheiro, suas risadas e as recordações de seu cuidado comigo. Não havia mais refúgio para mim... Em parte alguma. Por isso, quando a quinta-feira chegou e com ela a tão esperada despedida de solteira de Luanna, avistei uma luz no fim do túnel.

O Clube das Mulheres era um lugar diferente em que não haveria marca de Miguel. Também não haveria visitas à vovó (Úrsula me fez jurar que eu me divertiria no lugar dela, já que não poderia ir). Então, eu poderia me livrar daquele vazio glacial pelo menos por algumas horas. Eu não era aquele tipo de garota, mas estava cansada de ser eu mesma.

Chegamos à casa de shows adultos (gostava mais dessas palavras) cerca de dez da noite. Eu achava tarde, mas Luanna me garantiu que era relativamente cedo. Também fomos de táxi porque as meninas estavam dispostas a beber. Não fiquei atrás e rachei um táxi com minha irmã e mais duas amigas. Tentei me enturmar, imitando-as.

O garçom (sem camisa, vestindo um colarinho falso com uma gravata borboleta e uma calça preta apertada) trouxe batidas grátis. A primeira rodada era por conta da casa (eu tinha certeza de que o tratamento VIP era exclusivo para as clientes que reservaram os camarotes). Esvaziei meu copo mais rápido que todas, atenta à conversa fiada do grupo animado. Estavam especulando sobre a lua de mel de Luanna em Cancún. Revirei os olhos.

Será que era obrigatório no convívio social que mulheres conversassem sobre homens e sexo e homens conversassem sobre mulheres e sexo? Eu me sentia uma alienígena entre elas, sem a menor vontade de falar sobre aquele assunto, como se ter alguém fosse a coisa mais importante das nossas vidas. *Senhor!* Elas não tinham nada mais relevante para discutir, como suas carreiras, por exemplo? Será que eu era muito chata? Dei de ombros e decidi não me meter, sinalizando ao garçom que trouxesse mais uma daquela bebida colorida e alcoólica.

O clube enchia aos poucos e percebi que Luanna tinha razão sobre o horário. Somente às onze horas anunciaram o início dos shows. Eu estava alta demais para pensar por mim mesma, por isso, quando Luanna guiou a turba de garotas para frente do palco (estávamos usando pulseiras de identificação para podermos voltar à área reservada sem problemas), eu as segui, trôpega.

Foi a primeira vez que eu curti uma noite libertina como deveria.

A música estava tremendamente alta, mas nada superava os gritos coletivos (dos quais o meu fazia parte) quando a legião de homens lindos, másculos, sarados e gostosos se revezou nas apresentações. Em uma mão, eu segurava o copo de batida (meio esquecido, vou confessar) e na outra, o dinheiro, que fiz questão de distribuir aos montes. Eu era rica, solteira e independente. Podia fazer o que quisesse com a minha vida.

Então, eu fiz. Nada parecia capaz de me impedir de extrapolar meus limites. Eu me vi gostando, de verdade, dos shows (hoje posso analisar aquele dia de uma maneira mais racional: eu me permiti gostar). Eram diferentes e fugiam do clichê bombeiro, caubói, militar, policial, selvagem, índio etc. Eram de bom-tom, se é que se podia dizer algo assim, começando pela apresentadora que nos tratava com adjetivos que nos enalteciam. Eu achei aquilo o máximo, por mais que remetesse ao modo como Miguel me tratava.

Afastei-o do pensamento. Não era hora de sofrer, e sim de me divertir.

Todos os *strippers* pediram a participação de mulheres da plateia, mas ainda bem que não fui escolhida nenhuma vez. Eles dançavam para elas como se fosse uma apresentação individual, deixando-as tocá-los (e enfiar dinheiro nas suas tangas, claro!).

Um deles levou Luanna para o palco, como se a conduzisse ao altar (acho que aquilo foi pré-combinado), e eu não sabia se fechava os olhos ou se encarava as coisas absurdas que ele insinuava fazer com a minha irmã, diante de todos. *Senhor!* Quase tive uma parada cardíaca.

Em certo momento, já me acostumando às reboladas, eu ria e gritava junto com todas as bêbadas e malucas presentes. Aquilo estava bem divertido, eu tinha que admitir.

Eu estava cheia de tesão reprimido quando a apresentadora *o* anunciou.

Sim, *ele*.

O MAGO...

Em carne, osso, músculos e cartola.

Que calor! Meu corpo o reconheceu no instante em que meus ouvidos escutaram seu nome. E eu entendi uma coisa muito importante: eu estava diante da minha única chance de fazer algo a respeito dessa reação do meu organismo. Se eu não agisse naquela noite, enquanto o álcool da coragem estivesse no meu sangue, talvez nunca mais conseguisse repetir o feito de me soltar outra vez.

A música mudou enquanto a gritaria ao meu redor beirava a histeria coletiva.

Ignorei o empurra-empurra e mantive meus olhos fixos na fumaça de onde, eu sabia, ele surgiria. As luzes mudaram de cor e o gelo seco se dispersou, revelando nada mais do que o meu maior tormento. Lá estava o Mago, segurando a cartola na cabeça em um aceno breve, meio encurvado, envolto em sua imensa capa preta.

No instante em que ele esperava a música começar, seu olhar encontrou o meu. Ele sorriu e me ofereceu uma piscadela. Então, começou a se mexer daquele jeito hipnotizante. Era impressão minha ou o *stripper* não parava de olhar para mim enquanto rebolava no centro do palco? Eu não tinha certeza, mas também não conseguia desviar os olhos dele.

Seu corpo se movia de um jeito novo, mais lento, sensual e provocante. Ao contrário dos outros, o Mago não chamou ninguém para dançar com ele. Era uma performance solo e parecia que ele estava se apresentando para mim. Em algum momento, a capa voou pelos ares até o público e ele caiu de joelhos, deslizando para trás sobre a madeira envernizada. Quando retornou para frente, ondulou o corpo com uma flexibilidade e sensualidade impressionantes.

Parecia que ele estava fazendo amor com o palco.

Seu quadril sempre se mexia como se ele estivesse metendo em alguém, e eu me dei a liberdade de me imaginar bem ali, sob ele, nua, sentindo a firmeza de seu corpo por dentro e por fora.

O Mago se escorou sobre os braços e deixou as pernas flutuarem, para depois descerem com precisão sobre o piso, em uma simulação explícita de sexo: para frente e para trás, constante.

De repente (a bebedeira me deixou um pouco lenta para acompanhar movimentos rápidos), ele se levantou e tirou a camisa, fazendo os músculos saltarem quando moveu os ombros, provocativo. Foi até a beirada do palco e se inclinou para trás, apoiando-se nas mãos. Com as pernas bem abertas, balançou o quadril em uma rebolada lenta e torturante.

Fiquei sem reação enquanto as meninas à minha volta quase me sufocaram para alcançá-lo.

Afastando-se novamente das nossas mãos, ele voltou ao centro do palco, onde tirou a calça, ficando somente de gravata e tanguinha, em uma pose sexy e máscula, que finalizava sua apresentação. Perdi o ar, principalmente quando ele não desviou os olhos de mim, mantendo o olhar no meu por cima do ombro até as luzes se apagarem.

Droga! Nem dei uma conferida naquela bunda deliciosa!

Eu precisava fazer alguma coisa naquele exato momento. Aproveitando que as loucas pediam bis, procurei uma saída, dando cotoveladas e empurrões a torto e a direito. No fim, soltei um silvo pela boca quando me livrei da turba ensandecida e dei de cara com um segurança.

— Onde fica o camarim do Mago?

O homem me olhou de cima a baixo, analisando meu estado e minhas roupas. Com certeza, ele estava se divertindo.

— Você não pode ir até lá.

Avancei para cima dele, pegando-o pelo colarinho da camisa. Era caso de vida ou morte!

— Quanto você quer para me deixar passar?

O segurança só precisou de um segundo e cem reais para decidir. Enquanto caminhávamos por um corredor escuro nos bastidores, sugeri:

— Você devia tirar a roupa...

— O quê? — Ele se espantou, parando e me encarando.

— É uma maneira de ganhar dinheiro nesse país. — Dei de ombros.

O homem gargalhou e voltou a caminhar. Eu o segui até uma porta escura, de onde vinham vozes masculinas.

— Boa sorte, moça. — Foi a despedida do segurança ao me deixar sozinha.

Respirei fundo e entrei, estranhando a luz intensa no interior da sala. Houve um silêncio constrangedor enquanto minhas pupilas se adaptavam à claridade.

— Alanna? — Ouvir meu nome naquela voz causou furor dentro de mim. Eu o localizei depressa, caminhando na minha direção. — O que você está fazendo aqui?

— É... — Antes de começar a falar, notei que não estávamos sozinhos. Os outros nos olhavam entre risos e curiosidade. Todos seminus. — Eu precisava falar com você.

Os caras entenderam e simplesmente saíram, nos deixando a sós. No mesmo instante, sem pensar em um modo melhor de introduzir o assunto, eu simplesmente me agarrei a ele e tentei alcançar seus lábios. Ele ainda estava de máscara, que estava meio torta, talvez por causa da performance. Ele me segurou, mantendo-me longe de sua boca.

— Alanna...

Como ele ousava usar um tom reprovador comigo?

— Qual é o problema, Mago? Você não me quer?

Ele riu, sarcasticamente, tentando segurar minhas mãos, que tinham ganhado vida.

— Você está bêbada!

— Sim, e você está quase nu. — Consegui fazer uma mão agarrar a lateral de sua tanga e tentei puxá-la para baixo. — Deixa eu te ver inteiro.

— Por favor, Alanna, não.

Ele segurou meu braço com força. Aquilo estava me deixando irritada.

— Por favor digo eu! — berrei, nervosa. — Você aparece na minha vida sem pedir licença e sai dela sem aplacar essa vontade louca que deixou em mim!

Peguei sua mão e a coloquei embaixo da minha saia. Era a segunda vez que eu usava uma saia naquele inverno, apesar da neve do lado de fora. Naquele instante, me lembrei de Miguel e, por isso, eu o ataquei com mais desespero.

— Por favor... — Lutei novamente para me pendurar no seu pescoço. — Só me faça esquecer... — Fiquei nas pontas dos pés ao mesmo tempo em que puxava sua cabeça para baixo, para mim — ... meu nome!

O Mago não relutou mais e me beijou. O beijo teve um sabor maravilhosamente familiar, que estranhei, mas foi a coisa mais incrível do mundo beijar alguém como se não fosse a primeira vez. Minha cabeça rodava, meu corpo pulsava, mas eu só queria continuar aquela loucura até o fim. Meu estômago revirou de expectativa.

Sem preâmbulos, puxei o pênis dele para fora e o Mago rasgou a minha meia calça, puxando minha calcinha de lado. Ele abraçou minha cintura e me ergueu em seu colo para eu passar as pernas ao redor de seu quadril. Encostou-me à parede mais próxima e se afundou dentro de mim, começando a meter feito um louco. Aquilo foi insanamente rápido, mas eu estava bastante molhada para recebê-lo.

Minha mente viajou para um lugar secreto, onde eu era somente sensações.

Urrei e me retorci, enquanto mantinha os olhos fechados e as mãos nos seus ombros. Eu até me esqueci de me masturbar, mas estava gostoso daquele jeito e eu não me incomodaria se não gozasse. Era uma coisa louca só tê-lo em mim, como se quebrar as regras, ser a vadia que eu condenava e me entregar a uma noite de prazer carnal com um desconhecido sem rosto, bastasse para me fazer chegar lá.

O Mago meteu dentro de mim ferozmente, grunhindo feito um maluco. Em algum instante, ele decidiu acariciar meu clitóris, e nem sei como ele o fez, só senti. Os movimentos circulares eram lentos, em comparação com as arremetidas, mas foram o bastante para me levar a um novo patamar. Descontrolada, gritei seu nome e movi minhas mãos por sua cabeça, arrancando a máscara.

Instantaneamente, o Mago parou de se mexer.

Eu ofegava quando abri os olhos e encarei seu rosto, uma máscara viva de espanto. Demorei alguns segundos, piscando sob a luminosidade como se não tivesse certeza de estar enxergando direito. Fechei e abri os olhos de novo, mas o rosto dele continuou o mesmo.

— Mi-mi-guel?!

Como fui cega! Fui a pior das cegas, aquela que não quer enxergar o que está bem diante dos seus olhos! As coincidências estavam lá o tempo todo para me dizer o óbvio, mas me recusei a enxergar e a acreditar que o homem com quem eu tinha me envolvido e por quem tinha me apaixonado não passava de um *stripper*! Um puto que ganhava a vida vendendo o próprio corpo.

— Alanna, eu... Pretendia te contar... Essa noite.

— O quê? Você sabia que eu vinha?

Claro que sabia! Como eu fui idiota! Fiquei com vontade de me estapear. Todos estavam juntos em um complô contra mim. Úrsula, Miguel e até Luanna! Me desvencilhei dele, que me colocou no chão em segurança, e arrumei minha saia, envergonhada e com raiva demais de mim mesma.

— Quando você terminou comigo segunda-feira, pensei em explicar tudo, desde o começo, mas achei que seria pior.

Se você queria espaço, eu daria. Só que... — respirou fundo e fez uma breve pausa — ...esses três dias sem você não foram fáceis. Quando eu soube da despedida de solteira da sua irmã, tive esperanças de que pudéssemos nos reconciliar. E só tem um jeito de conseguirmos isso: sendo honestos um com o outro. Você me deve uma explicação para a separação e eu te devo a verdade sobre o meu outro emprego.

Miguel fez uma careta linda, mas eu estava incrédula demais para amolecer.

— Espera, deixa eu ver se entendi. Você me conheceu na festa de aniversário da vovó, ela te deu meu cartão, você visitou meu site e se candidatou à vaga de entregador.

— Foi isso mesmo... — concordou, sem graça, alisando a nuca.

— Por quê?! — Quis berrar, mas controlei ao máximo o tom de voz.

— Eu disse que estava cansado de relacionamentos superficiais. E foi exatamente por isso. As mulheres que me conhecem como *stripper* só querem meu corpo. E aquelas que ficam sabendo depois de um tempo o que faço para pagar as contas me largam por insegurança. Achei que você tivesse descoberto e que por isso tinha me deixado sem maiores explicações.

— Eu não estava insegura, apenas confusa e precisava de espaço! — Menti um pouco. A segunda parte não deixava de ser verdade. — Mas a questão aqui é que *você* me enganou! Por quê?

— Você é diferente, Alanna. Não me olhou como um objeto na apresentação na casa da sua avó. Tive esperança de que, se você me conhecesse melhor antes que soubesse de tudo, poderíamos dar certo. — Ele se aproximou, perigosamente, envolvendo-me com as mãos. — Tivemos pouco tempo juntos, mas eu me apaixonei por você. Por favor, dê uma chance de sermos felizes de novo.

Engoli em seco. Suas palavras preencheram o vazio frio e inabitado no meu peito. Eu era correspondida. Meu coração se encheu de júbilo com aquela notícia arrebatadora. Sim, o medo sempre vinha acompanhado de grandes sentimentos, e também de difíceis escolhas. Mais lúcida (talvez com menos álcool no organismo), só tinha uma coisa que minha mente me permitiria fazer naquele instante.

— Eu não posso... — sussurrei, o vazio rachando como gelo atirado ao chão. — Não devo confiar em um homem que usou truques baixos para me enganar e me seduzir, como se o que eu acredito e quero não tivesse a menor importância. — Dei um passo para trás, tirei uma nota de cem reais do bolso, e atirei em sua direção. — Espero que seja suficiente para pagar pelos seus... serviços.

Virei as costas e saí correndo antes que as lágrimas começassem a cair ali mesmo.

21

A VERDADE SOBRE O MAGO

Miguel era uma fraude! Meus receios tinham fundamento. Eu sentia que havia algo errado. A verdade estava diante de mim o tempo todo e me neguei a ver. Ele era perfeito demais para um simples cara. Não que homens só tenham defeitos, mas humanos são seres que facilmente mentem, roubam e matam quando se sentem ameaçados.

No dia seguinte à grande revelação, tudo ficou claro, como se a névoa que encobria minha visão tivesse se dissipado. O Mago se interessou por mim no aniversário da minha avó, que fez o favor de passar a ele meu cartão de visitas. Miguel se candidatou a vaga de entregador a fim de me seduzir. Fazia apenas uma semana que ele estava trabalhando na loja quando me roubou o primeiro beijo.

Então, eu o rejeitei e ele se afastou. Aquilo não passou de um joguinho para me conquistar. *Senhor!* E eu caí na armadilha, feito uma trouxa.

Até o clube das mulheres eu reconheci depois que a ficha caiu. Era o mesmo lugar em que vi a moto de Miguel estacionada no domingo em que praticamente saí à sua procura pelas imediações da loja. Ainda houve a segunda festa da vovó em que o Mago simplesmente passou direto por mim, mal me notando, para no final me elogiar para Úrsula, que estava louca para nos juntar.

Espera aí! Parei o que estava fazendo para deixar o pensamento assentar. Provavelmente, minha avó sempre soube que eles eram a mesma pessoa e o ajudou a me ludibriar. Raiva, dor e desespero se misturaram dentro de mim e eu chorei de puro ódio. Como ela teve coragem de ajudar um estranho a me enganar? Será que minha avó me tinha em tão baixa conta que achou por bem me arranjar qualquer homem para eu não ficar para titia? Mas e se já fosse sintoma da doença?

Enxuguei as lágrimas e funguei, tentando afastar aquelas ideias sem propósito. O que importava mesmo era que Úrsula estava bem, sendo tratada por um profissional qualificado, e bem longe de problemas pelo restante do mês (o que era perfeito para mim). Eu precisava de um tempo distante das suas loucuras para me recuperar da verdade do assunto Mago.

A sexta-feira estava bastante tumultuada. Deixei Clarissa sozinha na loja e corri atrás dos últimos preparativos para o casamento de Luanna. Na hora do almoço, peguei um conjunto de joias da vitrine antes que fosse vendido, busquei meu vestido na costureira e os sapatos novos da minha marca preferida.

Comi porque precisava e, à tarde, enfrentei mais uma longa e maçante sessão no salão de beleza. Deixei apenas o cabelo e a maquiagem para o dia seguinte, portanto, levei roupas, calçados e acessórios para a gerente guardar para mim. Eu sairia dali diretamente para a igreja onde aconteceria a cerimônia.

Já anoitecia quando minhas unhas estavam pintadas, minha pele esfoliada e hidratada, e a depilação completa feita. Por causa da despedida de solteira na noite anterior, Luanna e eu não visitamos a vovó, portanto, eu tinha a obrigação de ir à sua casa naquela sexta. Não errei quando encontrei minha irmã lá, eufórica e ao mesmo tempo nervosa, falando sem parar sobre o casamento.

— Eu não acredito que finalmente estamos às vésperas do meu grande dia! — disse com ansiedade revelada na voz.

Minha mãe olhava para ela com grande admiração, meu pai, com orgulho, e meus avós, com carinho. Não consegui evitar o desconforto, como se eles estivessem falando de sexo nos mínimos detalhes sórdidos. A verdade é que, por mais que eu fosse bem-sucedida como empresária, eu ainda me sentia um fracasso como mulher, porque ninguém olhava daquele jeito para mim. Eu era a filha e a neta problemática, que não conseguia se firmar com ninguém.

Aquilo foi demais para meu coração partido, por isso, inventei uma dor de cabeça e um sono de beleza para repor as energias perdidas na madrugada anterior, a fim de recusar o jantar e voltar para a minha casa, mais solitária e vazia do que nunca. Cheguei a questionar se eu não deveria adotar um bichinho para não me sentir tão só. Mas eu não era boa com animais de estimação. Eles são feito crianças que nunca crescem.

O casamento da minha irmã era a pior analogia que eu vivia. Enquanto ela começava uma vida a dois, feito um conto de fadas, eu terminava mais um relacionamento de maneira desastrosa. Quanto mais eu tentava ficar longe de problemas e bizarrices, mais atraía aquele tipo de pessoa e situação. Que constrangedor! Talvez eu realmente devesse desistir de tentar.

Desistir... Pela primeira vez, era doce o sabor da palavra na minha língua.

Eu era humana e estava triste demais para pensar de outra forma. Eu praticamente havia desistido antes de Miguel aparecer, literalmente, na minha porta, e me oferecer esperança. Tinha chegado a hora de dizer adeus a ele e a todos os outros que poderiam surgir na minha vida. Eu não os procuraria mais, nem os encorajaria a me conquistar. Eu esperava que ninguém mais me visse como um desafio, como o Mago fez. Não queria ser um desafio para alguém. Queria viver um grande amor. Se não podia ter aquilo, preferia não ter nada. Eu não suportaria passar por outra desilusão.

De volta ao meu lar, o único lugar em que não devia me sentir oprimida pelas minhas escolhas, ignorei o fato de que a hora de jantar já tinha passado e de estar sem comer havia muito tempo. Simplesmente me joguei no sofá para me distrair com a televisão. Coisa que eu raramente fazia. Mas, por falta de opção, achei mais fácil uma atividade que não exigisse muito do meu intelecto.

Senti muita vontade de chorar inúmeras vezes, mas me segurei. Não seria elegante se eu aparecesse no casamento de Luanna com a cara inchada.

Tive que desligar o celular porque Miguel não parava de me ligar. Ele tinha corrido atrás de mim no clube, logo depois da minha saída teatral, mas me misturei à multidão de garotas na plateia, por onde ele não se aventurou. Imaginei que, como o covarde que era, não teria coragem de mostrar sua verdadeira face para as fãs. Sem avisar Luanna, peguei um táxi e fui embora. Tinha passado a noite chorando e socando o travesseiro. Uma reação nada adulta, mas o que mais eu podia fazer se a vontade de gritar só crescia?

O celular estava desligado havia tempo demais e, quando o liguei, já deitada na minha cama, uma chuva de mensagens apareceu. Li todas como se fossem uma bênção e eu estivesse sedenta demais para rejeitar água doce e pura.

02:33

Alanna, por favor. Deixa eu ir à sua casa para conversarmos!

Eu não queria conversar com ele de maneira alguma.

02:44

Tudo bem se quiser esfriar a cabeça hoje, mas vamos marcar para conversar amanhã, eu te imploro!

Não ia marcar um encontro de jeito nenhum.

03:02

Já estou em casa e não vou conseguir dormir sem falar com você. Eu te amo.

O final da mensagem me comoveu mais do que o início. Meu coração sofreu um solavanco de susto e exultação. Foi estranho e breve. Logo voltei a sentir o peso da pedra de gelo que se instalou no meu peito.

06:05

Não vou trabalhar à noite, só quero ver você.

Agora ele resolvia não trabalhar naquele antro de perdição? Ah, por favor!

8:01

Por favor, Alanna, me responda, eu sei que você já está acordada.

Eu não respondi suas mensagens antes e não pretendia fazê-lo naquele momento.

9:06

Juro que estou tentando respeitar a sua vontade, mas será muito difícil não aparecer na loja.

Graças a Deus, decidi não ir à Alanna Góes Design pela manhã. Santa Luanna e seu casamento dos sonhos!

9:16

Eu sempre tentei, Alanna, sempre... Não queria invadir a sua vida.

Não era porque eu estava procurando me aproximar de você indiretamente que eu iria te forçar a ficar comigo contra a sua vontade.

Quando uma pessoa é enganada, ela é levada a fazer algo que não faria em outras condições. Revirei os olhos para sua desculpa esfarrapada.

9:26

Você se lembra do nosso primeiro beijo?

Como esquecer? Parecia o momento perfeito, escolhido por um diretor de filme melodramático. Flocos de neve, sinos tocando na minha cabeça, a boca quente de Miguel esquentando a minha e fazendo meus lábios formigarem em contraste com a baixa temperatura. *Eita! Foco, Alanna! Mantenha o foco!*

9:27

Eu não suportava mais ficar tão perto e não tocar você. Foi difícil recuar quando você me recusou. Naquele dia, eu soube como era ter e perder você.

Meu coração palpitou ferozmente dentro do peito, arrancando-me uma lágrima, que ousou escorrer pelo meu rosto sem pedir licença. Maldição!

9:30

Por isso fingi que a beijei por impulso, e também decidi que não me aproximaria de você na segunda festa de sua avó. Não queria forçá-la a estar comigo, preferi respeitar a sua vontade.

Senhor! Meu peito sangrou. Como sempre, tinha confundido tudo com a minha insegurança e criado explicações mirabolantes para uma situação em que só havia um homem que me desejava respeitando a minha vontade. Era tudo o que eu queria: ser respeitada e amada. Mas a ideia de que eu também tinha sido seduzida me assustava, e, por isso, eu decidi que o término seria a melhor opção antes que eu fraquejasse. E as palavras bonitas não mudavam o fato de que ele me escondera coisas muito importantes sobre si mesmo.

9:33

E é por que eu a amo e me importo com seu bem-estar que insisto tanto em conversarmos. Você não precisa me dar outra chance depois de me ouvir, Alanna. Talvez você tenha perdido a confiança em mim para sempre e não haja perdão que possa redimir meu erro. Mas, se você se importa comigo, nem que seja um pouquinho, quase nada, por favor, me responda, uma palavra que seja, e eu prometo que a deixo em paz.

Depois dessa, não havia mais mensagens. Meus dedos coçaram com vontade de responder. Mas doze horas haviam se passado e Miguel certamente tinha desistido de mim. Aquela nova perda, a constatação de que minha falta de diálogo possa tê-lo magoado profundamente, me machucou. Não queria que ele estivesse sofrendo como eu estava. Talvez eu pensasse que para o Mago aquilo não passava de trabalho, afinal, ele era mestre em sedução.

Mas Miguel estava mostrando seu lado humano, suas emoções, sem receio, abria o coração com uma navalha e o deixava sangrar sobre meus pés. E o que eu fazia? Ignorava suas atitudes e pisava no seu coração; e no meu também. O que mais me assustava era ele ter se tornado importante para mim em tão pouco tempo. Que eu não só me importava com ele, como tinha me apaixonado.

Nenhum outro homem havia feito qualquer esforço decente de reconciliação ou de ao menos ser honesto quanto aos próprios sentimentos. Uns ficaram ofendidos e outros passaram a me perseguir.

Eu havia aprendido a conter as minhas emoções e a mantê-las trancadas a sete chaves.

Cheguei a escrever uma resposta, que não tive coragem de enviar. Apenas duas palavras que diziam tudo e, ao mesmo tempo, não remediavam nada: *sinto muito*.

No entanto, estar apaixonada por Miguel não me impedia de tomar uma decisão racional. E ele estar apaixonado por mim não corrigia magicamente o engodo que criou para me alcançar. Ainda me sentia dolorosamente enganada e esperava de um homem adulto o mínimo de honestidade. Eu não tinha mais quinze anos para ser iludida por um cara que só queria diversão.

Dentro de mim, sempre haveria a dúvida: quem quis me conquistar? Quem me enganou? Quem se apaixonou por mim? Em qual dos dois eu podia confiar? O Mago ou Miguel? Afinal de contas, o *stripper* não era um cara reservado, então, como o homem lidaria com o assédio de outras mulheres estando comprometido comigo? Na minha cabeça, havia uma resposta simples: seria impossível.

Sei que também joguei no começo. Logo depois, lá estava eu sendo autêntica com o que eu queria, por mais que minha mente relutasse na decisão do meu coração. A verdade é que ele tinha uma parte da culpa. A outra era totalmente minha e dessa guerra que eu travava comigo mesma.

Foi preciso uma dose alcoólica de coragem para eu fazer algumas coisas que considerava inaceitáveis.

Senhor! Eu era muito complicada. Só precisava fingir que estava tudo bem por um dia. Depois, curtiria a minha fossa, que eu esperava que fosse passageira!

Não pude dormir, as palavras de Miguel rondavam minha mente e me faziam procurar significado nelas, uma mania irritante e sem propósito. Tinha que parar de tentar ler nas entrelinhas. Interpretação de texto, sim, é relevante, mas Miguel não deixou margem para dúvidas nas escolhas que fez. Eu precisava aceitar que tudo o que ele dizia era verdade e decidir o que fazer a respeito.

Por enquanto, eu tinha uma missão como irmã mais velha a cumprir, e precisaria engolir o pranto, calar a dor e esquecer Miguel pelas próximas doze horas.

Segui uma rotina entediante no sábado de manhã e à tarde, deixando-me levar pelas obrigações e pelo motorista que nos buscou. Conversei no automático, deixando para forçar sorrisos quando tivesse que tirar fotos. Eu não queria me cansar antes do tempo. Meu disfarce estava péssimo, mas o que mais eu podia fazer se o casamento da minha irmã só reforçava o quanto eu estava solitária?

Também não queria ficar com alguém só porque estava cansada de estar sozinha. Eu queria ter certeza de que havia um futuro glorioso entre mim e a pessoa antes de começar. qualquer relacionamento Mas não existia certeza quando a matemática era o amor.

Mesmo casando na igreja, contrariada, Luanna era a personificação da felicidade. Ela estava linda e radiante. O sorriso não saía do seu rosto, que brilhava tanto ou mais que o diadema cintilando em sua cabeça. O cabelo rosa-claro estava preso na frente e solto em ondas nas costas, deixando-a com uma aura de menina que se transformava em mulher.

Quando o ministro autorizou o noivo a beijar a noiva, houve vivas e palmas pela igreja, que eu acompanhei contendo as lágrimas de alegria e emoção misturadas às de tristeza.

No salão onde aconteceria a festa, circulei entre os convidados, cumprimentei conhecidos e desconhecidos, vi a minha avó entrar empurrada por meu avô, vi Saul não soltar o braço da minha mãe e Luanna ficar agarrada ao seu marido. Eu era testemunha da vida acontecendo e gerando conexões ao meu redor, mas eu continuava ali, uma ponta solta, um apêndice.

Durante a festa, me senti ainda pior, porque todos tinham um par para dançar, menos eu. Saul tentou me fazer levantar da cadeira, mas eu estava tão deprimida que achei melhor deixar que minha mãe continuasse em seus braços. Até vovô levou Úrsula para rodar em sua cadeira no centro da pista!

— Onde está seu namorado, Alanna? — Foi a primeira coisa que vovó me perguntou quando finalmente ficamos sozinhas.

Sabia que era errado, mas me aproveitei de sua doença para desconversar.

— Eu não tenho namorado, vovó.

No entanto, demonstrando uma lucidez cada vez mais rara, Úrsula retrucou:

— Eu ainda não estou caduca, minha neta! Há dias que você aparece sozinha. Miguel estava sempre com você quando me visitava.

Suspirei profundamente, exausta daquele assunto, apesar de não ter falado com ninguém a respeito.

— Não deu certo, vovó.

— Não deu certo mesmo ou você se recusou a tentar?

Eu a encarei, estupefata. Não sabia por que sempre me espantava quando ela me enxergava tão bem.

— O contrato dele na loja acabou e eu achei por bem não renovar. — Dei de ombros.

— Alanna, como você pôde fazer isso com ele? Você sabia que ele queria deixar a vida noturna e, por isso, se candidatou à vaga de entregador na sua loja.

— Ele... o quê?!

Mais um segredo que Miguel escondeu de mim. Eu estava me sentindo culpada por nada. Ele continuava não confiando em mim para compartilhar suas verdadeiras motivações. Como eu poderia confiar nele depois de tudo aquilo que aconteceu?

— Não acredito que ele não te contou! — falou vovó energicamente. — Talvez estivesse esperando o tempo de experiência acabar para deixar a vida de *stripper*. — Úrsula balançou a cabeça de um lado para o outro, inconformada. — Como é que poderemos viver sem o Mago agora que ele largou as chuteiras por amor a você, é o que estou me perguntando.

— Como é, vó? — Ela só me espantava mais.

— Era o que ele pretendia fazer desde o início, Alanna. Assim como você se sentiu atraída por ele na minha festa de aniversário, ele também se sentiu atraído por você. E quando eu lhe dei o cartão de visitas, Miguel viu as duas chances que mais esperava surgirem: a oportunidade de largar o emprego noturno e a pessoa com quem gostaria de compartilhar o restante de seus dias.

— Por que ele não me contou? — Nem percebi que havia soltado a pergunta, magoada, em voz alta.

— Você deu oportunidade para que ele se abrisse, Alanna? — Vovó me fez calar as injúrias com as verdades que sempre despontavam em sua língua ferina. — Você perguntou? Você se interessou? Não estou falando sobre pressionar, estou falando sobre conhecer outra pessoa, sobre querer saber mais a seu respeito e simplesmente ouvir, sem prejulgamentos. Eu te amo, minha neta, mas também conheço o quanto você pode anular seus pensamentos e emoções quando tem medo. E relacionamento é o que mais a amedronta.

Não tive tempo de lhe responder, nem de pensar a respeito. O fotógrafo apareceu e exigiu mais uma sessão de fotos em família, daquela vez com acessórios da balada que estava acontecendo na pista de dança e da qual eu não fazia parte. Eu não sabia me divertir porque não me permitia. Ainda assim, obedeci, empurrando a vovó para a pista comigo.

Quando nos posicionamos em poses divertidas, eu não consegui sorrir. Principalmente porque Úrsula apresentou um dos seus episódios de demência, confundindo o casamento de Luanna com o do nosso pai, seu filho Saul Góes.

Não havia jeito pior para aquela festa chegar ao fim.

22

Uma chance para o amor

Luanna e o marido partiram para a lua de mel no México e tudo, estranhamente, voltou ao normal. Rápido demais até. Era o que eu queria, mas o vazio ainda estava lá, mais forte do que nunca, fazendo morada no meu corpo e na minha mente, e eu não tinha forças nem ideias para preenchê-lo.

Faltava uma coisa muito intensa e muito importante, que eu não sabia o que era. Havia aquela ausência ao meu lado na cama, na cadeira vazia da mesa no café da manhã do dia seguinte, e no sofá imenso da sala. Ela estava em toda parte da casa, me empurrando contra as paredes. Eu estava me sentindo claustrofóbica, portanto, achei por bem entrar no meu carro e partir. Ledo engano que o vazio não iria me acompanhar. Lá estava ele de carona para onde quer que eu fosse.

A loja era o último lugar para onde eu queria ir.

Era domingo, por isso, Miguel (e seu sorriso estonteante, sua fala mansa e leve, e sua beleza máscula e gentil) se fazia mais vivo do que nunca, pulsando em minhas veias. Até meu corpo já sabia que aquele dia era nosso e para sempre seria. Decidi que me dedicar à família poderia aplacar um pouco aquela dor, tanto física quanto emocional, já que Úrsula era uma preocupação cada vez maior.

Dirigi para a casa dos meus avós, de onde meus pais não saíam nos últimos tempos. Foi estranho não encontrar minha irmã entre eles e fiquei mais para baixo. Todo mundo parecia um pouco triste apesar de termos comemorado um casamento na noite anterior. Nunca havíamos nos separado de Luanna antes e a partir daquele dia estaríamos menos próximos dela.

Fazia aquele caminho havia muitos anos já, mas a comoção não tinha sido a mesma.

Era preciso admitir que minha irmã era a queridinha de todos, até mesmo minha. Sempre ostentei minha sombra para que ela ficasse protegida do mundo real, como meus pais e avós também fizeram. A caçulinha, tão pequena e princesinha, não podia sofrer. Nós havíamos vivido para mimá-la, inclusive eu, que estava bastante preocupada com o andamento das coisas com o marido, agora que estavam longe de nossas vistas.

Para tranquilizar nossos corações, Luanna ligou de Cancún, dizendo que tudo era lindo e que estava se divertindo, mas que já sentia imensas saudades de todos. Ela também acrescentou que o lugar era paradisíaco, mas que seria perfeito se estivéssemos lá. Afirmou que estava feliz e que nos amava muito por proporcionar a ela uma vida maravilhosa até ali. Ela esperava que o marido também fizesse um bom trabalho dali para frente.

Era estranho não ter mais tanta responsabilidade sobre Luanna e perceber, tarde demais, que ela já era uma mulher adulta e que estava trilhando os próprios caminhos. Mas, como era emocionalmente apegada a nós, eu duvidava muito que negligenciasse a relação familiar em favor do relacionamento marital. Nisso minha irmã era muito melhor do que eu.

Suspirei longamente, chamando a atenção dos presentes.

— E você, filha, como vai? Como estão as coisas na loja? — perguntou Saul.

Às vezes, eu achava que ele pensava que eu e a loja éramos um casal, uma unidade.

— Estou bem e a loja também — respondi no automático e na defensiva.

Era sempre assim com papai.

No entanto, ele repousou a mão sobra a minha, fazendo-me olhar para ele.

— Não, Alanna. Quero saber como você está de verdade. Você não parece nada bem há uns dias.

Fiquei surpresa ao constatar que meu pai tinha notado minha mudança de humor. Dei de ombros, corando, violentamente.

— Estou sempre preocupada — admitir aquilo em voz alta foi libertador. — Com vocês, com os avós, com Luanna, com a loja...

— E para você? Sobra algum tempo? — perguntou com doçura.

— Infelizmente — bufei, tristonha. — Acho que o "eu" vem sempre primeiro.

Saul riu da minha confissão.

— Que bom, filha. Achei que você estivesse deixando sua felicidade de lado pela dos outros.

Quem me dera ser tão nobre! Minhas decisões fariam mais sentido.

— Eu sou feliz, mas não o tempo todo e acho que isso é normal. — Fui sincera outra vez.

— É normal se cobrar, se autocriticar e se manter no melhor caminho, Alanna — concordou Saul, me surpreendendo novamente. — Mas também é normal seguir seu coração e cometer alguns deslizes de vez em quando. Há sempre um aprendizado que estamos deixando passar quando não nos permitimos.

Abri a boca para retrucar, mas não encontrei palavras. Pesei seu conselho por um bom tempo. As conversas tomaram outros rumos na mesa, que eu não escutava porque meus pensamentos se aprofundaram no mais íntimo do meu ser. Então, eu me entendi. Talvez todos ali já tivessem notado, mas só naquele instante eu compreendi que criticava tudo aquilo que não tinha coragem de ser ou fazer.

Mas eu queria ser. Tanto que admirava minha avó, mesmo repreendendo sua boca grande. Amava o cabelo colorido de Luanna, ainda que jamais fosse ousar uma mudança tão radical. Talvez nenhuma me fosse aprazível. Minha vida era tão cômoda e confortável do jeito que estava que eu rejeitava tudo que pudesse tirá-la dos trilhos.

Ah! Minha mãe, com sua vaidade assumida, mesmo exagerada demais para o meu gosto, não tinha vergonha de ser quem era. Até meu pai, meio frio e meio distante, se mostrava apenas um homem calado, assim como meu avô, de quem tinha herdado essa faceta da personalidade. Mas todos, sem exceção, éramos extremamente emocionais, conectados um com os outros, e cada qual lidando com seus próprios sentimentos de formas distintas.

Disse uma vez para Luanna que não existia certo e errado. Eu deveria ouvir meus conselhos. O que existiam eram atitudes que me faziam bem ou mal. Ações que me atingiam de outras maneiras, mas não menos relevantes. Certo e errado são conceitos subjetivos. O que era errado para mim não era para minha avó e, mesmo sendo opostas, eu continuava amando-a e ela continuava se importando comigo.

Emocionada, me levantei e abracei meu pai, que me puxou para o seu colo, igual quando era uma menininha.

— Eu te amo, papai.

— Eu te amo muito mais, minha bicuda. — Riu e beijou minha testa. — E quero que você seja feliz em todos os aspectos da sua vida.

Eu também queria e, com os olhos cheios de lágrimas, eu o apertei com bastante força, arrancando suspiros de mamãe.

— Bem, já que estamos tão emotivos hoje, acho bom apressar o almoço. Também vou aproveitar para fazer uma sobremesa bem gostosa. — Minha mãe agia como as avós mais fofas, pois achava que felicidade e comida andavam juntas, talvez porque ela quase não comesse nada.

Corri até ela e lacei seu pescoço, impedindo-a de seguir para a cozinha.

— Ei, fujona, volta aqui. — Ri, beijando sua bochecha. — Só vou te liberar se prometer que também vai comer. Um pedacinho não faz mal, mãe.

Mamãe fungou e balançou a cabeça, concordando, antes de ir à cozinha.

— Ué, cadê a vovó?

— Está falando com alguém ao telefone — respondeu meu avô, distraído.

Às vezes, o fato de ele ser tão discreto e calado era irritante, mas eu nem podia reclamar muito. Eu agia de forma muito parecida.

Minha mãe fez um almoço bem simples e rápido (ainda que vovó tivesse uma cozinheira, ela fazia questão de fazer pelo menos uma das refeições, até porque a mulher trabalhava apenas de dia e durante a semana), podendo se sentar conosco à mesa novamente. Foi uma refeição agradável, como há muito eu não experimentava.

Não imaginava que ser sincera e aberta facilitaria tudo. Achei que falar como eu realmente me sentia os preocuparia mais do que aproximaria. Eu estava totalmente enganada quanto a isso.

Após o almoço, Úrsula estava sonolenta devido à medicação, mas não permitiu que ninguém fosse embora. Ela olhou bem para mim e ordenou:

— Me leve até o salão, Alanna, quero te mostrar uma coisa.

Sem entender nada, fiz como me pediu. Ao parar do lado de fora do salão de festas, eu a soltei para abrir a porta e, inesperadamente, ela acrescentou:

— Ah! Esqueci uma coisa! Me espere, eu já volto.

E usando a força mínima de seus braços, fez a cadeira de rodas levá-la de volta. Decidi que obedeceria por pelo menos dez minutos. Se ela não voltasse, iria procurá-la. Certamente, ela se esqueceria de que eu a estava esperando. Essas coisas estavam acontecendo com mais frequência do que eu gostaria. Fiz a porta deslizar e entrei no salão, fechando-a em seguida.

Caminhei pelo grande espaço escuro, limpo e ordenado, notando que havia uma única cadeira no centro, separada das outras, que estavam empilhadas próximas às paredes. No segundo em que a alcancei, uma explosão de luz e fumaça chamou minha atenção para o palco, e tomei um baita susto. Levei a mão ao coração e mirei o local, agora iluminado por um único holofote.

Uma música, bastante romântica, que eu tinha ouvido muito na minha adolescência, começou a tocar. E então *ele* surgiu da dispersão de fumaça, todo caracterizado do meu inferno particular na Terra. Miguel estava vestido de preto, cartola na cabeça, capa jogada para trás, colete e calça barata. O Mago estava delicioso, como sempre foi, provocando meu juízo.

Deixei-me cair na cadeira, inerte, boquiaberta, sem conseguir raciocinar direito ou reagir como deveria. Ou seja, sair correndo dali!

O *stripper* se inclinou para frente (sem olhar para mim) e tirou os sapatos, em um gesto lento e humilde, enquanto o vocalista da banda afirmava categoricamente que eu era seu fogo, seu único desejo e que eu deveria acreditar no que ele dizia. Na segunda estrofe, seus olhos se fixaram nos meus, e ele caminhou pelo palco descalço, as palavras dando vida ao seu olhar.

Mas somos de dois mundos separados,
Não consigo alcançar seu coração
Quando você diz
Que eu quero assim.[2]

O Mago se sentou na beirada do palco e jogou a cabeça para trás, deixando a cartola cair. Em um gesto meio brusco,

[2] Tradução livre da música : I Want It That Way – Backstreet Boys

soltou a capa do pescoço e a jogou longe, como se o estivesse sufocando. Assisti a tudo boquiaberta. Assim que ele se levantou, fez o colete desnudar seu peitoral magnífico, arrancando-me o ar dos pulmões. Ele estava fazendo um *striptease* só para mim, mas não era qualquer show. Havia um significado mais profundo que eu tentava descobrir enquanto a música questionava meus motivos para nossa separação.

Diga-me por quê!
Não foi nada além de uma mágoa.
Diga-me por quê!
Não foi nada além de um erro.
Diga-me por quê!
Eu nunca quero te ouvir dizer:
Eu quero assim.

Em um único puxão, a calça com abertura de velcro disse adeus ao seu corpo e o deixou apenas com uma tanga brilhante e minúscula, enquanto dançava até onde eu estava. O Mago se aproximou com seu corpo seminu, sem me tocar, deixando sua presença exigir um toque que não aconteceu. Ele rodopiou ao meu redor, enquanto a canção perguntava se ele também era meu fogo e meu único desejo.

Depois de dar uma volta na minha cadeira, *o stripper* se afastou, em movimentos que traduziam a tristeza da próxima estrofe.

Agora eu vejo que estamos nos distanciando
Do que costumávamos ser.
Não importa a distância,
Eu quero que você saiba
Que no fundo
Você é o meu fogo
Meu único desejo
Você é,
Você é, você é, você é...

O *stripper* voltou inesperadamente, nos olhos uma súplica silenciosa e triste, e passou uma perna de cada lado do meu corpo, escorando-se no espaldar da cadeira atrás de mim. Remexeu-se sensualmente, inclinando o tronco para trás e exibindo aquele tanquinho maravilhoso muito perto de meus olhos e ao alcance total de minhas mãos. Não ousei tocá-lo. Aquilo estava fora de controle. Mas eu já havia perdido o ar há muito tempo.

Senhor! Ele era um verdadeiro *showman*!

A música repetiu o refrão e as perguntas que ainda não tinham sido respondidas. A expressão em seu rosto era de concentração quando tirou a máscara, a última peça que o escondia. Miguel me encarava com intensidade, dançando sobre mim, me enlouquecendo, me seduzindo, como nunca antes. Aquilo era golpe baixo e eu estava ficando fora de mim quando tentei me levantar. Quase perdendo o equilíbrio, ele saiu de cima de mim e eu me afastei.

Não consegui ir longe demais. Sua voz me convidou a ficar.

— Por favor, Alanna, deixa eu explicar o que foi tudo isso antes de você ir!

A música foi cortada abruptamente e eu me virei para encará-lo, mantendo a distância entre nós.

— Espero que não tenha pensado que, se me seduzisse aqui, faríamos sexo e estaríamos bem de novo. — Cruzei os braços, nervosa.

— Claro que não! Assim como não existe relacionamento satisfatório sem sexo, também não há relação duradoura sem amor. — Ele deu um passo à frente, mas eu me afastei dois para trás por garantia, contendo-o. — Essa coreografia foi inspirada em você e eu estava planejando fazer essa apresentação desde que eu me descobri apaixonado.

Engoli a seco aquela informação e me mantive aberta a ouvi-lo até o final.

Lembrei da mensagem de texto que Miguel me mandou no domingo em que me escondi em casa, evitando encontrá-lo depois do incidente da vovó. Ele disse que tinha montado a coreografia pensando em mim. *Senhor!* Eu havia tido a pior semana da minha vida, enquanto aquele homem maravilhoso descobria que me amava e que precisaria bolar um jeito de me contar que era *stripper*.

Fechei a cara de novo. Nada daquilo estaria acontecendo se ele não tivesse escondido aquela informação.

— Você não acredita em mim. — Não era uma pergunta.

Respirei profundamente e procurei não ser mal-educada.

— Estou tentando entender, mas até agora você só confirmou que eu estava certa em me afastar, independentemente do que sinto por você.

Miguel ousou sorrir e dar outro passo para frente.

— Essa dança foi simbólica, Alanna. Eu me despi do Mago para sempre. Nunca mais dançarei para ninguém, só para você, se assim você quiser.

Abri e fechei a boca tantas vezes que desisti de dizer alguma coisa. Minha avó estava certa. Miguel tinha desistido da carreira de *stripper* por minha causa. Não soube o que lhe dizer. Parecia errado forçá-lo a fazer aquilo, mas um lado meu, bastante egoísta, estava muito feliz por não ter que dividi-lo com mais ninguém. Entretanto, eu ainda não sabia se deveria relevar a mentira. Que confusão!

— Isso ainda não muda o fato de que você me enganou, Miguel.

Ele deu mais um passo em minha direção, ultrapassando a cadeira que estava entre nós.

— Nada pode consertar o passado, Alanna, mas você realmente acha que devo ser punido por ter medo? É tão errado assim querer ser amado por quem eu sou, sem ser julgado pelo que faço?

— Mas as pessoas são definidas pelas suas escolhas.

— Sim, escolhas perante o outro, e eu tenho certeza de que agi corretamente com você, apesar de esconder por um tempo qual era a minha profissão.

— Profissão? Miguel, por favor, você vendia seu corpo!

— Não, eu oferecia entretenimento por meio dele. O que fiz foi animar festas, só que meu público era adulto. Não vendi o meu corpo, eu aluguei o meu tempo e a minha arte. Eu me vestia de um personagem e divertia as pessoas, como um humorista, um ator, um dançarino ou um artista qualquer faz. Estava feliz com a profissão, mas estar com você é muito mais importante do que ter meu ego inflado.

A faísca da esperança riscou meu coração, quase reacendendo meu fogo interno.

— E as outras? — Fui obrigada a perguntar.

— Que outras, Alanna? Não existe ninguém além de você!

— Você transava com elas quando te pagavam, não transava?

Ele franziu o cenho e parou bem diante de mim.

— Você ainda não entendeu que eu nunca me prostituí? Sim, eu gostei de ser *stripper*, de ganhar dinheiro com a minha dança, de ter acesso fácil a festas, bebidas, drogas e mulheres. Eu já te contei que era muito jovem quando fui expulso de casa e tive que me virar sozinho. Eu era bonito, tinha molejo, foi natural exibir meu corpo em troca de grana. Os modelos não fazem isso o tempo todo? Os dançarinos também não sensualizam e ninguém critica? Mas meu tempo de farra já passou! Eu me diverti também com algumas clientes, sem ganhar nada além de diversão em troca. Na verdade, perdi muitas chances de ser feliz nesses dez anos de carreira. Descobri que queria mais do que uma vida noturna, mulheres passageiras e grana alta. Eu queria alguém para amar e me amar de volta. Então, eu conheci você e vi a chance de realizar esse sonho. Por isso, eu deixo a capa e a máscara.

— Mas dançar não é sua vida? — insisti, me sentindo com cada vez menos argumentos contra suas palavras tão vivazes.

— Alanna, minha vida não se resume ao que eu faço, e sei que pode ser muito mais ao seu lado. Dançar é uma arte que eu ainda posso fazer no tempo vago, mas só para você, se quiser. Profissionalmente, sei que consigo fazer qualquer outra coisa. Meu tempo como dançarino profissional acabou! — Encurtando a distância irrisória entre nós, praticamente colou seu peito nu no meu. — Dê uma chance ao amor e nos permita descobrir o que podemos nos tornar se ficarmos juntos.

E, então, eu soube que a lição que eu havia tido mais cedo também deveria ser aplicada naquele instante. Meu pai, minha avó, minha mãe, todos adultos e, por um tempo, responsáveis por mim. No entanto, eles nunca foram perfeitos, cometeram erros que me moldaram e me tornaram a mulher restritiva que eu era.

Eu continuava amando a todos, porque eles eram minha família, porque também me amavam, e, por mais que tenham cometido deslizes, eles se importavam com a minha felicidade.

Eu era a única capaz de mudar meu próprio eu e me tornar uma pessoa mais equilibrada, menos preconceituosa e mais livre. Ninguém podia fazer escolhas por mim. Nem meus familiares, nem Miguel, mesmo que me amassem muito. Portanto, minha felicidade estava ao alcance de uma decisão. Bastavam vinte segundos de coragem, tempo que passei olhando para dentro daqueles olhos verdes incríveis, enquanto as palavras queriam saltar da minha boca.

Mas foram meus braços e meu corpo que se impulsionaram para frente, mais conscientes do que eu precisava e queria fazer. Enlacei o pescoço de Miguel com as mãos e me pendurei. Ele logo apertou os braços ao redor da minha cintura.

— Tudo bem, eu topo tentar mais uma vez. Só tenho uma condição.

— Diga, minha rainha. — Ele estava emocionado, com a testa encostada na minha.

— Não ouse jogar a fantasia de Mago fora!

Miguel começou a rir devagar, chacoalhando primeiro os ombros e depois atirando a cabeça para trás, soltando uma sonora e contagiante gargalhada.

— Tudo o que você quiser!

Deslizei as mãos por suas costas e cobri sua bunda, confirmando que ele usava uma tanga fio dental. *Senhor!* Que homem delicioso! E ele era todinho meu.

— Agora, me beija antes que eu me arrependa de te dar uma chance.

Miguel parou de rir e me olhou como fazia o Mago, com malícia e sedução. Ele se inclinou, roçando a ponta do nariz no meu, antes de lançar sua boca na minha bochecha e me dar uma mordida.

— Ai! — Gritei mais pela surpresa do que por qualquer dor.

— Não antes de eu ouvir de sua boca, rainha.

— O quê?

Miguel se afastou e parou diante de mim. O pé batendo no chão e o queixo escorado na mão. O que ele queria de mim?

Ah! Entendi! Mas fiz um charme.

— Que eu estou apaixonada por você? Não é óbvio?!

Ele revirou os olhos e me pegou no colo de um jeito louco, passando os braços por baixo das minhas pernas e me segurando pelas costas. Ele me levantou com facilidade e tive que me segurar com força em seus ombros para não perder o equilíbrio.

— Nada é óbvio quando se trata do coração, Alanna.

Meu Mago me levou até o palco e me deitou no piso frio, pairando sobre mim.

— Nunca deixe de dizer como você se sente — sussurrou, suave e apaixonadamente, roçando sua cabeça no meu pescoço e me fazendo suspirar.

— Eu me sinto amada quando estou com você, Miguel — confessei, fechando os olhos e curtindo a sensação deliciosa de seu corpo junto ao meu.

— E eu sinto que tenho um propósito digno ao seu lado — completou ele, entre beijos que distribuiu pelo meu rosto e clavícula, buscando mais pele para tocar. — Amá-la será meu novo ofício nos próximos anos.

Retribuir àquele amor, como Miguel merecia, seria o meu aprendizado. E, com os pensamentos em tamanha sintonia, nossos lábios finalmente se encontraram no beijo que guardamos como prova da nossa sinceridade e do sentimento que estava apenas despontando para um novo amanhã.

Epílogo

Um novo hoje e agora

Dois anos se passaram desde que dei uma chance ao amor que nasceu entre mim e Miguel. Tanta coisa aconteceu nesse tempo! Minha avó, que ajudou meu namorado a se reaproximar quando eu simplesmente o afastei por medo, teve poucas chances de conhecê-lo melhor. Mas, com a magia que lhe era inerente, ele a conquistou em cada reencontro em que Úrsula simplesmente se esquecia dele.

Vovó morreu um ano depois que descobrimos sua doença e meu avô desistiu de viver. Ele simplesmente se deitou e se recusou a comer, mesmo estando saudável e depois de ter vencido três cânceres. Também não abria os olhos nem conversava conosco quando íamos visitá-lo. Vovô se foi seis meses depois da morte de minha avó, juntando-se à sua velhinha em seu leito eterno.

A morte sequencial dos dois abalou bastante Luanna, assim como Saul e eu. Mas nós não estávamos sozinhos e tivemos respaldo para superar a perda. Minha irmã engravidou há pouco tempo, tomando para si a responsabilidade de fazer a família crescer. Admirei sua coragem e força cheias de amor para seguir em frente apesar da falta que nossos avós faziam.

Miguel passou a morar comigo desde que perdeu a vergonha e me levou para conhecer seu cafofo. Coitado! Fiquei morrendo de pena e o levei para casa, apressando um pouco as coisas. Como ele conseguia ter uma moto daquelas e viver em um lugar tão deplorável? Ele disse que a moto era uma paixão antiga e que tinha sido comprada num impulso consumista.

A contenção de gastos serviu para que Miguel juntasse uma boa poupança para abrir seu próprio negócio, seu objetivo desde sempre. Ele nunca pretendeu ser *stripper* por muito tempo, mas a grana que entrava ajudava a pensar em seu futuro. E adivinha que negócio ele abriu! Uma empresa especializada em entregas! A experiência na minha loja o ajudou a decidir que tipo de negócio queria realizar além da dança e agora éramos parceiros nos negócios.

Falando nisso, a Alanna Góes Design cresceu bastante em muito pouco tempo. Abri filiais na cidade e na região, tornando minha marca mais conhecida, e consegui industrializar peças menores, o que barateou os custos e, consequentemente, conquistou clientes que não podiam pagar uma fortuna por uma peça exclusiva. As joias eram vendidas principalmente pelo meu site.

Isso tudo aumentou meu faturamento e eu pude contratar mais funcionários e me dedicar unicamente a criar coleções novas para cada estação. É claro que sempre apareciam clientes dispostas a pagar o preço que eu cobrasse por uma joia desenhada com exclusividade. Elas também pagavam pela espera, pois agora eu precisava de mais tempo para finalizar aquele tipo de trabalho.

Miguel e eu nos ajudávamos. Eu estava feliz em escutar suas ideias inovadoras. Nunca mais me recusaria a aceitar algum auxílio. Eu não estava mais sozinha e havia aprendido a ser grata e a compartilhar. Estávamos mirando o próximo passo, que seria uma rede nacional, tanto para a minha loja quanto para a sua empresa, que já fazia sucesso entre as clientes pelas entregas personalizadas.

Meu Mago! Ele tinha o dom de conquistar e era mestre em seduzir todos.

E, a cada dia, conseguia me envolver mais e mais em um manto de amor, companheirismo e partilha. Ao seu lado, eu me sentia coberta da mais pura e real afeição que, mesmo diante de dificuldades e divergências, não se abalava. Miguel continuava me amando apesar da minha teimosia e racionalidade. E eu me tornava cada vez mais apaixonada por sua alma artista, sensível e inspiradora.

Era sábado e tinha chegado em casa ansiosa para ficar com meu "namorido". Como dois empresários, tínhamos pouco tempo para lazer e muita responsabilidade, mas procurávamos deixar os sábados à tarde e os domingos livres para estarmos juntos, e com nossos familiares. Miguel voltou a se relacionar com seus pais, depois de anos sem falar com eles sequer por telefone.

Sua moto estava na garagem quando estacionei. Desci do carro sorrindo e uma melodia ultrassexy me recebeu assim que abri a porta. Vestido como meu personagem favorito, Miguel estava sentado na poltrona, e começou a dançar assim que entrei. *Senhor!* Seu corpo se movendo daquele jeito ainda era de tirar o fôlego, mesmo dois anos depois da primeira vez.

Era essencialmente *break*, e sensualidade exalava dos seus movimentos e poros como um elixir afrodisíaco. Fui atraída para o centro da sala, joguei a bolsa no chão e parei a alguns passos dele. Eu sabia que vinha surpresa. Toda vez que ele me recebia com dança havia um bom motivo para aguardar pelo *grand finale* pacientemente.

Ele mexeu as mãos, alisando a cabeça, e se levantou, fazendo o corpo girar e a capa esvoaçar ao seu redor. O Mago se agachou, usando todo o espaço disponível na sala para deslizar com maestria, fazendo parecer fácil. Agarrou o pilar de separação da sala de estar com a de jantar e requebrou ao redor dele. Quase me matou do coração ao se pendurar no lustre e escorregar sobre a mesa de vidro.

Quando saltou de volta para o chão, arrancou a capa e a máscara em um só gesto, abrindo os braços como em um convite para um abraço. No instante seguinte, ele me alcançava em um passo ligeiro, parando a centímetros de mim e caindo de joelhos. A cartola, que estava presa em sua cabeça o tempo todo por um elástico, foi retirada lentamente. Movendo as mãos na abertura, ele disse:

— Nada substituirá a magia que o amor me faz sentir vivendo ao seu lado, minha rainha. — Ergueu o rosto na minha direção, enfiando os dedos dentro da cartola. — Mas dois anos é pouco tempo para eu ficar com você. — Largando a cartola, estendeu a mão em punho para mim e a virou para cima, abrindo os dedos e revelando um objeto. Abri a boca diante da surpresa inesperada. Eu não estava preparada para a pergunta que seguiu seu gesto. — Alanna Góes, mesmo sendo designer de joias, você aceita carregar esse singelo anel no seu dedo, como símbolo da nossa união?

Congelei. Sabia que não era hora para análises, mas o "singelo anel" era um suntuoso solitário de ouro branco, com um diamante obscenamente grande cravado nele. A peça brilhou conforme refletia a luz da lâmpada, ofuscando minha vista, e quase me provocou um desmaio. Como ele tinha tido coragem de pagar uma fortuna por um anel que eu podia muito bem criar pela metade do preço?

Eu me abanei, me sentindo fraca e pálida. *Respira, Alanna, respira.*

— Alanna? Você está bem?

Miguel deve ter sentido minha confusão e foi se levantando. Senti culpa; como minha mente era insana! Não era o momento de surtar com o valor, mas agradecer pelo presente. *Lembre-se, Alanna, a intenção é o que vale. E esse homem ajoe-*

lhado diante de você acabou de pedi-la em casamento. Reaja do jeito certo, por favor! Eu me repreendia o tempo todo quando meu lado racional tentava me impedir de agir emocionalmente.

Fiz com que ele se ajoelhasse de novo e me abaixei também, sem força nas pernas para ficar de pé.

— Estou bem, não se preocupe. Estou apenas maravilhada! — Seus olhos me perscrutaram, procurando pela mentira que não havia. Desde o verdadeiro começo, tínhamos combinado de sermos sinceros sempre. — É sério, você me pegou desprevenida. — Respirei fundo e consegui relaxar. Abri até um sorriso discreto. — Por favor, repita a pergunta.

Miguel ergueu a sobrancelha, em um gesto que eu já conhecia. Aproveitou que estávamos praticamente da mesma altura e pegou minhas mãos. Seus olhos me fitaram com leveza, mas também havia expectativa.

— Alanna, você aceita esse anel como símbolo da nossa união?

Soou tão natural como da primeira vez. Enchi meu peito de ar e abri um sorriso imenso, apertando sua mão.

— Eu aceito qualquer coisa que reafirme que você é meu.

Rindo com seu jeito de menino travesso, Miguel jogou a cabeça para trás para depois voltar e tomar minha boca na sua.

— Antes de colocar esse anel no seu dedo, quero que leia a inscrição.

Tirei o anel da caixinha aberta e forcei a vista para ler o texto que havia do lado de dentro do aro: "Você é minha e eu sou seu. Te amo".

Levantei os olhos e o encarei, bem de pertinho, sentindo aquela conexão se firmar mais um pouco. Estávamos em sintonia constante e quase podíamos adivinhar os pensamentos um do outro apenas com um olhar. Era aquele tipo de magia que eu buscava em alguém e só vivi com Miguel (porque ele era o Mago!), que tinha poder sobre meus sentimentos.

— Eu também te amo, meu mago, meu anjo, meu pecado... — Toquei seu rosto com delicadeza, enlevada com o turbilhão de emoção que a mensagem me causou.

Muito aprendi com ele e muito mais com Úrsula, que sempre estaria em meu pensamento. Queria que ela se orgulhasse de mim, mesmo que não estivesse mais entre nós. Por isso, como fiz muitas vezes antes, eu pensei: *o que você faria agora, vó?* Com um riso incontido nos lábios, eu lhe ofereci o anel para que o pusesse no meu dedo anelar, que Miguel beijou assim que terminou a tarefa.

— Agora, Mago — abri seu colete e a calça de velcro com dois puxões precisos —, quero você somente com sua tanguinha indecente, enquanto eu ostento no meu corpo apenas esse anel.

Não foi necessário incentivá-lo mais. Miguel me beijou furiosamente, tirando a minha roupa com pouco esforço. Ele me deitou, nua, sobre o tapete, cobrindo-me rapidamente com seu corpo. Enlaçando nossos dedos, estendeu nossos braços acima da minha cabeça, e compartilhamos a textura do aro e o da tanga, enquanto nossos sexos e mãos se uniam.

Eu estava no inferno celestial que era amar um homem sexualmente tentador e irresistível como Miguel. Eu tinha descoberto que amava sua dualidade e sua capacidade de aceitar a si mesmo sem julgamentos. Era o que me faltava: aceitar a mim mesma como um ser dual, que ora tinha pensamentos bondosos, ora pecaminosos, e não havia nada mais do que normal nisso.

Eu não precisava ser santa ou perfeita, só precisava ser eu mesma. E a alegria de ser amada nessa profusão ilógica era demasiadamente reconfortante.

Eu havia achado alguém que me completava, não como se faltasse algo em mim, mas como se fosse meu reflexo. Miguel me enxergava e me entendia, e isso tornava nossa relação uma deliciosa doação de amor, que gerava felicidade única. Era exatamente assim que eu me sentia toda vez que ele se esforçava para me agradar e me ensinava a ser recíproca.

Puxei sua bunda para mim, apertando-a e fazendo-o mover seu quadril com mais força e intensidade contra o meu. Meu clitóris se inchou rapidamente, aguardando o agrado que lhe era devido. Eu gemia contra sua boca, sedenta pelo orgasmo que Miguel certamente me daria. Ele atendeu ao meu pedido, fazendo meu corpo alcançar outro nível muito depressa.

Era fantástico como paciência, respeito e diálogo garantiam um relacionamento muito mais satisfatório, tanto na cama quanto no dia a dia.

Miguel abandonou minha boca, tomando meus seios entre os lábios e continuou atiçando minha vagina com sua ereção. Eu estava perdendo a cabeça de tanta excitação. Fiz um esforço para lhe tirar a tanga, mas ele não facilitou, concentrando-se em prolongar aquela doce tortura. Talvez para fugir das minhas mãos, ele desceu com sua língua pela minha barriga e parou apenas quando alcançou meu centro.

Ele atiçou meu clitóris com a boca e me fez agarrar seu cabelo, auxiliando-o a mover a língua conforme eu precisava. E como eu precisava gozar! Seus dedos resolveram acelerar o processo, unindo-se à sua boca ao estimular meu canal vaginal, e não demorou muito para que o clímax me tomasse por inteira, fazendo-me contrair e travar em espasmos que me tiraram o ar.

Só aí Miguel tirou a bendita tanga. Ele me olhava, a cabeça entre as minhas pernas, enquanto lambia meu clitóris duro e me causava arrepios. Aproveitando que minhas pernas estavam em seus ombros, segurou-as ali, voltando a escorregar para cima de minha pele e, ao mesmo tempo em que sua boca voltava à minha, com sabor de sexo, seu pênis encontrava a entrada da minha vagina e seguia até o fundo.

Meu corpo convulsionou de prazer e regozijo por ser preenchido com tanta intensidade. Era um amor assim, que afetava tanto a cabeça quanto as terminações nervosas, que eu desejava ter. Miguel meteu em mim com força e cadência meio acelerada. Era bom saber que eu também o deixava tão louco quanto ele me pirava. Escorando-se em suas mãos, largou minha boca de novo e fixou seus olhos nos meus.

— Você... me... faz... muito... feliz... — disse ele entre uma bombada e outra, demonstrando ter perdido o fôlego como eu.

— Eu quero... te fazer... mais feliz... para sempre! — consegui responder.

Miguel mergulhou dentro de mim até a alma, alcançando meu coração e, no instante em que seu corpo se agitou intensamente, senti a explosão vulcânica tomar conta do meu sangue como lava fervente, e se espalhar, avassaladora, destruindo qualquer vestígio de sanidade e racionalidade.

Ofegante, Miguel encostou sua testa na minha e começou a sussurrar:

— Eu te amo, minha rainha; eu te amo, minha rainha; eu te amo, minha rainha...

Quem sabe para eu nunca me esquecer. Não havia nada nesse mundo que eu fizesse mais questão de escutar, de dizer e de viver, agora e sempre, do que o simples, porém absoluto amor.

Aquela lição de Úrsula eu jamais esqueceria estando ao lado de Miguel.

Primeira edição (agosto/2018)
Papel de Capa Cartão Triplex 250g
Papel de Miolo Offwhite Lux Cream 70g
Tipografias Meridien LT Std t
Gráfica Grafilar